LA DERNIÈRE CLASSE
Alphonse Daudet

最后一课
都德短篇小说精选

[法]都德——著　柳鸣九——译

江西人民出版社

LA DERNIÈRE CLASSE

Alphonse Daudet

最后一课

都德短篇小说精选

[法] 都德——著 柳鸣九——译

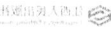

译本序：都德和他的散文化短篇小说

柳鸣九

一

阿尔封斯·都德生于法国南部普罗旺斯省斯尼姆城一个丝绸批发商的家庭，由于父亲破产，家境困顿，十五岁时就被迫辍学谋生，在一所中学里当辅导教员，备受学生的戏弄与同事的轻视，早尝了世道的辛酸，但由此也获得了日后写作其名著《小东西》的经历与感受。

都德很早就开始写作，十七岁时，他带着处女作诗集《女恋人》来到巴黎碰运气，得到他哥哥——历史学家艾尔莱斯特·都德的提携与帮助，开始走上了文学创作的道路。1858年他的《女恋人》得以出版，1860年，他当上了莫尔里公爵的秘书，一面过着清贫的文人生活，一面也常涉足上流社会、交际场所。他尝试写过诗歌、戏剧与短篇小说，都没有成功，但他在交际场所的经历却为他以后写《萨芙》等著名小说准备了生活基础。其间，他还曾不止一次到普罗旺斯与阿尔及利亚作短期旅行，从中又获得了以后创作《磨坊文札》与《达拉斯贡的达达兰》的素材与灵感，这个时期可说是他真正文学创作的准备阶段。

经过将近十年的努力，他于1866年发表的短篇集《磨坊文札》终于受到了读者的欢迎，1868年问世的长篇小说《小东西》更让都德获得了广泛的文学声誉。1870年，普法战争爆发，都德应征入伍。在战争生活中，他燃起了爱国主义热情并获得了文学创作的新灵感与新题材，由此，他在战后写出了不少爱国主义的名篇，这些著名的短篇大都收集在1873年出版的《月曜日故事集》里。

都德在文学创作上主要致力于长篇小说，到十九世纪七八十年代，他已获得相当出色的成绩，继《小东西》之后，1872年他发表了《达拉斯贡的达达兰》，1874年，又有另一名作《小弗莱蒙与大黎斯内》问世，而后，几乎每年出版一部长篇，计有《雅克》《富豪》《国王蒙尘》《努马·卢梅斯当》《福音传教士》《萨芙》（1884）《达达兰在阿尔卑斯山》《不朽者》《达拉斯贡海湾》等，共12部。在短篇方面，除了《磨坊文札》与《月曜日故事集》以外，1879年和1896年还分别出版了《短篇小说选》与《冬天的故事》两个集子。在十九世纪七八十年代，都德还从事戏剧创作，其作品有四部：《阿莱城的姑娘》《生存斗争》《障碍》与《说谎的女人》，其中《阿莱城的姑娘》后来由法国著名作曲家比才谱曲改编为歌剧，得以广泛流传。此外，都德还著有散文回忆录两部：《一个作家的回忆》与《巴黎三十年》。

都德是法国十九世纪下半叶强大的自然主义文学流派的参与者，早在1875年，当这个流派形成的时候，他是与左拉意气相投的文友，是最早的"五人聚餐会"的成员之一。后期，他在文坛上具有相当大的影响，在他周围聚集了一些年轻作家与文学青年。1897年12月16日，他在故乡病逝。

二

都德是法国文学史上在短篇小说创作上取得较高成就的作家之一。相对而言,他短篇小说的数量并不多,四个短篇集总共不到一百篇,远不能与莫泊桑相比。在他四个结集中,较为重要的是《磨坊文札》(1869)与《月曜日故事集》(1873)。为读者所传诵的名作,几乎都收在这两个集子里,为数不过十余篇,但它们以风格、情韵与艺术性取胜,足以奠定都德在法国短篇小说创作中的显著地位。

都德的短篇小说中最值得重视的是一组以普法战争为题材的作品,这些短篇广泛流传,脍炙人口,早已成为世界短篇小说文库中的瑰宝。《最后一课》堪称世界文学史上短篇小说中思想性与艺术性完美结合的典范,它在不到3000字的篇幅里,以法国在普法战争失败后,将东部的阿尔萨斯与洛林两省割让给普鲁士的历史事件为背景,表现了阿尔萨斯省人民沦为异族奴隶的悲剧。作者利用短篇小说的特点,以小中见大的艺术方法,在尽可能精练的艺术形式里容纳了具有重大历史意义的社会题材。他选择了在普鲁士人规定阿尔萨斯省学校里不许再教法文的命令下,一个小学校里学生们上最后一堂法文课的场景,把这一堂课提升到向祖国告别的仪式的高度,使普法战争悲剧性的结果通过这一堂课表现得异常鲜明突出。作者选取的角度也十分别出心裁,最后一课庄严而令人心碎的情景是通过一个顽童的感受写出来的。他懵懂无知的状态在最后一课中所受到的极大震动,他带有稚气的叙述中所流露出来的丧失祖国的沉重与悲痛,都具有一种感人至深的力量,也加强了作品对异族侵略者的控诉。本篇中的人物形象不止一个,都是以高度传神的白描手法勾画出来的,着笔不多,但给人的印象十分深刻,他们在上最后一课时的心理感受,集中地表现了阿尔萨斯人民深厚的爱国主义感情。《柏林之围》是与《最后一课》齐名的佳作,同样也以感人的故事、新颖的构思反映了普法战争中法兰西民族的悲剧。儒弗上校原是拿破仑帝国时期的军人,充满了法兰西荣誉感与爱国观念。普法战争一失利,他就中风瘫痪了。巴黎被围的困难时期,他在病床上一直活在法军节节胜利、直捣柏林的幻想中。他的胜利幻想与眼前战败的悲惨现实形成强烈的对照,既表现了这个重病老人天真而热烈的爱国情感,也烘托出巴黎被围的悲剧气氛。在严酷的现实之前,他的幻想必然彻底破灭,而他幻想破灭,终于发现了可怕的现实之日,也就是他生命终止之时。这一不幸的结局使小说具有一种催人泪下的悲剧力量。《小间谍》通过普鲁士人引诱利用无知的小孩出卖消息与情报致使法军大败的故事,表现了多方面的思想内容。既揭露了敌军卑鄙、狡诈与残暴的面目,又描写出法军士兵淳朴的人情;既鞭挞了贪图私利的通敌者,又批判了失足者行为的危害。对不同对象区别对待的态度与对他们作不同描写的艺术效果,反映了作者鲜明的爱憎与通情达理的分寸感,而把无知的误入歧途的小孩斯泰纳的悔恨之情,与义勇军全军覆没联系起来加以描写,则表现了作者明确的道德告诫的意图。值得注意的是,与其说作者在小说里是着力描写斯泰纳误入歧途的经过,不如说是着力塑造他的父亲斯泰纳老爹这个人物。这是一个具有高度的爱国热情与强烈的责任感的法兰西公民的形象,也是一个慈祥的父亲的形象,还是一个恩怨分明的硬汉的形象。他为了报仇雪耻,对强大的敌军进行了决死的战斗。在作者笔下,这一对父子悲剧故事的感人程度亦不下于儒弗上校。与斯泰纳老爹相似的是另一个短篇《旗手》中的主人公,他同样也是一个文化不高、地位低下的"粗人"，在军队里待了整整20年，也不过得到了一个下级军官的职位，但他在战争失败、全军向普鲁士人缴旗投降的时候，却凭自己的爱国主义勇气与民族荣誉感，敢于面对战胜者进行杀身成仁的反抗。

都德所有这些以普法战争为题材的短篇共有的一个特点是巨大的悲怆性。在这些短篇里，都德都致力于表现各种人物身上的悲剧色彩：小学生失去学祖国语言的权利；老军人梦想昔日的民族荣誉而不可得；老父亲报仇雪耻失败；老旗手进行绝望斗争。这些人物悲剧性的感情与行为决定于法兰西民族的悲剧，是这一大悲剧的组成部分。从这个意义上来说，都德这一组短篇小说不仅丰富地蕴含着他自己深沉的爱国主义热情，而且构成了对普法战争这一民族灾难的悲剧意义的深刻发掘，他所达到的这一意境与高度，是法国文学史上其他任何一个作家都未曾达到的。与此同时，都德又怀着愤慨之情在《一局台球》中揭露了军队上层的腐败、妄自尊大与对战争失败应负的不可饶恕的罪责。士兵们已集合起来在战壕里待命，但司令部里台球游戏玩得正起劲，即使敌军已开始了攻击，元帅与将校们仍无动于衷，不下任何命令，致使全军坐以待毙，一局台球打完，全军也遭到了覆没之灾。

三

都德短篇小说的另一重要内容，是对他故乡普罗旺斯地区生活的描写。普罗旺斯题材在他短篇中占有的比重是显而易见的，著名文集《磨坊文札》中的短篇就是他的怀乡之作。正如莫泊桑在法国文学中以描写诺曼底景物著称一样，都德则以对南方风情出色的描写而闻名。对于都德来说，普罗旺斯的一切都具有迷人的魅力，如他一个名为《县长下乡》的短篇所描写的，南国乡野的景色是那么迷人，以致一个忙于事务的俗吏也情不自禁醉倒在山林里。都德满怀着亲切眷恋的柔情，用简约的笔触与清丽的色调描绘出一幅幅优美动人的普罗旺斯画面：南方烈日下幽静的山林、铺满了葡萄与橄榄的原野、吕贝龙山上迷人的星空、遍布小山冈的风磨、节日里麦场上的烟火、妇女身上的金十字架与花边衣裙、路上清脆的骡铃声，还有都德自己那著名的像一只大蝴蝶停在绿油油小山上的磨坊……所有这些极富南方色彩的画面，在法国文学的地方风光画廊里，以其淡雅的风格与深长的韵味而永具艺术生命力。

在其南方描绘中，都德更主要地致力于对普罗旺斯性格的发掘与刻画。他欣赏普罗旺斯人身上重感情而不重功利的性格，在他笔下出现了不止一个感情炽烈、任凭感情行事不计后果的人物。在《阿莱城的姑娘》里，主人公让，一个身体健壮、性格开朗的普罗旺斯青年农民，爱上邻近阿莱城一个俏艳的姑娘，他的爱情是那么热烈执着，以至声称如果不娶到她，自己就活不下去，父母只得答应他的婚事。但婚前不久，有人向他家告发了那个姑娘原来是个朝三暮四、水性杨花的人，让从此绝口不提她，心里的爱情却仍然炽烈，并为爱情上的创伤感到极大的痛苦。他抑郁寡欢，形单影只。为了不使父母难过，他强作欢颜，终于在过了圣埃洛瓦节狂欢之夜后跳楼自尽。在《波凯尔的驿车》里，那个在邮车上被人嘲笑的磨刀匠，看起来是一个软弱的孱头，实际上是一个极重感情的人物，他不幸娶了一个漂亮而放荡的女人为妻，这个女人几乎每过半年就要与情人私奔一次，不久后又回到他身边请求原谅与宽恕，如此反复，习以为常。磨刀匠为宠爱自己的妻子而长期忍辱负重，终于，他持久的爱被折磨成强烈的恨，这种恨最终导致他制造出一幕震撼人心的惨剧。虽然这类普罗旺斯人在精神上显得有些软弱，但其感情强烈的程度却与司汤达笔下的意大利性格、梅里美作品中的西班牙性格有某些相似之处。正是这种感情至上的性格投合了都德本人感情浓厚、气质热烈的倾向，成为他乐于描写的对象。

都德在发掘普罗旺斯性格的时候，以深深的感情注视着普罗旺斯性格中的淳厚、朴实与天真，并以短篇小说中堪称最佳的艺术形式加以表现，他的《繁星》就是展示这种优美人性的杰作。这个短篇通过一个普罗旺斯牧童的自白，讲述了一个动人的爱情故事：牧童爱慕着田庄主人的女儿斯苔法奈特，但他只能怀着这没有希望的恋情孤独地待在放牧的高山上。使人喜出望外的是，由于偶然的原因，斯苔法奈特来到高山上为他送粮食，并且因为下雨与山洪暴发而不得不在高山牧场上过夜。牧童怀着纯净的柔情，坐怀不乱，与自己心目中的仙女一起度过了一个富有诗意的夜晚，迎来了曙光与黎明。小说像是一首动人的牧歌，表现了优美大自然中的田园生活与爱情，特别是表现了普罗旺斯牧童那真挚的感情与纯净的情操，这种情操给短篇带来了清新的气息，使它在世界短篇小说的行列中以其高尚的格调而出类拔萃。另一个短篇《高尼勒师傅的秘密》，也是都德表现普罗旺斯朴实乡风的名篇。小说中的这个乡下磨坊业非常发达，山冈上布满了风磨，大路上驴子成群结队送来周围农村的麦子，磨坊主以葡萄酒款待来磨面粉的农民，完全是一派和平幸福的景象，充满了一种古老宁静的气氛。巴黎人在大路上开起了蒸汽磨面厂后，风磨坊就一家家被挤垮，纷纷倒闭，唯独高尼勒师傅磨坊的风磨仍然继续旋转，坚持与蒸汽磨面厂进行抗争。然而，高尼勒师傅的秘密终于被人发现，原来，他的磨坊里一片凄凉，风翼不停，磨盘却是空转，可怜的高尼勒为了保持磨坊业的荣誉，煞费苦心地营造了他的磨坊仍然兴旺的假象，企图维持人们在精神上对机器面粉厂的抵制，周围的农民有感于高尼勒的苦衷，为了照顾他的感情，又纷纷把麦子送到他的磨坊里来。高尼勒死后，普罗旺斯乡下这最后一家磨坊的风翼也就停止了转动。短篇表现了普罗旺斯农村人与人关系中前资本主义性的淳朴与和谐，也反映了资本主义关系侵入普罗旺斯地区时，传统的精神与习俗中所产生的一种无能为力的敌对状态。从这里，既可以看到普罗旺斯过去的人情习俗，也可以看到社会转型时期普罗旺斯性格的反应。整篇小说以缅怀的、哀而不伤的笔调写成，是一曲对普罗旺斯旧日淳朴风习的轻淡的挽歌。虽然普罗旺斯古朴的人情属于过去的时代，但都德却赋予它某种诗意，把它与巴黎文明对立起来，流露了他对资本主义关系的不满。

都德在短篇小说创作中，还从自己作为一个作家的职业、经验与感受中汲取灵感，写出了一批以作家文人生活为题材的小说。《赛甘先生的山羊》是一个结合着诗情画意的描绘、机智绝妙的反讽与深刻隽永的意味的故事。赛甘先生多次豢养山羊，它们不甘于栏圈里安逸的生活而向往高山上的野趣、自由与新鲜空气，一只只脱逃上山，但每一只最终都成为野狼的食物。作者以貌似玩世不恭的态度与巧妙的反讽语调，用赛甘先生的山羊作为前车之鉴，指出诗人若单凭对阿波罗的忠诚，献身于美的追求与诗韵，而不着眼于现实利益，把才能奉献给资本主义商业文化，就会落得衣衫褴褛、饥肠辘辘的境地，实际上是以沉痛的情怀深深揭示了资本主义社会中文人的悲惨处境。另一个短篇《毕克休的文件包》则是文人悲惨处境的现实描绘。毕克休这位曾蜚声巴黎的大漫画家，双目失明后，生活无着，女儿被送进了孤儿院，自己只求在外省甚至偏僻山区经营小烟摊糊口，为了获得批准，长期奔走于衙门，始终达不到目的，最后落得向人求食。

都德的短篇小说中还有另一引人注意的题材，即对宗教的讽刺。他的《三遍小弥撒》以幽默的笔调细致地描写了圣诞节之夜一个乡间教堂里做弥撒的场面：神甫与贵族乡绅的善男信女们，为了赶快享用圣诞晚宴上的佳肴，急不可待草草了事做完了三遍小弥撒。庄严的宗教仪式、神圣的经书、虔诚的祷文与这些人物急切的贪馋丑态形成滑稽可笑的对照，表现出作者绝妙的讽刺才情。短篇《雅尔雅伊来到天主家》更是诙谐之至。一个不信宗教、渎神无行的搬运夫死后来到天堂门口，被耶稣的大弟子、天堂的守门人圣彼得拒之门外，他略施小计居然就混入了天堂。小说里对圣者、对天堂的漫画式的描绘妙趣横生，搬运夫雅尔雅伊那种不信神的精神与粗俗但充满活力的神态跃然纸上，带有浓厚的民间气息。特别是他自己因想看热闹的斗牛又被圣者轻而易举骗出了天堂的情节，典型地表现了普罗旺斯性格的特色，是作者的绝妙之笔。

在艺术上，都德的短篇小说别具一格，他的风格淡雅柔和，带有浓郁的感情色彩与幽默的情趣，并充满了清新的诗意。

都德在自己的短篇小说中，较少地着力于表现生活的纵的发展与起伏，而经常注意描写若干生活横断面的场景。如《一局台球》《毕克休的文件包》等短篇中，构成小说主体部分的，都是被集中加以描写的生活画面，而且画面的线条简明，色彩清淡，结构灵活自由，这就使得作品具有一种散文化的特色，其中有的短篇往往更接近散文随笔。虽然他有一部分作品可称得上典型的

"小说""故事",但故事性并不强,情节大都平淡无奇,绝少戏剧性的效果,完全是属于平凡的生活现象。如《最后一课》中的上课、《柏林之围》中儒弗上校的生病,等等,但是,由于这些情节是从日常生活中提炼出来的,并被作者深深地发掘出其中深蕴的含义,因而又具有较高的典型性与动人的情趣。

都德的短篇之不以故事情节而以韵味取胜,首先在于他是一个富有诗人气质的小说家,而不是一个以叙述见长的"讲故事的人",在他身上最强有力的禀能并不是观察与想象,而是感受。他敏锐而细致,即使对普通的日常生活也有自己微妙的感受,在一片南国景色前他会产生欣喜如醉的情绪,由此写出一篇动人的故事(《县长下乡》)。即使是自己回到故乡安顿下来的生活细节,他也从中体会出某种意味而铺陈为一个短篇(《安居》)。正因为他所写出来的都是他亲身感受的,是从他那感情丰富的心灵里渗透出来的,所以他的每一个篇章字里行间都滴淌着他的感情。这一股股感情、一段段心绪、一种种情愫就成为贯穿于他作品中的气势,将散文化的部件与成分凝结为一个有机的整体,而且也使得作品具有一种诉之于心的力量,使读者感到格外亲切自然,这构成了都德短篇小说的一种重要的魅力。

与文学史上那些或热情奔放,或激昂慷慨,或忧愁抑郁的作家不同,都德在自己短篇中的浓郁感情的形态是柔和温存。他以亲切的眼光去看待现实与人生,因此,他所观察到的、他所表现出来的,就是温存与柔和的图景。在他的艺术视野里,较少有尖锐、激烈的生活与斗争,即使是涉及重大的冲突与矛盾,他往往也是从缓冲的方式去加以把握。如儒弗上校痛失祖国荣誉的悲剧是从小孙女照顾病人的角度表现出来的,法国割让阿尔萨斯省的巨大悲剧仅通过一堂课体现出来。都德以柔和温存的眼光去看待人物，因而，他的人物身上几乎都沐浴着他的温情，即使是对他有所贬责的人物，他也带有几分通情达理的宽厚。他的鞭挞是轻微的，他的讽刺也不辛辣，尽管他感情热烈，但他对人生中世俗的规范与是非标准有时又多少有点超然，因而，他的讽嘲中往往带有几分幽默与温和。毫无疑问，美与善的事物与他柔软的心灵是相投的，他敏锐、细致的感情善于从其中汲取美与善的精髓。这样，他的作品中又往往具有含英咀华的诗意，如《繁星》就是这样一篇杰作。

都德短篇小说的风格是他热烈的气质、温和的人生态度、敏锐的感受方式与自己特定的艺术方法所综合决定的产物。他这种散文化但充满了感情与诗意的小说风格，在文学发展过程中具有某种示范意义，它与莫泊桑式的短篇小说相对，提供了另一种小说类型的样本。

目录

译本序：都德和他的散文化短篇小说 / 1-11

Part1　经典短篇 / 001

最后一课 / 002
　　——阿尔萨斯省一个小孩的自叙

柏林之围 / 008

旗手 / 016

小间谍 / 023

一局台球 / 032

公社的阿尔及利亚步兵 / 038

一只红山鹑的悲愤 / 043

雅尔雅伊来到天主家 / 050
　　——普罗旺斯民间传说

Part2　磨坊文札 / 057

前言 / 058

安居 / 060

波凯尔的驿车 / 064

高尼勒师傅的秘密 / 069

赛甘先生的山羊 / 076

——致巴黎的抒情诗人皮埃尔·格兰哥尔先生

繁星 / 084

阿莱城的姑娘 / 090

教皇的母骡 / 095

桑居奈尔的灯塔 / 106

塞米朗特号遇难记 / 113

海关水手 / 121

菊菊乡的神甫 / 126

一对老年夫妻 / 134

散文诗 / 142

　　王太子之死 / 142　　县长下乡 / 145

毕克休的文件包 / 149

金脑人的传奇 / 156
—— 致一位要听快乐故事的夫人

诗人米斯塔尔 / 161

三遍小弥撒 / 169
—— 圣诞故事

橘子 / 179
—— 即兴之作

两家旅店 / 183

到米利亚纳去 / 188
—— 旅行随笔

蝗虫 / 200

可敬的戈谢神甫的药酒 / 205

在卡玛尔克 / 217
  出发 / 217 草屋 / 220 指望（狩猎）/ 222
  红党与白党 / 224 瓦卡雷斯湖 / 225

思念 / 228

跋 / 232
—— 我译《磨坊文札》

Part1

经典短篇

最后一课
——阿尔萨斯省一个小孩的自叙

那天早晨,我很迟才去上学,非常害怕会挨老师的训,特别是因为哈墨尔先生已经告诉过我们,他今天要考问分词那一课,而我,连头一个字也不会。这时,我起了一个念头:想逃学到野外去玩玩。

天气多么温暖!多么晴朗!

白头鸟在林边的鸣叫声不断传来,锯木厂的后面,黎佩尔草地上,普鲁士军队正在操练。这一切比那些分词规则更吸引我,但我还是努力克制了这个念头,很快朝学校跑去。

经过村政府的时候,我看见一些人围在挂着布告牌的铁栅栏前面。这两年来,那些坏消息,吃败仗啦、抽壮丁啦、征用物资啦,还有普鲁士司令部的命令啦,都是在这儿公布的。我没有停下来,心想:

"又有什么事了?"

这时,正当我跑过广场的时候,带着徒弟在那里看布告的铁匠瓦什泰,朝着我喊道:

"小家伙,不用这么急!你去多晚也不会迟到了!"

我以为他是在讽刺我,于是,气喘喘地跑进了哈墨尔先生的小院子。

往常,刚上课的时候,教室里总是一片乱哄哄,街上都听得见,课桌开开关关,大家一起高声诵读,你要专心,就得把耳朵捂起来,老师用大戒尺不停地拍着桌子喊道:

"安静一点儿!"

我本来打算趁这一阵乱糟糟,不被人注意就溜到自己的座位上去,但是,恰巧那一天全都安安静静,像星期天的早晨一样。我从敞开的窗子,看见同学们都整整齐齐坐在各自的位子上,哈墨尔先生夹着那根可怕的铁戒尺走来走去。我非得把门打开,在一片肃静中走进去。你想,我是多么难堪,多么害怕!

可是,事情并不是那样。哈墨尔先生看见我并没有生气,倒是很温和地对我说:

"快坐到你的位子上去吧!我的小弗朗茨。你再不来,我们就不等你了。"

我跨过条凳,马上在自己的课桌前坐下。当我从惊慌中定下神来,这才注意到我们的老师这天穿着他那件漂亮的绿色礼服,领口系着折叠得挺精致的大领结,头上戴着刺绣的黑绸小圆帽,这身服装是他在上级来校视察时或学校发奖的日子才穿戴的。而且,整个课堂都充满了一种不平常的、庄严的气氛。但最使我惊奇的,是看见在教室的尽头,平日空着的条凳上,竟坐满了村子里的人,他们也像我们一样不声不响。其中有霍瑟老头,戴着他那顶三角帽,有前任村长,有退职邮差,还有其他一些人,他们都愁容满面。霍瑟老头带来一本边缘都磨破了的旧识字课本,摊开在自己的膝头上,书上横放着他那副大眼镜。

正当我看了这一切感到纳闷的时候,哈墨尔先生走上讲台,用刚才对我讲话的那种温和而严肃的声音,对我们说:

"我的孩子们,这是我最后一次给你们上课,从柏林来了命令,今后在阿尔萨斯和洛林两省的小学里,只准教德文了……新教师明天就到。今天,是你们最后一堂法文课,我请你们专心听讲。"

这几句话对我简直就是晴天霹雳。啊!那些混账东西,原来他们在村政府前面公布的就是这件事。

这是我最后一堂法文课!

可是我刚刚勉强会写!从此,我再也学不到法文了!只能到此为止了!我这时是多么后悔啊,后悔过去浪费了光阴,后悔自己逃学去掏鸟窝,到萨尔河上去滑冰!我那几本书——文法书、圣徒传,刚才我还觉得背在书包里那么讨厌,那么沉甸甸的,现在就像老朋友一样,叫我舍不得离开。对哈墨尔先生也是这样。一想到他就要离开这儿,从此再也见不到他了,我就忘记了他以前给我的处罚,忘记了他如何用戒尺打我。

这个可怜的人啊!

原来他是为了上最后一堂课,才穿上漂亮的节日服装,而现在我也明白了,为什么村里的老人今天也来坐在教室的尽头,这好像是告诉我们,他们后悔过去到这小学里来得太少。这也好像是为了向我们的老师表示感谢,感谢他四十年来勤勤恳恳为学校服务,也好像是为了对即将离去的祖国表示他们的心意……

我正在想这些事的时候,听见叫我的名字。是轮到我来背书了。只要我能从头到尾把这些分词的规则大声地、清清楚楚地、一字不错地背出来,任何代价我都是肯付的啊!但是刚背头几个字,我就结结巴巴了,我站在座位上左右摇晃,心里难受极了,头也不敢抬。只听见哈墨尔先生对我这样说：

"我不好再责备你了，我的小弗朗茨，你受的惩罚已经够了……事情就是这样。我们每天都对自己说：'算了吧，有的是时间，明天再学也不迟。'但是，你瞧，今天发生了什么事……唉！过去咱们阿尔萨斯最大的不幸，就是把教育推延到明天。现在，那些人就有权利对我们说：'怎么，你们自称是法国人，而你们既不会读也不会写法文！'在这件事里，我可怜的弗朗茨，罪责最大的倒不是你，我们都有应该责备自己的地方。

"你们的父母并没有尽力让你们好好念书。他们为了多挣几个钱，宁愿把你们送到地里和工厂去。我难道就没有什么该责备我自己的？我不是也常常叫你们放下学习替我浇园子？还有，我要是想去钓鲈鱼，不是随随便便就给你们放了假？"

接着，哈墨尔先生谈到法兰西语言，说这是世界上最美的语言，也是最清楚、最严谨的语言，应该在我们中间保住它，永远不要把它忘了，因为，当一个民族沦为奴隶的时候，只要好好保住了自己的语言，就如同掌握了打开自己牢房的钥匙……随后，他拿起一本文法课本，给我们讲了一课。我真奇怪我怎么会理解得那么清楚，他所讲的内容，我都觉得很好懂，很好懂。我相信，我从来没有这样专心听讲过，而他，也从来没有讲解得这样耐心。简直可以说，这个可怜的人想在他走以前把自己全部的知识都传授给我们，一下子把它们灌输到我们的脑子里去。

讲完了文法，就开始习字。这一天，哈墨尔先生特别为我们准备了崭新的字模，上面用漂亮的花体字写着："法兰西，阿尔萨斯，法兰西，阿尔萨斯。"我们课桌的三脚架上挂着这些字模，就像是许多小国旗在课堂上飘扬。每个人都那么专心！教室里是那么肃静！这情景可真动人。除了笔尖在纸上画写的声音外，听不到任何别的声响。这时，有几只金龟子飞进了教室，但谁也不去注意它们，就连那些最小的学生也不例外，他们专心专意地画他们的一横一竖，好像这也是法文……在学校的屋顶上，有一群鸽子在低声"咕咕"，我一面听着，一面想：

"那些人是不是也要强迫这些鸽子用德语唱歌呢？"

有时，我抬起头来看看，每次都看见哈墨尔先生站在讲台上一动也不动，眼睛死死盯着周围的东西，好像要把这个小学校舍都吸进眼睛里带走……请想想！四十年来，他一直待在这个地方，老是面对着这个庭院和一直没有变样的教室。只有那些条凳和课桌因长期使用而变光滑了；还有院子里那棵核桃树也长高了，他亲手栽种的啤酒花现在也爬上窗子碰到了屋檐。这可怜的人听着他的妹妹在楼上房间里来来去去收拾他们的行李，他们第二天就要动身，告别本乡，一去不复返。他即将离开眼前的这一切，这对他来说是多么伤心的事啊！

不过，他还是鼓起勇气把这天的课教完。习字之后，是历史课；然后，小班学生练习拼音，全体一起诵唱Ba、Be、Bi、Bo、Bu。那边，教室的尽头，霍瑟老头戴上了眼镜，两手捧着识字课本，也和小孩们一起拼字母。看得出他也很用心。他的声音由于激动而颤抖，听起来有一种说不出的味道，叫人又想笑又想哭。唉！我将永远记得这最后一课……

忽然，教室的钟打了十二点，紧接着响起了午祷的钟声。这时，普鲁士军队操练回来的军号声在我们窗前响了起来……哈墨尔先生面色惨白，在讲台上站了起来。他在我眼里，从来没有显得这样高大。

"我的朋友们，"他说，"我的朋友们，我，我……"

他的嗓子被什么东西堵住了，无法说完他那句话。

于是,他转身对着黑板,拿起一支粉笔,使出全身的力气按着它,用最大的字母写出:

法兰西万岁

写完,他仍站在那里,头靠着墙壁,不说话,用手向我们表示:

"课上完了……去吧。"

柏林之围

我们一边与韦医生沿着爱丽舍田园大道往回走,一边向被炮弹打得千疮百孔的墙壁、被机枪扫射得坑洼不平的人行道探究巴黎被围的历史。当我们快到明星广场的时候,医生停了下来,指着那些环绕着凯旋门的富丽堂皇的高楼大厦中的一幢,对我说:

"您看见那个阳台上关着的四扇窗子吗?八月初,也就是去年那个可怕的充满了风暴和灾难的八月,我被找去诊治一个突然中风的病人。他是儒弗上校,一个拿破仑帝国时代的军人,在荣誉和爱国观念上是个老顽固。战争一开始,他就搬到爱丽舍来,住在一套有阳台的房间里。您猜是为什么?原来是为了参观我们的军队凯旋的仪式……这个可怜的老人!维桑堡惨败的消息传到他家时,他正离开饭桌。他在这张宣告失利的战报下方,一读到拿破仑的名字,就像遭到雷击似的倒在地上。

"我到那里的时候,这位老军人正直挺挺躺在房间的地毯上,满脸通红,表情迟钝,就像刚刚当头挨了一闷棍。他如果站起来,一定很高大;现在躺着,还显得很魁梧。他五官端正、漂亮,牙齿长得很美,有一头卷曲的白发,八十高龄看上去只有六十岁……他的孙女跪在他身边，泪流满面。她长得很像他，瞧他们在一起，可以说就像同一个模子铸出来的两枚希腊古币，只不过一枚很古老，带着泥土，边缘已经磨损，另一枚光彩夺目，洁净明亮，完全保持着新铸出来的那种色泽与光洁。

"这女孩的痛苦使我很受感动。她是两代军人之后，父亲在麦克马洪元帅的参谋部服役，躺在她面前的这位魁梧的老人的形象，在她脑海里总引起另一个同样可怕的对她父亲的联想。我尽最大的努力安慰她，但我心里并不存多大希望。我们碰到的是一种地地道道的半身不遂，尤其是在八十岁得了这种病，是根本无法治好的。事实也正如此，整整三天，病人昏迷不醒，一动也不动……在这几天之内，又传来了雷舍芬战役失败的消息。您一定还记得消息是怎么误传的。直至那天傍晚，我们都以为是打了一个大胜仗，歼灭了两万普鲁士军，还俘虏了普鲁士王太子……我不知道是由于什么奇迹、什么电流，那举国欢腾的声浪竟波及我们这位可怜的又聋又哑的病人，一直钻进了他那瘫痪症的幻觉里。总之，这天晚上，当我走近他的床边时，我看见的不是原来那个病人了。他两眼有神，舌头也不那么僵直了。他竟有了精神对我微笑，还结结巴巴说了两遍：

"'打……胜……了！'

"'是的，上校，打了个大胜仗！'

"我把麦克马洪元帅辉煌胜利的详细情况讲给他听的时候，发觉他的眉目舒展了开来，脸上的表情也明亮起来了。

"我一走出房间，那个年轻的女孩正站在门边等着我，她面色苍白，呜咽地哭着。

"'他已经脱离生命危险了！'我握住她的双手安慰她。

"那个可怜的姑娘几乎没有勇气回答我。原来，雷舍芬战役的真实情况刚刚公布了，麦克马洪元帅逃跑，全军覆没……我和她惊慌失措地互相看着。她因担心自己的父亲而发愁，我呢，为老祖父的病情而不安。毫无疑问，他再也受不了这个新的打击……那么，怎么办呢？……只能使他高高兴兴，让他保持着这个使他复活的幻想……不过，那就必须向他撒谎……

"'好吧，由我来对他撒谎！'这勇敢的姑娘自告奋勇对我说。她揩干眼泪，装出喜气洋洋的样子，走进祖父的房间。

"她所负担的这个任务可真艰难。头几天还好应付。这个老好人头脑还不十分健全，就像一个小孩似的任人哄骗。但是，随着健康日渐恢复，他的思路也日渐清晰。这就必须向他讲清楚双方军队如何活动，必须为他编造每天的战报。这个漂亮的小姑娘看起来真叫人可怜，她日夜伏在那张德国地图上，把一些小旗插来插去，努力编造出一场场辉煌的战役：一会儿是巴赞元帅向柏林进军，一会儿是弗鲁瓦萨尔将军攻抵巴伐利亚，一会儿是麦克马洪元帅挥戈挺进波罗的海海滨地区。为了编造得活灵活现，她总是要征求我的意见，而我也尽可能地帮助她。但是，在这一场虚构的进攻战里，给我们帮助最大的，还是老祖父本人。要知道，他在拿破仑帝国时期已经在德国征战过那么多次啊！对方的任何军事行动，他预先都知道：'现在，他们要向这里前进……你瞧，他们就要这样行动了……'结果，他的预见都毫无例外地实现了，这当然免不了使他有些得意。

"不幸的是，尽管我们攻克不少城市，打了不少胜仗，但总是跟不上他的胃口，这老头简直是贪得无厌……每天我一到他家，准会听到一个新的军事胜利：

"'大夫，我们又打下美央斯了！'那年轻的姑娘迎着我这样说，脸上带着苦笑。这时，我隔着门听见房间里一个愉快的声音对我高声喊道：

"'好得很，好得很……八天之内我们就要打进柏林了！'

"其实，普鲁士军队离巴黎只有八天的路程……起初我们商量把他转移到外省去，但是，只要一出门，法兰西的真实情况就会使他明白一切，我认为他身体太虚弱，精神上受到沉重打击所引起的中风还很严重，不能让他了解真实的情况。于是，我们决定还是让他留在巴黎。

"巴黎被围的第一天，我去到他家，我记得，那天我很激动，心里惶惶不安。当时，巴黎所有的城门都已关闭，敌人兵临城下，国界已经缩小到郊区，人人都感到恐慌。我进去的时候，这个老好人正坐在自己的床上，兴高采烈地对我说：

"'嘿！围城总算开始了！'

"我惊愕地望着他：

"'怎么，上校，您知道了？……'

"他的孙女赶快转身对我说：

"'是啊！大夫……这是好消息，围攻柏林已经开始了！'

"她一边说着话，一边做针线活，动作是那么从容、镇定……老人又怎么会产生怀疑呢？屠杀的大炮声，他是听不见的。被搅得天翻地覆、灾难深重的不幸的巴黎城，他是看不见的。他从床上所能看到的，只有凯旋门的一角，而且，在他房间里，周围摆设着一大堆破旧的拿破仑帝国时期的遗物，有效地维持着他的种种幻想。拿破仑手下元帅们的画像、描绘战争的木刻、罗马王婴孩时期的画片，还有镶着镂花铜饰的高大的长条案，上面陈列着帝国的遗物，什么徽章啦，小铜像啦，玻璃圆罩下的圣赫勒拿岛上的岩石啦，还有一些小画像，画的都是同一位头发卷曲、眉目有神的贵妇人，她穿着跳舞的衣裙、黄色的长袍、袖管肥大而袖口紧束——所有这一切,长条案、罗马王、元帅们,那位身材修长、腰带高束、具有1806年人们所喜爱的端庄风度的黄袍夫人……构成了一种充满胜利和征服的气氛,比起我们向他——善良的上校啊——撒的谎更加有力,使他那么天真地相信法国军队正在围攻柏林。

"从这一天起,我们的军事行动就大大简化了。攻克柏林,这只是一个时间问题。过了一些时候,只要这老人等得不耐烦了,我们就读一封他儿子的来信给他听。当然,信都是假造的,因为巴黎已经被围得水泄不通,而且,早在色当大败以后,麦克马洪元帅的参谋部就已经被俘并被押送到德国某一个要塞去了。您可以想象,这个可怜的女孩多么痛苦,她得不到父亲的半点音信,只知道他已经被俘、被剥夺了一切,也许还在生病,而她却不得不假装他的口气写出一封封兴高采烈的来信,当然,信都是短短的,一个在被征服的国家不断胜利前进的军人只能写这样短的信。有时候,她实在坚持不下去了。于是好几个星期都没有来信。这位老人可就着急了,睡不着了。于是很快又从德国来了一封信,她来到他床前,忍住眼泪,装出高高兴兴的样子念给他听。老人一本正经地听着,一会儿心领神会地微笑,一会儿点头赞许,一会儿又提出批评,还对信上讲得不清楚的地方给我们加以解释。但他特别高贵的地方,是表现在他给儿子的回信中。他说:'你永远不要忘记自己是法国人……对那些可怜的人要宽大为怀,不要使他们感到我们的占领是令人难以忍受的……'信中全是没完没了的叮嘱,关于要保护私有财产啦、要尊重妇女啦等一大堆令人钦佩的车轱辘话,总而言之,是一部专为征服者备用的地地道道的军人荣誉手册。有时,他也在信中夹杂一些对政治的一般看法以及媾和的条件。在这个问题上,我应该说,他的条件并不苛刻：'只要战争赔款，别的什么都不要……把他们的省份割过来有什么用呢？难道我们能把德意志变成法兰西吗？……'

"他口授这些话的时候，语气是很坚决的，可以感到他的话里充满了天真的感情，这种高尚的爱国心听起来不能不使人深受感动。

"这期间，包围圈愈来愈紧，唉，不过并不是柏林之围！……那时正是严寒季节，火炮不断轰击，瘟疫流行，饥馑逼人。但是，幸亏我们精心照料，无微不至，老人的静养总算一刻也没有受到侵扰。直到最困难的时候，我都有办法给他弄到白面包和新鲜肉。当然，这些食物只有他才吃得上。您很难想象还有什么比这位老祖父就餐的情景更使人感动的了。他自私自利地享受着而又被蒙在鼓里：坐在床上，红光满面，笑嘻嘻地，胸前围着餐巾，因为饮食不足而脸色苍白的小孙女坐在他身边，扶着他的手，帮助他喝汤，帮助他吃那些别人都吃不上的好食物。饭后，老人精神十足，房间里暖乎乎的，外面刮着寒冷的北风，雪花在窗前飞舞，这位老军人回忆起他在北方参加过的战役，于是，又向我们第一百次讲起他那次倒霉地从俄罗斯撤退时，他们只有冰冻的饼干和马肉可吃。

"'你能体会吗？小家伙，我们那时只能吃上马肉！'

"我相信他的孙女是深有体会的。这两个月来，她除了马肉外没有吃过别的东西……但是，一天天过去，随着老人日渐恢复健康，我们对他的照顾愈来愈困难了。过去，他感觉迟钝、四肢麻痹，便于我们把他蒙在鼓里，现在情况开始变化了，已经有那么两三次，玛约门前可怕的排炮声惊得他跳了起来，他像猎犬一样竖着耳朵。我们就不得不编造说，巴赞元帅在柏林城下又取得了决定性的胜利，刚才是荣军院鸣炮表示庆祝。又有一天，我们把他的床推到窗口，我想，那天正是发生了布森瓦血战的星期四，他一下就清清楚楚看见了在林荫道上集合的国民自卫队。

"'这是什么军队？'他问道。接着我们听见他嘴里轻声抱怨：

"'服装太不整齐，服装太不整齐！'

"他没有再说别的话，但是，我们立刻明白了，以后可得特别小心。不幸的是，我们还小心得不够。

"一天晚上，我到他家的时候，那女孩神色仓皇地迎着我：

"'明天他们就进城了！'她对我说。

"老祖父的房门当时是否开着？反正，我现在回想起来，经我们这么一说，那天晚上老人的神色的确有些特别。也许，他当时听见了我们的谈话。只不过我们谈的是普鲁士军队，而这个好心人想的是法国军队，以为是他等待已久的凯旋仪式——麦克马洪元帅在鲜花簇拥、鼓乐高奏之下，沿着林荫大道走过来，他的儿子走在元帅的旁边；他自己则站在阳台上，整整齐齐穿着军服，就像当年在鲁镇那样，向遍布弹痕的国旗和被硝烟熏黑了的鹰旗致敬……

"可怜的儒弗老头！他一定是以为我们为了不让他过分激动而要阻止他观看我们军队的凯旋游行，所以他跟谁也不谈这件事。但第二天早晨，正当普鲁士军队小心翼翼地沿着从玛约门到杜伊勒里宫的那条马路前进的时候，楼上那扇窗子慢慢打开了，上校出现在阳台上，头顶军盔，腰挎马刀，穿着米约手下老骑兵的光荣而古老的军装。我现在还弄不明白，是一种什么意志、一种什么突如其来的生命力使他能够站了起来，并穿戴得这样齐全。反正千真万确他是站在那里，就在栏杆的后面，他很诧异马路是那么空旷、那么寂静，每一家的百叶窗都关得紧紧的，巴黎一片凄凉，就像港口的传染病隔离所，到处都挂着旗子，但是旗子是那么古怪，全是白的，上面还带有红十字，而且，没有一个人出来欢迎我们的队伍。

"乍时，他以为自己是弄错了……

"但不！在那边，就在凯旋门的后面，有一片听不清楚的嘈杂声，在初升的太阳下，一支黑压压的队伍开过来了……慢慢地，军盔上的尖顶在闪闪发光，耶拿的小铜鼓也敲起来了，在凯旋门下，响起了舒伯特的胜利进行曲，还有列队笨重的步伐声和军刀的撞击声伴随着乐曲的节奏！……

"于是，在广场上一片凄凉的寂静中，听见了一声喊叫，一声惨厉的喊叫：'快拿武器……快拿武器……普鲁士人。'这时，前哨部队的头四个骑兵可以看见在高处阳台上，有一个身材高大的老人挥着手臂，踉踉跄跄，最后全身笔直地倒了下去。这一次，儒弗上校可真的死了。"

旗手

一

这个团的士兵散布在铁路边的斜坡上，遭到对面丛林中普鲁士部队集中火力的射击。两军对射，相距仅八十米。团队的军官们不断高喊："卧倒！……"但没有人照办，这支骄傲的部队昂然挺立，聚集在军旗的周围。夕阳西沉，麦田成熟，草地牧场片片相连，在此广阔的背景上，这一大群遭到射击的士兵，被弥漫的硝烟笼罩，就像羊群在旷野上突然遭到可怕的暴风雨前第一阵狂风的猛打。

在这个斜坡上，落下来的可是弹雨啊！机枪的噼啪声、军用饭盒滚到沟里的闷响声、子弹从战场上空飞过的长长呼啸声，均不绝于耳，就像令人恐怖而又震耳欲聋的乐器紧绷着发出的弦声。军旗高竖在士兵们的头顶上空，抗着枪林弹雨迎风飘动，时不时被淹没在硝烟里，一遇上此种情形，就有人发出一阵庄严而骄傲的喊声："军旗还在，我的孩子们，军旗还在……"这喊声盖过了枪声炮声、伤员的呻吟声与咒骂声，与此同时，但见一名军官像影子一闪，奔进那红色的硝烟里，于是，英雄的旗帜又重新复活，在战场上高高飘扬。

它倒下了二十二次！这二十二次，它次次从死去的旗手的手里倒下，旗杆上的余温犹在，又立即被后继者竖了起来；到夕阳西下时，这个团队残存的战士已为数不多，他们开始慢慢撤退，而这面军旗，传到了这天第二十三位旗手奥尔尼军士的手里时，已成了一块破烂不堪的破布。

二

这个奥尔尼是一个袖章上有三条纹的老兵，没有文化，只会写自己的名字，在军队里熬了二十年才当上低级士官。从小被遗弃，吃过不少苦，长期在兵营里过着单调的生活，因此头脑迟钝，所有这些都刻印在他低矮而显固执的额头上、被行军袋压弯了的背脊上、军事操练中所养成的下意识的步伐上。除此以外，他还有点口吃，不过，当一名旗手，根本就无须有什么口才。战斗的当天晚上，上校对他说："军旗既然在你手里，好样的，你就好好保护它吧。"随军女膳食员立即就在他那件经过日晒雨淋、硝烟熏烤、已破旧不堪的军大衣上，缝上了一道标志少尉军衔的金色线条。此乃他卑微一生中唯一的殊荣。这个老兵的腰杆一下就直起来了。可怜的他，过去走路老习惯于低着头弯着腰，两眼不敢平视，打这以后，他就有了意气风发的神气。目光仰视，老望着这破烂不堪的军旗在上面飘扬，他尽力把它举得直直的、高高的，让它超越于死亡、叛逃与溃败之上。

在进行战斗的那些日子里，奥尔尼两手举着牢牢插在皮套里的旗杆，看起来像是世界上最幸福的人。他一声不吭，岿然不动，严肃得像一个手捧圣物的教士。这面旗帜原本金光闪闪、漂亮堂皇，如今已被子弹打得千疮百孔，成了一块破布，但他全部的生命、全部的力量都集中在紧握着旗杆的手指上，集中在藐视着对面普鲁士人的目光里，那目光好像在说："你们来试试看，能否把它从我手里夺走！……"

无人敢来一试，甚至死神也没有试过。经历过了波尔尼、格拉维洛特这些最为惨烈的战斗之后，这面军旗仍然到处飘扬，它破烂不堪，伤痕累累，但仍然是老奥尔尼高举着它。

三

不久，到了九月份，普鲁士军队直逼麦茨城下，法军遭到封锁，在泥泞中泡的时间太久，大炮也生了锈，这支世界上第一流的军队，由于困顿无为、给养短缺、消息断绝而士气低沉，他们把步枪支架起来，搁置不用，就在枪架旁边，他们因生病与烦恼而纷纷死去。不论是长官还是士兵，没有人再抱希望，只有奥尔尼一人依然信心十足。他那面破烂的三色旗在他心里代替了一切，只要他觉得军旗犹在，那就什么东西也没有失去。不幸的是，仗不打了，上校把军旗保管在麦茨郊区他自己的住所里，这样，执着的奥尔尼就牵肠挂肚了，好像一个母亲把自己的孩子寄养在奶妈家。他无时无刻不思念军旗。思念得太厉害的时候，就一口气跑到麦茨去，只要见旗帜仍在那里，平平安安靠在墙上，他就高高兴兴、踏踏实实地回来，回到湿淋淋的帐篷里做他的美梦。他梦见法军节节胜利，三色旗迎风招展，飘扬在普鲁士军队残壕的上空。

巴赞元帅一道缴枪投降的命令彻底粉碎了他的梦想。一天早上，奥尔尼刚一醒来，就看见整个营地乱成了一团，兵士们三五成堆，聚集在一起，群情激昂，愤愤不已，不时发出狂怒的吼声，朝着城里的方向挥动着拳头，似乎怒火都是冲着某一个罪魁祸首。他们在大声叫喊："打倒他！……枪毙了他！……"对这些，军官们都听之任之，不予制止……他们低着头，在一旁走动，好像在这些兵士面前深感羞惭。这确确实实是一个奇耻大辱，元帅的命令竟然要十五万装备精良、尚有战斗力的大军一枪不发，向敌人缴械投降。

——"那么，军旗呢？"奥尔尼脸色发白地问。军旗和所有的东西都交出去。枪支，剩下的一切一切，统统交出去……

——"天……天……天打雷劈！"可怜的旗手结结巴巴诅咒着，"这些王八蛋休想得到我的军旗……"说着就朝城的方向跑去。

四

城里也乱成了一团。国民自卫军、市民、国民别动队队员，纷纷在叫嚷，在折腾。一些议员代表走过，战战兢兢地，前往元帅驻地。奥尔尼对眼前的一切视而不见，听而不闻，他一个人自言自语，朝通往郊区的路上跑去。

——"想把军旗从我手里抢去！……咱们走着瞧吧！他们办得到吗？他们凭什么？元帅把自己的东西上缴给普鲁士人好啦，他的镀金四轮马车，他从墨西哥带回来的漂亮银餐具，全都可以上缴!但这面旗帜,它属于我……它是我的荣誉。我不准别人碰它。"

他跑得上气不接下气,再加上本来就口吃,他这番话断断续续,语不成句。不过,这个老伙计,心里已经打定了主意!他的主意明确而不可动摇,那就是把军旗拿到手以后,就带它回团队,然后率领那些愿意跟他走的士兵,踩着普鲁士的躯体前进。

当他到了存军旗的地方,守兵甚至不许他进去。上校也正在气头上,不想见任何人……但是,奥尔尼不理会这一套。

他又是骂又是喊,跟那卫兵推推搡搡:"我的旗子……我要我的旗子……"

终于,窗子打开了:

——"是你在嚷,奥尔尼?"

——"是我,我的上校,我……"

——"所有的军旗都在军械库……你只需到那里去,他们就会给你一张收条……"

——"为什么给张收条?……干吗这么做?……"

——"这是元帅的命令……"

——"可是,上校……"

——"让我安静……安静!"窗子一下又关上了。

老奥尔尼跟跟跄跄,就像喝醉了酒一样。

——"一张收条……一张收条……"他这么机械地喃喃自语……

最后,他又上路了,心里只念叨着一件事,那就是:军旗在军械库,他得不惜一切代价把它拿回来。

五

军械库所有的门都大大敞开，好让在外面排队等候的普鲁士运输车通过。奥尔尼进去时，浑身都在发抖。团队所有的旗手，还有五六十名军官，全在那里，他们神情悲痛，沉默不语。这些淋着雨的阴森森的运输车，还有光着头聚集在后面的这些人，构成了似在举行葬礼的景象。

在一个角落，巴赞元帅大军的旗帜，杂乱地堆放在泥泞的石板地上。这些色彩鲜亮的丝绸旗已经破破烂烂，金色的流苏与制作精美的旗杆也已残缺不全，所有这些代表着荣誉的器物都扔在地上，浸满了雨水，沾满了泥泞，简直惨不忍睹。一位负责行政事务的军官把它们一面一面拾起来，叫唤它所属团队的番号，每个旗手就走上前去领一张收条。有两个普鲁士军官身体僵直、毫无表情地站在那里，监督着把战利品装到运输车上。

啊，光荣、圣洁的破旗，你们就这样走了，裸露出你们裂开的伤口，像折翅的鸟儿一样凄惨地拖扫着地面！你们就这样走了，带着美好事物惨遭玷污的奇耻走了，你们中的每一面都带走了一小部分法兰西。你们褪了色的褶皱里还存留了长途行军中的阳光，你们累累的弹痕里，深藏着对那些无名战士的回忆，他们都是在军旗下碰巧中弹身亡的，因为敌人所瞄准射击的正是军旗……

——"奥尔尼，轮到你了……正在叫你哩……去领你的收条。"

果真要领收条！

那面军旗就在他眼前。正是他的那一面，所有旗帜中最漂亮，也是破损得最厉害的一面……一看见它，他觉得自己似乎又回到了那个斜坡上。他听见子弹在呼啸，铁制军用饭盒发出破碎的响声，上校在大声叫喊："战士们，军旗还在！……"已经先后有二十二名战友中弹倒地，他，第二十三名旗手赶紧就冲了过去，扶住并举起那面因旗手倒下而摇摇欲坠的军旗。啊！那一天，他曾发誓要捍卫军旗，要保护军旗，直到自己死去。可是，现在……

想到这里，他全身的血一下全都涌到头上。他像喝醉了似的，像发了狂似的，朝普鲁士军官扑了过去，夺过自己心爱的军旗，紧紧把它握在手里；接着，他试图再一次把它举得高高的，举得笔直，同时大声叫喊："向军旗致……"但他的喊声被堵在嗓子里。他感到旗杆在抖动，从他手里滑了下去。在这叫人窒息的空气里，在沉重压抑着这些沦陷城市的死亡空气里，军旗不可能再飘扬，任何高尚的事物不可能再存活……老奥尔尼像被雷电击了一下，倒在地上死了。

小间谍

这小子名叫斯泰纳,人称小斯泰纳。

他是巴黎土生土长的孩子,瘦弱而苍白,可能有十岁,也许到了十五岁;碰上这些小鬼,谁也说不准他们的年龄。他母亲已经去世,父亲原是一名海军老兵,如今在寺院区的一个街心公园当看管人。无论是小孩子、女用人、带着折叠椅的老妇人、贫穷的妈妈,所有那些为躲避车水马龙而跑到路边花坛来图清净的巴黎平民百姓,人人都认得斯泰纳老爹,都对他既喜爱又崇敬。他那一把粗硬的唇髭,叫狗与赖在长椅上不走的人见了就害怕,但谁都知道,那唇髭下面却藏着一个善良的微笑,它温柔得近乎慈爱,你想见到这个微笑吗?那只需对这个老好人这么说:

——您的小男孩好吗?……

斯泰纳老爹,他真是太爱这个儿子了!每天晚上,男孩放学后,来接他下班,父子两人一道在林荫小路上遛弯,在每张长椅前停下来,跟公园里的常客打招呼,向他们的友好问候回礼,此时此景,斯泰纳老爹是多幸福啊!

不幸,巴黎被围之后,这一切都变了。斯泰纳老爹的街心公园关闭了，被用来堆放汽油，他不得不整天整天地看守着，孤孤单单在荒芜凌乱的树丛花坛中硬挨光阴，还不能吸烟，直至夜深回到家里，才能见着自己的儿子。只要说起普鲁士人，他就吹胡子瞪眼睛，那样子真该一瞧……小斯泰纳，他对目前这种新的生活，倒是没有什么抱怨。

巴黎被围，对这些顽童来说，是蛮有趣的事情。不用上学了！不用去学习互助组了！每天都放假，街上像赶集一样热闹……

这孩子整天不在家，在外瞎逛，直到晚上睡觉的时候。他老跟在区里前往城头布防的营队后边跑来跑去，哪个营的军乐队好就跟哪个。在挑选军乐这方面，小斯泰纳很是在行，他能够给你说得头头是道，九十六营的军乐队不怎么样，倒是五十五营的颇为出色。别的时间，他常去观看国民别动队进行操练。此外，他天天还要去排队购物……

冬季的早晨黑沉沉的，街上的煤气灯都没有亮，肉店、面包店门前排着长长的队伍，小斯泰纳手臂挎着篮子，站在队里，大家脚踩着泥水，互通姓名，谈论政局，因为他是斯泰纳老爹的儿子，人人都问他有何高见。但所有这一切最为有趣的还是瓶塞赌，这种著名的赌博人称"加洛什"，是布列塔尼国民别动队的士兵使之在巴黎被围期间风行一时的。只要小斯泰纳既不在城墙看操练，也不在面包店排队，那你准能在水塔广场的"加洛什"赌博摊上找到他。当然，他并没有参加赌，因为那需要很多钱，他在旁边瞪着眼看人家赌就心满意足了！

赌徒中有一个扎眼的家伙，大高个，穿蓝色工装裤，他每次下赌都是一百苏的钱币，使得小斯泰纳油然而生出几分敬意。那家伙一跑起来，钱币就在他裤口袋里叮当作响……

有一天，大高个去捡一枚滚到小斯泰纳脚边的钱币时，低声对他说：

——"你眼红了，嗯？……好吧，如果你愿意，我可以告诉你上哪儿去赚。"

赌局结束，他把小斯泰纳引到广场的一个角落，提议两人一道把城里的报纸拿去卖给普鲁士人，每一趟可以挣三十法郎。起初，小斯泰纳一口拒绝，不胜气愤。接下来，他一连三天没有去赌摊。这三天真难熬。他吃不下，睡不好。夜里，他梦见一堆堆瓶塞竖立在他床脚边，一百苏的钱币闪闪发光，纷纷飞走。那份诱惑，简直无法抗拒。第四天，他又回到水塔广场，见到了大高个，让自己上他的钩。

一个下雪的早晨，他俩出发了，肩上扛着一个布袋，报纸就藏在他们的罩衫里。当他们到达弗朗德门时，天色刚刚发亮。大高个牵着小斯泰纳的手，走近站岗的哨兵，那是一个忠于职守的常备兵，鼻头红红的，态度和善可亲。大高个装出可怜分分的样子对他说：

——"请放我们过去吧，好心的先生……我们的妈妈正在生病，爸爸又死了，我带小弟弟想去地里捡点土豆。"

他说着就哭了。小斯泰纳羞惭到了极点，头也抬不起来。那哨兵打量他们一会儿，朝荒无人迹、一片白茫茫的大路上望了一望。

——"快过去。"他闪开道对他们说。不久，他们就走上了通往奥贝维里叶的大路。大高个得意忘形，放声大笑起来。

小斯泰纳像在梦中一样，迷迷糊糊看见有一排改造成营房的工厂，有一些荒弃的石垒路障，上面晾着潮湿的破衣衫；还有几根已破损、不再冒烟的烟囱，穿透雾气，插向天空。远处，每隔一段距离就有一个哨兵，有几个戴着风帽的军官正用望远镜进行观察，还散落着一些被融雪湿透了的小帐篷，帐前总有一堆堆行将熄灭的篝火。大高个认识路，他穿过田野避开岗哨，但是，他们终归还是没有逃脱法国狙击兵的监视。那些狙击兵身穿厚呢上衣，沿着通往苏瓦松的铁路布防，一个个蹲在泥泞的壕沟里。大高个又胡诌起他的故事来，这一次可不顶用，岗哨不让他们通过。于是，他又是哀求又是哭诉，正当此时，从铁道路口值班室里出来一个年老的中士来到铁路上，他满头白发，满脸皱纹，很像斯泰纳老爹。

——"好啦，小家伙，别哭鼻子了，"他对两个孩子说，"会放你们过去的，放你们去拾土豆；不过，你们先进来烤烤火……这个小鬼头看来冻得够呛！"

唉，小斯泰纳全身发抖，可不是因为冷，而是因为害怕，因为羞愧……在哨所里，他们看见几个士兵蜷缩在一堆微火周围，那真是贫寒寡妇人家的火。他们用刺刀尖挑着饼干在火上烤着，见两个小孩进来，他们挤紧了一点，给孩子腾出点地方，还给他们喝了点酒与咖啡。正喝的时候，一个军官出现在门口，叫出一个军士，跟他低声说了一会儿，然后又匆匆离去。

——"小伙子们！"那军士回来兴冲冲地说，"今天晚上的口令：'有烟叶吗？'……我们刚从普鲁士人那边截获的……我想，这一回咱们必定能把神圣的布尔热镇从他们手里夺回来！"

他话音一落，屋里就爆发出了一片欢呼声与欢笑声。有人跳舞，有人唱歌，有人擦刺刀，趁着这一阵乱哄哄，两个小鬼赶紧就溜走了。

越过壕沟，眼前只有那一大片平地，在平地的尽头，是一堵长长的白墙，那上面挖了一些枪孔。他们正是朝这堵墙走过去，但每走一步就要弯下腰去假装在拾土豆。

——"回去吧……咱们别去了。"小斯泰纳不停地这么说。

大高个耸耸肩膀，不断往前走。突然，他们听见有步枪上膛的响声。

——"卧倒！"大高个说着往地上一趴。

刚一卧倒，他就吹了一声口哨。雪地里马上就响起另一声口哨，表示回应。他俩匍匐前进……在墙前，挨着地面，露出了一顶脏乎乎的贝雷帽，那下面是两撇黄颜色的唇髭。大个子一蹦就跳进对方的战壕，靠近那普鲁士人。

——"这是我的弟弟。"他指着小斯泰纳说。

这斯泰纳，个子那么矮小，那普鲁士人一看他就笑起来了，不得不把他抱起来，一直高举到墙上的缺口处。

在墙的另一边，有一个个垒起的土堆，一根根横倒在地的树干，一个个挖在雪地里的地洞，每个地洞里，都是一顶顶脏乎乎的贝雷帽，一撇撇黄颜色的唇髭，他们见两个小孩走过，就笑起来了。

在一个角落，有一栋园丁的房子，用树干掩蔽了起来。楼下满是士兵，他们正在玩纸牌，还在明晃晃的旺火上煮菜汤，肥肉与白菜的香味四处飘散。这与法国狙击兵的哨所相比，真有天壤之别！楼上是军官，可以听见他们在弹钢琴，在开香槟酒。这两个巴黎人进来时，响起了一片欢呼声表示欢迎。他们交出报纸后，有人就倒酒给他们喝，挑引他们说话。那些军官样子狂傲，神情阴险，但大个子却用穷街僻巷的粗鄙劲与流氓痞子的下流话，逗得他们咯咯直笑。

这些家伙大笑不止，跟在他后面学那些下流话，在他带来的那一堆巴黎污泥里打滚取乐，得意忘形。

小斯泰纳，也很想说上几句，想表明自己也还在行，但总有什么东西叫他说不出口。对面，有一个年纪比别人大的普鲁士人，独自坐在一旁，他神情也比其他人严肃，他正在看书，也许只是假装在看书，因为他的两眼始终没有离开过小斯泰纳。在他的眼光中，既有怜悯，也有谴责，似乎他在家乡也有一个像斯泰纳这么大的儿子，心里在这么说：

——"我宁可去死，也不愿眼见自己的儿子干出这种勾当……"

从这时起，小斯泰纳就觉得有一只手压在自己胸口，不让心脏跳动。

为了摆脱这种惶恐不安，他就闷头喝酒。不一会儿，他觉得天旋地转。在一片哄笑之中，他模模糊糊听见自己的伙伴在嘲笑国民自卫军操练方式如何如何可笑，模仿他们在马雷的一次阅兵式中、在城头夜间警报中的种种洋相。接着，大高个压低嗓音在说点什么，那些军官一个个紧紧靠拢，神情变得严峻起来。那王八蛋正在向他们密告法国狙击兵将发动进攻的消息……

这一下子，小斯泰纳酒醒了，他怒气冲冲地站起来：

——"别讲这个，大个子……我不干。"

但那家伙一笑置之，继续讲下去。还没有等他讲完，普鲁士军官都霍地站了起来，其中一个家伙指着门对两个男孩喝道：

——"快滚！"

接着他们用德语交谈，像连珠炮一样快。大高个一边出来，一边把钱币弄得叮当响，趾高气扬，像个总督。斯泰纳跟在他后面，耷拉着脑袋，当他走过那个把他盯得全身发毛的普鲁士人时，他听见那人悲伤的声音在说："布光采（不光彩）……这个布光采（不光彩）！"

泪水涌上了他的眼睛。

刚一到平原，两个孩子就奔跑起来，很快回到了法方境内。他们的口袋里装满了土豆，都是普鲁士人给他们的，有了土豆，他们未受盘查就通过法方狙击手的战壕。那里正在为夜间的突击做准备。正规军已悄悄调集到了掩体后面。那个年长的军士也在那里正忙着安排他的部下，神情兴高采烈。当两个男孩通过时，他认出了他们，朝他们亲切地微笑了一下……

啊！这微笑使小斯泰纳感到难过极了！有一瞬间他真想大喊一声：

——"别去进攻……我们已经把你们出卖了。"

但他的伙伴曾经警告过他："如果你讲出去，我们就会遭枪毙。"恐惧使得他话到嘴边不敢吐出来……

在古尔纳夫镇，他们溜进一所荒废的房子去分钱。实事求是讲，钱倒是分得挺公平的。小斯泰纳听见那些漂亮的钱币在他口袋里作响，想到他不久就可以去参加"加洛什"赌了，就觉得他犯的罪并不那么可怕。

但是，当他孤单一个人的时候，就心事重重，真是个不幸的孩子！进了巴黎的城门，大高个离开他走了，他觉得口袋愈来愈沉重，那只揪住他心脏的手揪得更紧了，从来没有这么紧过。巴黎在他眼里，全变了个样。来来往往的行人看着他，眼神严厉，似乎已经知道他去过什么地方。"间谍"这个词，老响在他耳边，从车轮的声音里可以听见，从沿着运河操练的鼓手们的军鼓声里也可以听见。终于，他回到了家里，看到父亲还没有回来，心情轻快了许多。他迅速上楼，跑进自己的卧室，把他感到不堪重负的钱币，藏在枕头底下。

斯泰纳老爹回到家里，他从来也没有像今晚这么和蔼可亲，

高兴痛快,他刚听到从外省传来的消息,时局即将好转。他一边吃饭,一边望着挂在墙上的那支步枪,和颜悦色地笑着对他儿子说:

——"嗨,我的孩子,你要是长大了,一定会去打普鲁士人!"

将近八点,忽听见炮声隆隆。

——"这是奥贝维里叶方向……是在布尔热打起来了。"斯泰纳老爹这么判断,他熟悉巴黎城外所有的堡垒。他的小儿子脸色变得煞白,借口说太累,就去睡觉,但他哪能睡得着?炮声响个不停。他想象着法国军队夜里去袭击普鲁士人,反而中了他们的埋伏。他想起那个曾朝他微笑的军士,似乎看见他倒在那片雪地里,跟他倒在一起的士兵不计其数!……而所有那些鲜血的代价就藏在他枕头下,正是他,斯泰纳战士的儿子当了出卖者……泪水哽住了他。他听见父亲在隔壁房间里走来走去,把窗户打开。下面的广场上,集合号在吹响,国民卫队的一个营正集合起来准备出发。显而易见,这是一场恶战。可怜的孩子再也忍不住了,呜咽哭泣起来。

——"你怎么啦?"他父亲走进来问他。

这孩子再也支撑不住了,他跳下床来,跪在父亲的脚边。他这么一动,钱币就滚到了地上。

——"这是什么?你偷来的?"老爹哆哆嗦嗦地问。

于是,小斯泰纳一口气就把自己到过普鲁士人那边,做过些什么都说了出来。他讲着讲着,觉得心里轻松了一点,招认了自己的罪过,反倒得到了解脱……斯泰纳老爹听着这一切,脸色很可怕。儿子一说完,他用双手捂着脸,哭泣了起来。

"爸爸,爸爸……"儿子想讲点什么。

老爹推开他,没有答理,接着就把地上的钱币拾起来。

——"全在这里啦?"他问。

小斯泰纳做了一个肯定的表示,老人取下他的步枪与子弹袋,把钱币放在口袋里。

"好,"他说,"我去还给他们。"

他没有再多说一句话,也没有回头看一眼,就下楼去参加国民卫队的行列,这支部队当晚就出发了。从此以后,没有人再见过斯泰纳老爹。

一局台球

战斗了两天，士兵们背着背包，直挺挺在倾盆大雨中过了一夜，已经是精疲力竭了。可是，现在又让他们在大路上的水洼里，在田野上湿漉漉的泥泞里，持枪而立，苦苦等候了三个钟头。

极度疲劳，一夜也没有睡觉，制服又浸透了雨水，他们实在是支撑不住了。为了暖和暖和，也为了彼此支撑着，他们互相挤靠在一起。有的人就靠着旁边人的背包，站在那里睡着了，从他们酣睡中松弛的脸上，更能清楚地看出他们是多么疲劳与饥饿。雨下个不停，脚下全是泥水，没有炉火，没有热汤，天空阴暗而低沉，敌人嘛，可以感觉得到就在周围。真是凄惨得很……

他们待在那儿干什么？究竟发生了什么事？

大炮掉转过来，炮口对着树林，似乎要轰击什么。埋伏好的机枪瞄准着地平线。看架势马上要发动一场战斗。但是，为什么还不进攻？究竟在等什么？……

部队正在待命，司令部却迟迟不下达进攻令。

司令部其实离部队并不远，就在那座路易十三时代的美丽古堡里，它红色的砖墙被雨水洗刷得干干净净，在半山坡的树丛中光彩熠熠。这可是一座名副其实的王府爵邸，配得上把法国元帅的军旗挂在这里。一条宽宽的壕沟与一道石头栏杆把大路与草坪隔开，草坪坦阔平整，一片鲜绿，周边围绕着万紫千红的盆花，在壕沟与栏杆之后逐渐升高，一直到了府第的台阶前面。在房子的另一面，也就是背面，千金榆夹栽的林荫小道在草坪里像是一道道光亮的隙缝。水池平亮如镜，有一些天鹅遨游其中。在一个巨大鸟棚的宝塔式棚盖下，有几只孔雀、几只锦鸡，有的在开屏，有的拍着翅膀，在叶丛中发出尖叫。尽管主人已经出走，但这里并没有被人舍弃不顾、因战祸而破败荒凉的景象。军队统帅的大旗甚至对草地上那些再细小不过的花蕾也起了保护作用。这儿离战场这么近，但秩序井然、有条不紊，树丛修饰得整整齐齐，林荫道幽深寂静，一切都发散出平和安宁的气氛，这真是叫人大感惊奇。

阵雨，在战场那边，使大路上淤积起令人恶心的烂泥，冲刷出一道道深深的小水槽；但在古堡这里，却只是优雅清新的雨波，颇有贵族风度，它使得红色砖墙更鲜艳夺目，草地更翠绿欲滴，橙树叶子更光洁闪亮，天鹅羽毛更白净无瑕。一切都熠熠生辉，一切都祥和宁静。说真的，如果没有屋顶上飘扬的军旗，没有栅栏前站岗的卫兵，谁也不会相信这里是军队的司令部。战马在马厩里歇息，不时，你可以在厨房周围碰见穿着军便服的勤务兵与传令兵在转悠，或者在庭院里见到个把穿着红裤子的园丁，在慢悠悠地用耙子平整沙地。

饭厅的窗户朝平台敞开，望进去，可见桌子上的餐具还没撤下，杯盘狼藉，揉得皱皱巴巴的台布上散乱着拔了塞的酒瓶与污痕累累的空酒杯，正是席散人去也。旁边那间房子里，却是一片喧闹，笑声、台球滚动声、碰杯声，不绝于耳。元帅大人正在玩台球哩，这就是部队在大路边等候命令的原因。只要元帅大人的台球一开局，哪怕是天塌下来，他也得把这一局打完。

玩台球！

这就是这位伟大军事家的癖好。他站在台球桌前，严肃认真，犹如亲临战场。且看他身着军礼服，胸前挂满勋章，两目炯炯有神，双颊容光焕发，宴会余香犹在，台球又打得正起劲，还有掺糖水的烈酒不断提神，他那股充沛活跃的精力，大有用之不尽的架势。他的副官们如众星捧月，殷勤逢迎，毕恭毕敬：元帅大人每打一球，他们都佩服得五体投地；元帅一得分，他们全都跑去记分；元帅一口渴，他们又全去给他端糖水酒。于是，就响起了一片肩章与翎饰的窸窣声、勋章与绶带的叮当声。在这个用精致橡木板镶壁、门窗都朝向花园与庭院的堂皇大厅里，这些随从个个脸上带着优雅的微笑，举止殷勤得体，制服崭新，上面的刺绣赏心悦目，此情此景，实令人想起"龚比涅之秋"，要是战场那边沿着大路在大雨下苦等、穿着脏乎乎大衣挤成一团烂泥的士兵们，得以见此，定会精神为之一振吧。

元帅的对手是参谋里一个身材矮小的上尉军官，穿一身紧裹腰身的军服，头发卷曲，戴着浅色手套。他的台球技艺绝对是第一流的，足以打败世界上所有的元帅，但是，他很懂得与自己的上司保持一定距离以示尊敬，努力做到不赢球，但又输得不露痕迹，他就是世人所谓的那种前途无量的军官……

请注意，年轻人，你得好好掌握。元帅大人现在得了十五分，你是十分。你要保持这样一个差距直到终局。对你的晋升来说，这样做至关重要，远比你和那些士兵一起待在战场上、淋着漫天的大雨、弄脏了漂亮的军服、饰带上的烫金也黯然失色、久久苦等着迟迟不下的命令来得有效。

这真是一局有滋有味的台球。小球滚来滚去，互相碰撞，不同的球色交错缭乱，橡皮台边的反弹效果甚佳，呢绒台面上的赛事炽热……突然，一发炮弹的火光划空而过，一声沉闷的爆炸声震得玻璃窗直颤动，所有的人都惊得打哆嗦，不安地面面相觑。唯独元帅充耳不闻，视而不见。他俯身向着球台，正在琢磨打一个漂亮的嘬球。嘬球，嘬球，这正是他的拿手好戏……

但是，又有一道火光破空而过，接着，又是一道，炮声响个不停，愈来愈密集。副官们都朝窗户跑去，会不会是普鲁士人发动进攻了？

"好，让他们进攻吧！"元帅一边用白粉块擦球杆顶端，一边说，"上尉，该你打了。"

参谋部的副官们都佩服得五体投地。能在炮架上熟睡的杜雷纳与眼前这位元帅相比，简直微不足道，他在战斗已经打响之时，竟然还能在台球桌前如此沉着冷静……但是，轰响声越来越厉害，隆隆炮声中夹杂着机枪的嗒嗒声与步枪的砰砰声，一团红云夹带着黑色的烟雾从草坪尽头升起，整个花园深处都燃烧起来了。惊慌的孔雀与锦鸡在笼子里大声叫唤，阿拉伯战马闻到火药味，纷纷在马厩里直立。司令部开始骚动，告急警报接二连三，传令兵一个个疾驰而至。他们都要求见元帅。

要见元帅，比登天还难。我已经告诉过你们，只要台球一开局，天大的事也没法叫他放下球杆。

"该你打啦，上尉。"

但上尉这时已经魂不守舍了。毕竟他还年轻嘛！瞧他那副不知所措的样子，居然忘了自己的既定方针，连续两杆得分，几成胜局，险些把这一局台球打发了事。这一下，元帅大人可来火了，惊讶与愤怒突然涌上了他那张雄赳赳的脸孔。正当此时，一匹战马急奔而来,摔倒在庭院的地上。一名浑身是泥的副官违反规矩,一步跳上台阶大嚷起来:"元帅大人,元帅大人……"元帅是怎么对待他的,这真该一看,但是元帅火冒三丈,脸孔红涨得像是鸡冠。他出现在窗口,手上仍握着球杆。

"发生什么事啦?……这是怎么回事?……难道这儿没有卫兵?"

"可是,元帅大人……"

"行啦……等一会儿……让他们等我的命令,真是……见鬼!"

说着,窗子又猛地一下关上了。

要大家都等他的命令!

那些可怜的士兵,不正是在等他的命令吗?风吹雨打,枪林弹雨,他们白白地受着。整营整营的军队就这么被摧毁了,与此同时,其他的部队仍手持武器而无所作为,他们无法理解为何让他们坐以待毙。毫无办法,只有干等命令……不过,送死并不需要命令,那些男儿成百上千地在灌木丛后面、在壕沟里倒了下去,面对着那个纹丝不动的高大古堡。即使已经倒下,霰弹仍把他们炸得千疮百孔,从他们裂开的伤口中,无声地流淌出法兰西的慷慨热血……古堡那边,在台球厅里,事情同样进行得慷慨激昂,元帅重新领先,那矮个子上尉则像困兽一样抗争……

17分!18分!19分!……

快得连分数都来不及记了。枪炮声愈来愈近。元帅还剩下一杆要打。这时,炮弹已经落到花园里了,其中一发在水池里开了花,平整如镜的水面被打得破碎不堪,一只惊恐的天鹅在漂着血淋淋羽毛的旋涡里挣扎。这是最后的一击……

现在是一片死寂,只有洒在林荫小道上的雨声与山坡下模糊不清的车轮声。在那些满是泥泞的大路上，还有一种像羊群匆匆赶路的脚步声……这是部队在全面溃逃。元帅大人终于打赢了他的这局台球。

公社的阿尔及利亚步兵

他来自迪安德尔部落，名叫卡都尔，是土著兵团里一名小小的定音鼓手。这个从殖民地招募来的步兵团人数不多，跟随着维诺瓦的大军，调进了巴黎。从威桑堡打到尚皮尼，他参加了所有的战斗，他身带铁响板与阿拉伯鼓，在战场上穿梭，就像暴风雨中的飞鸟，如此灵活敏捷，如此飘忽不定，叫子弹也难以跟踪追击。但是，冬天一来，夜里执行前哨部队的任务，在雪地里站岗，这个经枪炮战火锻炼出来的小个子非洲铁汉，可就受不了啦。一月份的一个早晨，他被人从马恩河边抬回军营，双脚已经冻伤，身子被严寒冻成扭曲的一团。他在医院里治了好久。正是在那里我第一次见到他。

那时，这个阿尔及利亚步兵，郁郁不乐，默默承受着一切，像一条病恹恹的狗，睁着温柔的大眼睛观察周围。有人跟他说话，他就笑笑，露出牙齿。他所能做的仅此而已。因为他不懂我们的法语，只能勉强讲几句萨比尔语，而这种阿尔及利亚的方言，则是普罗旺斯语、意大利语、阿拉伯语的大杂烩，真可谓五花八门，就像沿着拉丁海岸收集的五光十色的贝壳。

为了消遣解闷，卡都尔只能玩玩他的阿拉伯鼓。他一烦闷得厉害，医务人员就把他安置在床上，让他敲一敲，但声音不能太响，因为其他的病人需要安静。本来，冬天的阳光昏黄暗淡，街景冷清凄凉，使他那张可怜巴巴的脸更显晦涩阴暗、死气沉沉，但一敲起鼓来，他那张脸就生气勃勃了，随着节拍扮出各种怪相。时而，他敲起冲锋鼓，就面带狞笑，露出他雪白的牙齿；时而，他敲奏伊斯兰晨鼓曲，他的两眼就湿润，鼻孔就张大。在这平淡乏味的医院里，在这个玻璃药瓶成堆、药膏绷带到处都是的氛围里，他似乎又看到了布里达果实累累的橙林，看见了野浴归来、蒙着白面纱、散发出马鞭草清香的摩尔姑娘。

两个月就这样过去了。在这两个月里，巴黎发生了翻天覆地的变化，但卡都尔对此毫无所知。他常听见窗下不断有疲惫不堪并被解除了武装的部队路过，后来，又听见远处从早到晚有隆隆的炮声，还有警钟声、枪战声。凡此种种，他不知道是发生了什么事，只以为还在打仗，既然他的双脚已经痊愈，当然又可以参加战斗。他风风火火，说走就走，把鼓一背，就去找自己的队伍了。他还没有找多久，就被路过的公社战士带到了他们的驻地。审讯了好长时间，也问不出什么名堂，只听见他咕哝咕哝说了点什么，谁也听不懂，最后，当天值日的将军给了他十法郎、一匹拉车用的马，把他留在参谋部里当差。

在这个公社参谋部里，穿什么样衣服的都有，有马夫的红粗布褂，有波兰式的斗篷，有匈牙利式的短紧身衣，有水手的粗布工装；有的衣服镶金，有的是天鹅绒做的，有的缀着金属箔片，有的缀着俗气的装饰品，五花八门，杂然纷呈。卡都尔穿着滚了黄边的蓝色上衣，扎着头巾，带着他的阿拉伯鼓，使得这个像化装舞会的群体更为增色。这个不知不觉、糊里糊涂当了逃兵的土著小青年，兴高采烈地置身于这支五光十色的队伍，陶醉在阳光下、枪炮声中、市井街巷的喧嚣中，以及穿着制服佩着枪的军事人员熙熙攘攘的氛围里，深信眼前的一切仍是抗击普鲁士人的战争在继续，并且他说不清是什么原因，这战争进行得更为生龙活虎，更加得心应手了，于是，他就天真地投入了巴黎的狂欢，在其间出尽了风头。他走到哪里，都受到公社战士热烈的欢迎与款待。公社因为有他这么一个成员而深感骄傲，把他拿来到处展示、到处炫耀，当作徽章那样佩戴着。每天，总有那么二十来次，人们打发他从参谋部驻地去国防部，又从国防部到市政厅跑差。因为公社战士常听见风言风语，说公社的水兵是冒牌水兵，公社的炮手是冒牌炮手！……至少，眼前这个土著步兵总是货真价实的吧，大家只要看看他那张猴精猴精的小脸、他精瘦的身子骑在高头大马上表演杂技般惊险动作时的那份矫健，就会确信这一点了。

　　但是，卡都尔觉得自己的快乐生活还美中不足。他渴望参加战斗，让子弹说话。但是，很可惜，在巴黎公社，就像在帝国一样，参谋部是不怎么上火线的。这个可怜的土著步兵除了跑来跑去当差与参加检阅外，只能在参谋部驻地与国防部的院子里混日子。在这些混乱不堪的营地里，到处都是大桶大桶开了封的烧酒，被打开了的一桶桶肥油，还有一桌桌仍发散出饥不择食饕餮气息的露天残宴。卡都尔是个虔诚的穆斯林，当然不会参加这些大吃大喝，遇上这种事，他就躲在一旁，清心寡欲，安安静静，在一个角落里做本教的大净小净，吃一把粗米粉，然后，奏一小段阿拉伯鼓，把斗篷往身上一裹，倒在篝火旁的台阶上就睡。

　　五月的一个早晨，卡都尔被一阵可怕的枪声惊醒。作战部就像开了锅，所有的人都狂奔乱跑，纷纷逃窜。他也本能地像别人一样,跳上自己那匹马,跟着参谋部的人员逃之夭夭。街上响彻了发狂的军号声,部队已溃不成军。人们都在挖马路面上的石块,用来筑街垒。显而易见,可怕的事发生了……愈临近塞纳河岸,枪声愈是清晰,喧闹声也愈大。到了协和大桥,卡都尔与参谋部走散了。再往前走一会儿,他的马又被人要走——那人的军帽上有六条杠杠,急于要到市政厅去了解情况,刻不容缓。卡都尔火上心头,就朝战斗打响的方向跑去,边跑边给步枪上子弹,咬牙切齿地咕哝:"干掉普鲁士人……"这时他以为是普鲁士人杀进巴黎了。子弹已经在协和广场上埃及方尖碑的周围、在杜伊勒里宫的树丛中呼啸。到了利沃里街的街垒口,佛罗伦的残部正急于复仇反攻,便招呼卡都尔过去:"嘿!阿尔及利亚步兵!阿尔及利亚步兵!……"他们只剩十二个人了,但卡都尔一加入,光他一人就顶得上一支军队。

挺立在街垒之上,卡都尔神气十足,特别扎眼,就像一面旗帜。他打起仗来,又蹦又跳,又喊又叫,在枪林弹雨里出没自如。随着每一发炮弹落下,地面就升起一片烟雾,时聚时散。在这间隙当儿,他望见聚集在香榭丽舍的敌兵穿的是红裤子。很快,烟雾又使得前方一片模糊。他以为自己看走了眼,便更加猛烈地向对方射击。

突然,街垒上的火力哑了。最后一名炮手放了最后一炮后逃走了。这阿尔及利亚步兵却仍坚守不动。他拧紧枪上的刺刀,埋伏不动,准备等敌兵一露头就冲上去……但敌兵却列队而至!在那发闷的前进步伐声中,军官们在高喊:

——"投降吧!……"

阿尔及利亚步兵一时惊呆了,稍一定神就跑了出来,把枪高高举起:

——"好啦,好啦,是法国军队!"

他那土著人的头脑,模模糊糊以为,这是法军的解围部队到了,是巴黎人盼望已久的菲德尔布将军或尚齐将军率领部队赶到。他真兴高采烈,朝他们直笑,笑得露出了一口雪白的牙齿!……一瞬间,街垒被占领了。那些士兵围着他,把他推来推去。

——"把你的枪给我们看看。"

他的枪膛还在发热。

——"把你的手给我们看看。"

他的双手都被火药熏黑了。这土著步兵很自豪地伸出双手,脸上一直带着憨厚的微笑。士兵们一看,猛地就把他推到墙前,"砰"的就是一枪!……

阿尔及利亚步兵就这么丢了命,至死也不知道是怎么回事……

一只红山鹑的悲愤

你们都知道,山鹑飞起来总是成群结队,它们一起在犁沟里歇息,稍有风吹草动,就惊飞四起,好像有人在一大把一大把播撒种子。我们这一群为数众多,快活无忧,栖居在一片大树林的边缘,左右逢源,既可在平原上觅食,又可在林子里得到掩护。因此,自打我羽翼丰满、能飞能蹦,我就活得很开心自在。但有一件事情使我隐隐不安,那就是行猎期将要来到,我的母辈已经在悄悄议论此事了。一说起来,我们这一群里有个老家伙总是这么对我说:

"红崽子,你不用害怕。"大家都叫我红崽子,因为我的嘴喙与脚杆都是淡红色的,"你不用害怕,红崽子,行猎期的那天,我带着你,担保叫你不伤半根毫毛。"

这老家伙长得像一头公鸡,狡黠阴鸷,警惕性高,尽管胸骨已经隆突,身上也有了白色的羽毛。他年轻的时候,翅膀上挨过一粒铅弹,所以现在飞起来有点不灵便,展翅之前总要有所迟疑,耽误点时间,不过从容不迫,倒也稳当安全。他常带我到树林边去,在那里,有一所怪怪的小房子,搭建在栗树群之间,像空洞穴一样寂静无声，门窗总是关闭得严严实实的。

"小崽子，你好好瞧瞧这所房子，"老家伙对我说，"你一发现它屋顶冒出炊烟，房门与窗板全打开了，那咱们的劫难就来了。"

他这番话，我信，我想他一定多次见过小屋有行猎者来往的情景。

果然，有一天早晨，天刚蒙蒙发亮，我听见有谁在犁沟里低声唤我……

"红崽子，红崽子。"

唤我的正是那只老公鸡，他的眼神异乎寻常。

"快过来，"他对我说，"照我的样子往前走。"

我还半睡半醒，跟在他后面，在土坷垃之间偷偷前进，既不起飞，也不跳跃，就像一只老鼠。我们朝树林方向走去，路上，我看见小屋的烟囱里飘出了一缕炊烟，窗子里有了灯光，而在大大敞开的房门前，有几个全副武装的猎手，一群猎犬正围着他们欢蹦乱跳。我们经过时，听见其中一个猎人嚷道：

"今天上午咱们清扫平原，下午再到树林里去收拾。"

这时，我才明白，我这位老伙计为什么先把我带到大树下来。可是，我的心还是怦怦乱跳，特别是想到我们那些仍在平原上的可怜亲友。

就在我们快到树林边的时候，突然，那些猎犬朝我们的方向跑来了……

"卧倒，卧倒！"老公鸡命令我，他自己也伏卧在地。与此同时，离我们十步之远，有一只鹌鹑吓得张开大嘴，发出惊恐的叫声，张开翅膀，仓皇飞逃。但听见一声可怕的巨响，立即就有一团气味怪异、热烘烘而白茫茫的烟雾把我们罩住，尽管初升太阳的光亮已经很强。我吓得几乎动弹不了,幸亏我们已经躲进了树林。我的那位伙计蜷缩在一棵小橡树后面,我就躲在他旁边,我们藏在那里,透过叶丛的间隙向外观察动静。

在田野上,已响起了一片可怕的枪声。每响一枪,我就双眼紧闭,脑袋发晕。后来,我睁开了眼睛,看见宽广开阔的田野上空荡荡的,只有猎犬在奔跑,在草丛中、庄稼堆里发疯似的转来转去,进行搜索。行猎者跟在它们后面,骂骂咧咧的,呼来唤去,猎枪在阳光下闪闪发亮。有那么一瞬间,我似乎看见随着一小团烟雾腾起,有一阵树叶在纷纷飘落,但实际上周围并没有树。老公鸡告诉我,飘落的都是羽毛。定睛一看,果然在我们前方百步远的地方,一只漂亮的灰色山鹑坠落在田垄上,脑袋流着血,仰向后方。

太阳升高,灼热难耐,枪声也骤然停止。行猎者转过头回了小屋,屋里已架起干枝枯叶,燃起旺火,烧得噼啪作响。猎人们扛着枪,边走边谈,讨论每一枪的得失。猎犬跟在他们后面,疲惫不堪,舌头耷拉着……

"他们回去吃午饭了。"我的同伴对我说,"咱们也照吃不误。"

于是,我们就钻进林子近旁的荞麦田里,一大片黑白相间的荞麦,正在开花抽穗,发出杏子般的芳香。有几只羽毛美丽的锦鸡正在啄食,低垂着自己的红冠,免得被猎人发现。哼,它们可不像平时那么趾高气扬,一边啄食,一边还向我们打听消息,它们之中是否有谁已经中了枪子。这一阵工夫,猎人们用午餐,开始不声不响,后来,却愈来愈喧闹。我们听见他们的碰杯声、开瓶塞声。老公鸡判断是我们该回藏身之处的时候了。

在这个时候,树林似乎是睡着了。小水塘平日是狍子常来饮水的地方，现在却无人光顾了。欧百里香的丛薮里，也见不到一只兔子。气氛神秘紧张，叫人不寒而栗，似乎每一片树叶、每一棵小草后面都躲藏着一个受到威胁的生命。林中的动物可藏身之处很多，洞穴、丛薮、柴堆、荆棘、沟渠等，每当雨后，这些沟沟渠渠都会长时间积水。说实话，我真想藏身在这些坑坑洼洼里。我的同伴却喜欢待在露天，视野开阔，看得远，对眼前的动静了如指掌。但我们还没来得及离开，猎人们已经进入了树林。

啊！我永远也忘不了树林里第一声枪响，它像四月的大冰雹，把树叶打得稀巴烂，在树干上留下累累弹痕。一只兔子奔过小路，使劲用爪子刨起一簇簇杂草。一只松鼠慌慌张张从栗树上蹿下来，把还没有熟透的栗果碰掉，有两三只肥大的锦鸡也笨重地惊飞而起。枪声过处，如一阵风刮过，低矮的树枝、干枯的树叶纷纷颤动，林中的生灵无不被打扰、被惊吓而惶惶不安。田鼠一个个钻进它们的深洞。在我们藏身的这棵树上，一只鹿角锹甲虫从树洞里爬出来，吓得不敢动弹，呆滞的两只大眼转来转去。蓝蜻蜓、大熊蜂、彩色蝴蝶，这些可怜的小昆虫惊恐地到处乱飞……一只翅膀呈猩红色的小蝗虫，竟然乱飞到我的嘴边停下，我自己也因过度惊恐而没有利用这个机会把它当作美食。

老公鸡仍然镇定自若，他凝神监听着枪声与犬吠。当行猎者走近时，他就向我示意，我们就避远一些，离开猎犬的警觉范围，躲进叶丛里。不过有一次，我真以为我们快完蛋了，因为我们要穿过的小路两头都被猎人堵住。这头是一个高高大大的青年人，长着浓黑的络腮胡子，背着子弹袋、火药筒，佩着猎刀，高筒的护腿一直扣到膝盖，使人更显高大，他每动一下，身上的这些金属装备就哗啦啦作响；另一头则是个小老头，他正靠在树上，悠闲自若地吸他的烟斗，眯着眼睛，好像要睡着了。这老头我倒不觉得可怕，但那个高个子可非同小可……

"红崽子，你还嫩着呢。"老公鸡笑嘻嘻对我说。说罢，他胆大包天，张开翅膀，几乎从那大个子的两腿之间疾飞而过。

那可怜的猎人身上的行猎装备实在太多，他不堪重负，行动甚不灵便，何况又正在自我欣赏他那套从上到下的行头，等他举枪瞄准时，我们早已逃出了他的射程。哼！要是猎人们知道，当他们在树林的角落里守候时以为只有他们自己，殊不知有多少小动物从灌木丛里盯着他们，有多少小尖嘴巴在窃笑他们的笨拙！那该多有趣……

我们飞呀飞，一直在飞。我只能跟着老公鸡，别无选择。他展翼，我跟着鼓翅，他停下来缩成一团，我也跟着这么做。我们经过的那些地方，至今我仍历历在目，如，那片粉红色灌木丛的地上，到处都有小洞紧挨着一棵棵黄色的树根，而前面，则有一大片橡木，似乎构成了一道帷幕，使我觉得那后面无处不藏有杀机；又如，那条绿茵茵的小路，我母亲常带着自己的孩子们到那里散步，在五月的阳光下，我们兄弟姐妹一边蹦蹦跳跳，一边啄食爬上我们腿脚的红蚂蚁，还遇见过像母鸡一样肥胖的小锦鸡，他们神气活现，还不屑于跟我们一道玩哩。

恍若在梦中一样，我在飞逃中又见到了那条小路，当时正有一只牝鹿在那里奔跑，他个子高挑，腿杆细长，眼睛睁得大大的，随时准备纵身逃命。接着，我又看见了那口水塘，从前，我们总是成群结队来这里饮食、嬉戏，一来就是十五六只、三十来只，从平原上飞来只需一分钟……水塘中央，有一丛矮小的桤木，长得很是茂盛，正是我们藏身的安全小岛。猎犬要到这里找着我们，那可得有一个灵得出奇的鼻子才行。我跟老公鸡在这里刚落身不一会儿，就来了一只狍子，拖着一条伤腿，身后的青苔上,留下斑斑血迹。我不忍看这悲惨的情景,就把脑袋埋在叶丛里,但我仍听得见那头受了伤、正在发烧的狗子喘着气饮水的声响……

天色慢慢暗下来。枪声愈来愈远,也渐趋稀落,最后,完全沉寂。一场猎杀完结了,于是,我们又悄悄回到平原,打听我们那一群的消息。在经过那个小木屋时,我看见了非常可怕的一幕。

一条沟渠的边沿上,排列着一大串红毛大野兔、白尾小灰兔的尸体,一只挨着一只,爪子合拢,似乎在求饶,眼睛暗淡无光,似乎在哭泣;此外,还有一大排红色大山鹑、灰色小山鹑的尸体,它们都像老公鸡一样,个个有隆突的胸骨,还有一些是当年出生的,像我一样,身上的绒毛还没褪尽哩。你们知道,还有什么比一只死鸟更叫人惨不忍睹的呢?鸟的翅膀是多么生气勃勃,富有活力啊!看着它们躯体蜷缩、身子冰冷,那真会毛骨悚然……尸体中还有一只漂亮的大狗子,它静静地躺着,像是睡着了,红红的小舌头伸出嘴外,似乎想要舔什么东西。

猎人们全都在场,俯身观赏这场屠杀的战果,一一清点数目,抓起血淋淋的脚爪与折裂的翅膀,把猎物往口袋里装,对那些鲜血淋淋的伤口毫无怜悯之心。一大群猎狗都已上了颈套,准备打道回家,但它们仍然皱起鼻子保持警惕,似乎准备再冲进灌木丛去抓猎物。

夕阳西下,那帮家伙,连人带畜生,尽都动身回去,一个个精疲力竭,身影在地上的土块上、在被黄昏露水润湿的小路上拖得长长的。我诅咒这帮家伙!我憎恨这帮家伙!……无论是我的老伙计还是我,都鼓不起勇气来,像往常一样,对逝去的这一天道一声别。

在回平原的路上,我们看见一些小动物中了流弹,已经身亡，躺在地上喂蚂蚁。那些田鼠，嘴巴沾满了泥土；那些喜鹊与燕子，都是飞行时被击落的，它们仰卧大地，僵硬的小爪子伸向天空，天空正因入秋后夜幕早早降临而显得清澈、凄冷而湿润。最令人肠断的是，树林边、牧场边、溪流边都传来了亲属的一声声焦急的、悲痛的、凄厉的呼唤，它们得到的回答只是一片死寂。

雅尔雅伊来到天主家
——普罗旺斯民间传说

雅尔雅伊是圣雷米地方的脚夫，一天早上突然死去，一下就跌进了来生世界……该怎么就怎么吧，听天由命！来生世界可大得很哟，漆黑一团，深不可测，真叫人害怕。雅尔雅伊不知该往哪里去，他在黑暗里乱闯，上下牙齿直打磕，两手前伸，摸索着往前走。摸黑了好久，他终于看见高处有一星亮光，它可真是高高在上哟。他朝着亮光走去，原来是天主家的大门。

雅尔雅伊上去敲门，嘭！嘭！嘭！

"是谁呀？"圣彼得大声嚷道。

"是我呀。"

"你是谁？"

"雅尔雅伊。"

"圣雷米的雅尔雅伊？"

"一点也不假。"

"小蹓子，你这副德行要往天堂里钻，亏你不害臊。"圣彼得对他这么说，"二十年来，你没有上过一次教堂望弥撒！每个星期五，只要你办得到，你总是吃荤；每个星期六，只要你有荤吃，你也开荤！你存心说怪话，光凭蜗牛在雷雨天才钻出来，就说天上打雷是蜗牛在敲鼓……神甫用敬神畏上的话告诫你说：'雅尔雅伊，天主会惩罚你的。'你却老是这么顶撞：'天主，有谁见过？人一死，什么都没有啦。'总而言之，你从不相信天主，还随口乱骂他老人家，叫人气得发抖。你这号子人，主是不会要的，你居然还跑到这里来！"

可怜的雅尔雅伊答道：

"这些事，我都不否认。我是一个罪人，可耻的罪人。不过，谁想得到，人死后还会碰见这么多神奇奥妙的事？不论怎么说，我的路是走错了。水已经泼出去了，没法收回，现在只能自食其果。可是，伟大的圣彼得，您至少得让我跟我的叔叔见一面，好让我把家乡的事说给他听听。"

"哪个叔叔？"

"我的叔叔玛泰利，他生前是个白衣苦修士。"

"你的叔叔玛泰利？他眼下在炼狱里，还得熬炼一百年。"

"还要一百年！……他做了什么错事？"

"你还记得吧，过去在圣事游行里，总是由他扛十字架……有一天，几个爱取闹的伙伴商量好要嘲笑他一通，其中一人先开了个头：'瞧玛泰利，他背着十字架在受苦受难呢。'走了不远，另一个人又接着取笑：'瞧玛泰利，他背着十字架在受苦受难！'最后，第三个人又指着他说：'瞧吧，瞧玛泰利背的是什么！……'玛泰利再也沉不住气了，朝他们嚷道：'我背的是什么？……如果我背的是你，那肯定是背了一个大傻瓜……'说着，他火冒三丈，气得中风而死。"

"可怜的玛泰利……那么，请你让我见见我的婶娘多罗戴吧,她生前可真……可真虔诚啦……"

"她一定是让魔鬼抓去了,我这里从没见过她。"

"哦!如果她这个人是被魔鬼抓去了,我可一点也不奇怪。您想想看,她那副装模作样的虔诚劲……"

"雅尔雅伊,我没工夫跟你闲扯,我得去开门迎接一个可怜的清道夫,他刚被自己的小毛驴一脚踢到天堂来了。"

"哦,伟大的圣彼得,请你让我看一看你们的天堂,你已经给我行了这么多好,再行个好让我看一眼,绝不会对你有损分毫。听说,天堂好看得很哕!"

"哟!当真!……我岂会让你这么一个异教徒无赖跨进天堂……"

"伟大的圣人,行行好吧!请你看我父亲的面子,他生前是罗讷河上的船夫,在圣事游行时,他老扛您老人家的旗帜……"

"好吧,"圣彼得答道,"看你父亲的面子,我答应你这个要求……不过,伙计,你要知道,咱们有约在先,你只能伸进一个鼻子尖,刚够你看一眼就得退回去。"

"我一定照办,只伸进鼻子尖。"

于是,天堂的守门神把门打开一条小缝,对雅尔雅伊说:"喂,你看吧……"说时迟那时快,雅尔雅伊将身一转,用背一挤,闪进了天堂的大门。

"你这是怎么回事?"圣彼得质问他。

"天堂里太亮,我睁不开眼。"圣雷米乡的这位仁兄答道,"我只好先让我的背闪进来,不过,您老人家别急,我一定遵照您的吩咐,只要我的鼻子伸进了天堂,我就不再往前走了。"

这位享天福的圣者心想:"糟了,我受骗上当了,这个无赖混进了天堂。"

"哦，你们待在这里面可太美啦！这地方真漂亮，这音乐真好听！"

待了一小会儿，守天堂门的大圣对他说："你要是看够了，就该出去啦，我没工夫在这里老陪着你。"

"请自便，您只管去办自己的事，我嘛，我要出去的时候……自会出去的，一点也不用忙。"雅尔雅伊答道。

"哟！你说得倒好听，可咱们事先不是这么约定的。"

"我的天哪！圣徒大人，瞧您气成这个样子！如果你们这里地方不宽敞，那是另一回事，但是，感谢天主，这里可一点也不缺少给人待的空地方。"

"我呀，我命令你出去，如果仁慈的天主打这儿经过，看见……"

"哦哟！那是您的事，您爱怎么办就怎么办。我常听人这么说：好处到手，就别放手。既然我已经进来了，我就要待下去。"

圣彼得气得直摇头跺脚，跑去找圣伊夫。

"伊夫，你是个律师，你得给我想一个办法。"

"别说一个，只要你需要，两个都可以。"

"你知道，我碰见了一桩令人头痛的事，处境挺尴尬，事情是这样的……现在我该怎么办？"

"你该去找一个有经验的诉讼代理人，然后找一个执达吏把雅尔雅伊抓到天主面前去受审。"圣伊夫出了这么个点子。

于是，两位大圣就去寻找诉讼代理人。但是，天堂里的诉讼代理人，谁都没有见过呀，于是他们又去寻找执达吏，这种人在天堂里更是无影无踪。

圣彼得一筹莫展，束手无策。

这时，圣吕克正好走过。

"你怎么啦？我可怜的彼得，瞧你的嘴噘得多高。是不是咱们的主把你训斥了一顿？"

"唉，我的老兄，别取笑我了。我碰见了一件倒霉的事。有一个名叫雅尔雅伊的家伙，冷不防闯进了天堂，我没法把他弄出去。"

"这家伙是什么地方的人？"

"是圣雷米地方的。"

"圣雷米的？"吕克大圣说，"啊，天哪！你太老实了！要把他弄出去，那是不费吹灰之力的……你听我说，我是普天之下牛的好朋友，牛倌的保护神，这你是知道的。我顶了这份差事，跑遍了加玛尔格、阿尔勒、尼姆·波盖尔、达拉斯贡所有这些地方，我最了解这些乡巴佬的脾气，我知道怎么对付他们。你要懂得，他们这些人为了看斗牛，是不惜往火坑里跳的。你等着瞧，你的那位雅尔雅伊，我一定负责把他打发走。"

说着，正有一群胖乎乎圆脸小天使飞过。

"小家伙，小家伙。"圣吕克招呼他们停下来。

小天使们飞落到了跟前。

"你们轻轻飞出天堂，出门的时候要飞得快，还要大声叫喊：牛来了，牛来了……快拿链子来！快拿链子来！……要喊得就像是在圣雷米的斗牛节上一样。"

天使们按计行事。他们飞出天堂，当他们到大门口时，就疾飞而过，还大声叫喊道："把牛拉住，把牛拉住！……哦哟！……哦哟！……"

听见这阵叫喊，我的天哪，雅尔雅伊惊喜得猛一转身："真怪！这儿也斗牛！快跑！……快跑！……"喊着，他像个疯子似的往门口一蹿，一下就扑出了天堂的大门，这可怜的家伙！

圣彼得赶紧趁势把门一关，闩上了门闩，然后从小洞口探出头来，笑嘻嘻对这倒霉蛋说：

"雅尔雅伊，你现在觉得怎么样？"

"哦，我可不在乎。"雅尔雅伊答道，"只要真能看上斗牛，我才不稀罕天堂呢。"

说着，他闷头扎进了来生世界。

Part2
磨坊文札

前　言

兹由邦佩里古斯特的公证人奥诺哈·拉拉巴兹先生，出面公证以下事项：

"到场的当事人为：加斯巴尔·米第菲奥先生，维威特·哥利叶女士之夫，家住蝉林，乃当地业主；他本人在做出法律保证与经济担保的条件下，明确宣称并无任何债务、特殊权益以及抵押的情况，当众出售并转让下述产业，给当事的承受方阿尔封斯·都德先生，诗人家住巴黎，此产业为一座风力磨面粉的磨坊，地处罗讷河山谷，普罗旺斯省的中心地区，位于一个杉树成群、橡树四季常青的小山冈之上；该磨坊业已荒置二十多年，不能再用来磨粉，现已布满了野葡萄藤、苔藓、迷迭香以及一直爬上了风翼的其他攀生植物。

"尽管该产业的状况如上所述，且其大转轮已经破损，平台的裂缝中已长满了青草，但都德先生声称，此磨坊正合他意，他可以以此作为他进行文学创作的地方，自愿承担一切后果，对卖方无任何要求，不言而喻，维修缮理概由他本人自行解决。

"此次交易由当事双方商定价格，诗人都德先生已经用通行的货币，将售款如数交付事务所，而米第菲奥先生则已立即领取提走此款，交易过程有公证人在场目睹，并由各有关人士签字，手续齐备。

"交易签约在邦佩里古斯特事务所举行，奥诺哈主持其事，在场的有吹短笛的老艺人法朗瑟·玛玛侬，有人称基克的持十字架的白衣修士路易塞。

"以上人士与买卖双方都已在协约上签字，并由公证人正式宣读……"

安 居

　　大为诧异惊恐的,是那一大群兔子!——很久以来,它们见磨坊的大门一直紧闭,墙上与平台上都荒草丛生,以为磨坊主已经断子绝孙,于是,就利用这块好地方当作它们的大本营,建立起它们的战略中心,整个磨坊成了兔子所向披靡、大获全胜的战场……我到达的那个夜晚,说真的,足足有二十来只兔子在平台上围坐成一圈,正在靠月光暖和暖和它们的小爪子呢……我刚把天窗打开半扇,呼噜一声,这一支露营部队就东逃西散了,一个个露着白色的臀部,高高地翘着尾巴,溜进了矮树丛中。我却巴不得它们再回到磨坊里来。

　　另外有一个家伙见我来磨坊,也很诧异,这便是我楼上的那个房客,一只阴阳怪气、老奸巨猾的猫头鹰,它二十多年以来一直栖居在磨坊里。我在楼上的房间里发现了它,它一动也不动,挺立在风磨的传动轴上,在一堆灰泥残片与破损瓦砾之中。它用圆圆的眼睛盯了我一会儿,因为不认识我而有些惊慌,发出了"呜呜呜"的叫声,同时吃力地抖动它那满是灰尘的翅膀。这个喜欢沉思冥想的家伙!它从来不清刷清刷自己的羽毛……这无关紧要，瞧它这副样子，眯着眼睛，板着面孔，沉默无言，作为一个房客，倒也比别的房客更招我喜欢，于是，我立刻就跟它续签了房租契约。它一如既往占用磨坊的顶层，可以从房顶自由出入；而我呢，则住在下层的房间里，这一小间屋子，房顶低矮且呈拱形，墙上刷了石灰，好像修道院里的饭厅。

我就是在这个房间给您写信，房门大开，阳光灿烂。

一片郁郁葱葱、翠色悦目的松树林，从我的磨坊前一直伸展到山坡下。天际，阿尔比尔山峻峭的顶脊清晰可见……万籁俱寂……只是在远处，偶尔传来一声笛音，薰衣草丛中一声鸟叫，大路上骡子的一声铃铛声。如此优美的普罗旺斯景色，只有在天气晴和时才能见到。

现在，您要我怎么来对您那个嘈杂而昏暗的巴黎表示惋惜痛心呢？我住在这个磨坊里是何等的舒适自在啊！这是我长期以来孜孜以求的一个角落，一个充满芳香、和煦温暖的小天地，它远离报刊媒体、车马喧嚣与乌烟瘴气！……在我身边，有这么多美妙的东西！在这里才安居八天，我脑子里就已经联想翩翩，思如潮涌……您看，就在稍前的昨天傍晚，我亲眼看到羊群回到山脚下农庄时的情景，我向您发誓，我是绝不会用这幅景色来换取您这个星期之内在巴黎所观看的那些首场演出的。您且好好估量估量吧。

必须告诉你，在普罗旺斯有一个常规，那就是每当夏天来临，就要把牲畜赶进阿尔卑斯山。牲畜群与牧人们要在山里过上五六个月，露宿于灿烂的星空之下，躺卧在齐腰的沃草之中。这样，一直要到秋风送爽的时候，牧人与畜群才下山回农庄，让牲口悠闲自在地在散发出迷迭香香气的山丘上啃嫩草……且说昨天傍晚羊群归来的情景吧。从清早起，羊圈就敞开了大门等候着，每一个羊舍都备好了新鲜的草料。每隔一个时辰，人们就这么估算着："现在，羊群该到伊居利叶尔了，此刻，该到巴拉杜了。"而后，到了黄昏，突然传来一声大喊："瞧，羊群回来了！"我们朝远处眺望，但见尘土高扬，羊群潮涌而来，整个那条大路似乎也在随着它们而向前移动……公羊走在最前面，两角前伸，神气剽悍，紧随其后的是大绵羊，母羊则略显疲乏，拖带着幼羊往前走——母骡头上系着红色丝球，背上驮着竹篮，里面装着刚产下来的绵羊崽子，它们摇摇摆摆地迈着步子；再后面就是一群牧羊犬，全身是汗，舌头伸得长长的，几乎垂到地面，还有两个牧羊人，他们一副调皮相，身披赭红色粗呢外衣，像是教士的道袍一直垂到脚跟。

　　这一大支队伍，欢天喜地从我们面前走过，发出暴风骤雨般的脚步声，拥进了大门……现在我们来看看农庄里是何等的欢腾热闹。几只长着羽冠的大孔雀，绿色的，金黄色的，高高站在栖架上，它们认出了回来的人，就像吹奏小喇叭似的，发出响亮的叫声表示欢迎。已经入睡的家禽也都蓦地惊醒，它们纷纷站立起来，鸽子、鸭子、火鸡、珠鸡……整个家禽饲养场就像发了狂似的；老母鸡也在唠叨个不停……大家都觉得，每一只绵羊在自己的绒毛里，都带回了一点阿尔卑斯山上野性的芬芳与自由活泼的气息，这使得整个农庄都醉醺醺的，欣喜若狂。

　　在这一片喧嚣哄闹之中，羊群各自找到了自己的栖身之处。它们在新家安顿下来，一只只都美滋滋的，心满意足。老公羊见到自己的秣槽，都喜不自禁。那些特别幼小的羊羔，都是在归途中生出来的，从未见过农庄，因此带着惊喜的目光东张西望。

　　但更令人感动的还是那些牧羊犬，它们是牧人忠实勇敢的伙伴，忙忙碌碌地跟着羊群，一心一意只盯着羊儿进入羊圈，它们要一直等到所有的牲口全都进圈去，那扇带窗的小门扣上了大插门，而牧人们也已经在餐厅就座的时候。只要这些事还没有完，即使有看家的狗在窝里叫唤自己的同胞，即使有一桶清澈的井水在向它们招手，它们也听而不闻，视而不见。最后，诸事完毕，这些牧羊犬才心安理得去到自己的栖身之所，在那里，它们一边舔食自己盘子里的羹汤，一边向农庄上的同胞讲述山上的生活。据它们说，那是个可怕的地方，那里有好多狼，还有好些深红色的毛地黄，都长得高高大大的，盛满了露水。

波凯尔的驿车

事情发生在我到达本地的那一天。我是乘波凯尔的驿车来的，那是一辆又简陋又陈旧的公共马车，它每天收工回车房之前，并没有跑多少路，但它沿着大路摇摇晃晃，挨到黄昏时分，那副样子好像是从远方长途跋涉而来。那天，车上坐着我们五个人，不包括车夫在内。

首先是卡马尔克区的一个保安人员，他又矮又胖，身上长着浓毛，发散出野野的气息，他的两只大眼充满了血色，耳朵上戴着银耳环；再就是两个波凯尔地方的人，一个是面包坊主，一个是他手下的揉面工，此二人都红光满面，气喘吁吁，但侧面看都显得很有派头，就像古罗马奖章上维太琉斯的头像。此外，在前座，靠近车夫旁边，还坐着一个人……不！那只是一顶大盖帽，一顶用兔皮做的大盖帽，此人很少开口说话，眼睛望着大路，神情很是忧郁。

这几个人彼此都认识，他们高声谈论自己的事，毫无拘束。卡马尔克人讲述他刚从尼姆回来，他因为用长柄叉戳伤了一个牧羊人，受到了预审法官的传讯。卡马尔克地方的人，都是血性热,火气大……那么,波凯尔地方的人呢,岂不也是一样!瞧,我们这两位波凯尔人不正因为争论童贞女圣母的问题而彼此都想扭断对方的喉咙?看来,面包坊主从来都属于信奉圣母玛利亚的教区,这个圣母怀里抱着小儿子耶稣,普罗旺斯乡下人称她为"大慈大悲的妈妈";那个揉面工则相反,他是另一个新派教堂的唱诗班成员。这教堂供奉的是无玷而孕的童贞女,这圣像面带微笑,两臂下垂,手上毫光万道。争论即由此而来。这两位都是虔诚的天主教徒,且看他们对彼此的圣母是如何反唇相讥的:

"她长得俏呀,你那位没有男人就怀了孕的圣女!"

"你跟你那位大慈大悲的妈妈都给我滚开!"

"在巴勒斯坦,你的那位童贞女可脸上无光哟!"

"你的那个圣母呢,呸,是个丑婆娘!鬼知道她是怎么怀上孕的……你还是去问问圣约瑟夫吧。"

他们都自以为是在那不勒斯,差一点就兵刃相见。我敢说,如果车夫不出来进行调解,这场妙不可言的神学争论不知将会如何了结。

"关于你们两位的圣母问题,大家还是心平气和点吧。"车夫笑着对这两个波凯尔人说,"你们所讲的那类事,全是女人们玩的名堂,咱们大老爷们不必进去掺和。"

说着,他脸上微微带着怀疑的神情,挥响了他的鞭子,像是要大家都同意他的结论。

争论结束了。但是,面包坊主余兴未尽,不甘就此收场,于是,转向那个戴大盖帽的可怜虫。他一直神情忧郁、一声不吭地缩在一边,面包坊主用嘲笑的口吻对他说:

"喂,你的老婆呢?我问你,磨刀匠……她属于哪个教区?"

应该承认,这句话明显带有一种非常滑稽可笑的意味,它立刻引起全车人的哄堂大笑……磨刀匠,他可没有笑。他就像没有听见似的。见此,面包坊主转向我这边说:

"先生,您不认识他的老婆吧?她是这个教区里的一个活宝,在波凯尔,像她这样的女人真没有第二个。"

车上的人笑得更厉害了。那磨刀匠仍一动也不动,他只是低声地央求,头也没有抬起来:

"别说了吧,面包师傅。"

但一肚子坏水的面包师可不想罢休,他讲得更加起劲:

"我的天啦!一位老兄有个这样的妻子,是无须别人来怜悯的……跟她在一起,绝不会有片刻的烦闷……请您想想,一个漂亮女人,每半年就跟人私奔一次,她回家时,总会有一些见闻告诉你……尽管如此,这毕竟是小两口之家的怪事……先生,您寻思寻思,两口子结婚刚一年,叭的一声!老婆跟一个巧克力商人跑到西班牙去了。

"她丈夫一个人关在家里,又是哭又是酗酒……简直像个疯子。过了一些日子,漂亮的老婆回来了,穿着西班牙的服装,随身还佩戴着一只系有铃铛的小鼓。我们这些好心人都劝她说:你还是躲起来吧,你丈夫会把你杀了。

"嗨,说得真准,把她杀了……可他们却相安无事,又在一起过他们的小日子,她还教会他玩那种西班牙小鼓哩。"

面包师说到这里,车里又爆发出一阵笑声。磨刀匠缩在他那角落里,低着头,仍在央求说:

"别说了,面包师傅。"

面包师没有答理,他说得兴起:

"先生，您也许会以为，那俏婆娘从西班牙回来后，会安分守己吧……哦，不，不是那样的……丈夫把那桩事处理得那么稳妥周到，这使她产生了不妨再试一次的念头……于是，在西班牙人之后，是一个军官，再后，是罗讷河上的一个水手，再后，是一个音乐家，再后，还有谁……那我就说不太清楚了……不过，妙的是，每次重演的都是同样的喜剧。老婆私奔了，丈夫就哭；老婆私奔后回家，丈夫就心满意足。每一次，都是有人把她拐跑，然后，他又把她收回来……您看这个丈夫多有耐心！应该承认，这个磨刀匠娘子确实非常漂亮……她真像一只红雀，活泼，俊俏，体态优美；而且，皮肉白嫩，那一双浅褐色的眼睛，总是笑眯眯地盯着男人……我敢说！巴黎来的先生，要是您经过波凯尔的话……"

"唉！别说了，面包师傅，我求求你……"那可怜的磨刀匠又在央求了，那语调真叫人心碎。

这时，驿车到站了。这一站是昂格罗农庄。两个波凯尔人就在这里下车，我向您发誓，我巴不得他们一去不回……这个面包师真是个爱耍弄人的家伙！他走进农庄的院落，我还能听见他的笑声。

这两人一走，驿车显得空了许多。在阿尔勒斯一站，那个卡马尔克人也下了车，车夫走在马的旁边，领车前行……车上只有磨刀匠和我两个人，我们各自缩在自己的角落，一言不发。天气很热，皮制的车篷也给烤热了。有时，我觉得两眼发困，脑袋发沉，但又睡不着。我耳边总是缭绕着"别说了，我求求你"这句那么凄苦、那么柔弱的话……可怜的磨刀匠，他也睡不着，我从后面，看见他两个大肩膀在哆嗦，一只苍白而笨拙的手靠在椅背上直发抖，就像一个老年人的手那样。他在哭泣……

"巴黎来的先生,您到家啦!"突然,车夫向我嚷道。他还用鞭鞘指着我那个绿色的山丘和我那座伫立在山丘上像只大蝴蝶的磨坊。

我急急忙忙下了车……从磨刀匠旁边擦身而过时,我试着看清大盖帽下的那张脸。似乎早就料到了我的意图,这可怜虫猛然抬起头来,两眼直盯着我的两眼。

"请您把我看清楚,朋友,"他用低哑的声音对我说,"如果不久以后的某天,您听说波凯尔发生了一桩惨案,您就可以说您认识犯案的这个人。"

这是一张晦气而悲苦的脸,带有一双细小而黯淡无光的眼睛,眼眶里饱噙着泪水,但是,在他那声音里,却充满了仇恨。这仇恨,是被侮辱的弱者的愤怒!……如果我是磨刀匠的妻子,我得提防提防。

高尼勒师傅的秘密

法朗瑟·玛玛依是个上了年纪的短笛手，每隔一段时间，就要到我家来，跟我煮酒聊天，消磨长夜。有一次，他向我讲述了二十年前村里发生的一个小故事，而我的磨坊正是这个故事的见证人。这个老汉讲的故事，深深感动了我。现在，我就按照我所听到的，原汁原味地转述给你们听。

亲爱的读者，请你想象一下，你是坐在一壶芳香四溢的温酒面前，由一个年老的短笛手来给你讲这个故事：

我的好好先生，我们这块地方，过去可不像现在这样死气沉沉，缺少欢乐。当年，这里经营着大规模的磨粉业，方圆十里之内，各个村庄的人都把他们的麦子送到这里来磨成面粉……咱们这个村子周围的小山坡上，布满了风磨，朝四周一望，只见在一片片小松树林顶上，风翼迎着北风旋转个不停，一队队小毛驴驮着成袋的麦子，沿着大路来来往往；每天，在山坡上，抽鞭子声、磨坊伙计吆喝声与风帆劈啪声响成一片，听起来可真叫人高兴……每逢礼拜天，我们成群结队来到磨坊。在这里，磨坊老板请大家喝麝香葡萄酒。老板娘披着花边头巾，戴着金十字项链，美丽得像王后。我呢，我总把我的短笛带来助兴，大家跳着法兰多拉舞，直跳到天黑。您瞧瞧，这些磨坊当年可真给我们这块地方带来过繁荣与欢乐。

倒霉的事情来了，巴黎的法国佬起了个念头，要在达拉斯贡的公路上开设一家蒸汽磨粉厂。什么东西时髦，什么东西就看好。大家都把麦子送到磨粉厂去加工，我们这地方的磨坊可怜巴巴，再也没有生意了。开始的一段时候，磨坊还努力挣扎了一阵子，但是，蒸汽的力量毕竟强大，磨坊一个接一个被迫关门倒闭……这块地方再也看不到小毛驴了，磨坊老板漂亮的妻子，也都把自己的金十字项链卖掉……再也喝不上麝香葡萄酒了！再也没有人跳法兰多拉舞了！北风白白地那么吹，磨坊的风翼再也不转动了……接下来，有一天，乡政府叫大家把这些破房子统统拆掉，在原地种上葡萄和橄榄。

但是，在这场大崩溃中，有一个磨坊却坚持下来了，继续在山坡上勇敢地转动着风磨，硬要面对面跟那些磨粉厂拼个你死我活。这就是高尼勒师傅的磨坊。现在，我们也正是在这个磨坊里聊天消夜。

高尼勒师傅是个老磨坊工，六十年来一直在面粉堆里过日子，对自己这个行当爱得着迷。蒸汽面粉厂的开设，叫他急得发疯。整整十来天，我们看见他在村子里到处奔跑，纠集了一些人，对他们使劲这么嚷道：有人要用蒸汽机磨出来的面粉，毒害整个普罗旺斯省区。"别上那些面粉厂去，那些强盗用蒸汽做面包，是魔鬼发明出来的破玩意儿，我呢，我是靠北风来磨面粉，北风，就是上帝的呼气……"他就这么找出了许许多多好听的话来吹捧风磨，但是，谁也不听他的。

因此，这个老磨坊工气极了，把自己关在磨坊里不出来，像一头野兽似的孤独地过日子。他甚至不愿意让他的小孙女维芙特待在身边。她才十五岁，还是个孩子，自从她父母去世后，祖父是她在世上唯一的亲人。小女孩不得不自己外出谋生，到各个村庄去当雇工，替人收庄稼、养蚕，或采橄榄。不过，她的祖父看来还是很疼爱她的。他常常顶着烈日，徒步走上十几里路，到她干活的农庄去看她，在她身边，他一待就是好几个钟头，一边看着她，一边哭泣……

在我们这一带，大家都以为老磨坊工把维芙特打发走，是为了省钱。让自己的小孙女从一个农庄飘零到另一个农庄，使她免不了常要受到那些庄子上总管们粗野的对待，尝够这类打工青年都会碰见的各种各样的苦头，这对高尼勒师傅来说，确是一件有失体面的事。大家觉得，像他这样一个有头有脸、从来都自尊自爱的人，现在像个吉卜赛人，光着脚，戴一顶破帽，束一根破腰带，在路上跑来跑去，简直是很不像话……说实在的，到了礼拜天，看见他进教堂来望弥撒，我们这些上了年纪的人都替他害臊。高尼勒师傅也察觉到了这一点，因此，他再也不敢坐到体面人的坐席上。他总是坐在教堂的尽后头，靠近圣水缸，和穷人们在一起。

在高尼勒的生活里，却有那么一点叫人弄不明白的地方。很久以来，村子里没有人把麦子送到他那里去，但他磨坊的风翼还像以前那样转动个不停……傍晚时分，常常有人在路上碰见这位老磨坊工，他赶着小毛驴，驴背上还驮着大袋大袋的麦子。

"晚上好，高尼勒师傅，你的磨坊生意老是那么好？"村里的人大声问他。

"老是这个样子，我的孩子们。感谢上帝，我的活可不少。"老头子这么回答说,显得高高兴兴的。

这时,如果你还要问他从什么地方来的这么多活,他就会伸出一个手指头封住嘴唇,煞有介事地答道:"别声张!我是在做出口生意……"话到此为止,再也多问不出一句。

至于要走进他的磨坊去瞧一眼,那更是休想,即使是他的小孙女维芙特也进不去……

你若打他磨坊前走过,只见大门紧闭,风翼不停地转动,一头老驴在平地上啃青草,一只大瘦猫在窗台上晒太阳,它用恶狠狠的眼光盯着你。

所有这一切都发散出神秘的气味,使大家不免议论纷纷,每个人对高尼勒师傅的秘密都有各不相同的猜想,但普遍认为,在他的磨坊里,成袋的金币肯定要比成袋的麦子多。

但是,日子一久,秘密就被发现了,经过情形是这样的:

有一天,当我吹短笛为青年人的舞会伴奏时,我发现我家的大孩子与小维芙特相爱了。我心里并不觉得这事有什么不好,因为,高尼勒这个名字,在我们本地毕竟还是受人尊敬的,何况,要是维芙特这只美丽的小鸟,将来在我家前前后后地蹦来蹦去,我看着也会高兴的。只不过,因为这一对恋人幽会的机会实在太多,我怕他们会弄出点什么事来,所以想赶快把他们的婚事先订下。于是,我就跑到磨坊去,想跟维芙特的爷爷谈一谈……啊!这个老巫师!该瞧瞧他是怎么接待我的!我怎么说也没法叫他开门。冲着门上的锁孔,我凑合着对他讲明了我的来意。在我说着的时候,那头无赖的瘦猫,像个魔鬼一样,直在我的头上方呼噜呼噜喘气。

这老头儿不容我把话讲完,就粗暴无礼地打断我,对我大声叫嚷,要我还是回家去吹我的短笛,还说,如果我急于要给儿子找个媳妇,那么可以去找磨面厂的姑娘……听了这些混账话,我火冒三丈。不过,我还算是冷静克制,我扔下这个疯老头儿不管,让他在那里守他的石磨,我回到家里把碰钉子的经过告诉两个孩子,这一对可怜的羔羊简直不相信,他们要求我恩准他们自己到磨坊去跟老祖父谈一谈……我实在没法拒绝,于是,这一对恋人就去了。

当他们来到磨坊的时候,正巧高尼勒师傅刚出门走了,大门紧紧地锁着,但是,这老头儿走的时候,把梯子忘在了磨坊外,两个孩子突然起了念头,想爬梯子从窗户口进去,看看这个名声赫赫的磨坊里面究竟是怎么回事……

怪得很!磨坊里面竟是空的……没有口袋,没有一颗麦粒;墙壁上、蜘蛛网上,没有半点面粉屑……通常磨坊里总弥漫着被碾碎的小麦那种热烘烘、香喷喷的气味,在这里可一点也闻不到……磨轴上积满了灰尘,那只大瘦猫在磨盘上睡觉……

他们眼下的这间房子,全是一片衰败破落的景象:一张破床,几件破衣服,楼梯的第一级台阶上放了一块面包,屋角里堆着三四只袋子,袋里露出一些石灰渣和白土。

这就是高尼勒师傅的秘密!为了挽救磨坊的声誉,使大家以为他的磨坊仍在磨面粉,他每天夜晚都在大路上来回捣鼓着这些石灰渣……可怜的磨坊!可怜的高尼勒师傅!蒸汽磨粉厂把他最后的一个顾客抢走,已经有好些日子了。他家磨坊的风翼虽仍然在转动,但磨盘却在空碾打磨。

两个孩子泪流满面地跑了回来,把他们见到的情形告诉我。我听他们说着,心都要碎了……我毫不犹疑,跑遍村里的每一家,三言两语把事情告诉他们,大家一齐商定,立即把各家所有的小麦扛到高尼勒师傅的磨坊去……说干就干,全村人拔腿上路,大家赶着一大串驴子来到山冈上的磨坊前,驴子都驮着小麦,这可是真正的小麦啊!

磨坊已经敞开大门……高尼勒师傅坐在一袋石灰渣上,两手蒙着脸,正在痛哭。他刚刚回家,发觉在他外出时,有人进了他的磨坊,摸清了他那可悲的秘密。

"我真惨啊,我现在只有去死……磨坊的名誉扫地了。"他一边哭,一边说。

他哭得叫大家都心酸极了,他用各种名字叫唤他的磨坊,向它哭诉,就像它是一个活人似的。

这时,驴队来到了磨坊前的平地,我们大家一同高声齐喊,跟当年磨坊开业时一样:

"喂,磨坊到了!喂,高尼勒师傅在呢!"

瞧,一袋袋麦子堆在门口,好看的金黄色的麦粒,洒在地上,到处都是。

高尼勒师傅的眼睛瞪得大大的,他抓了一把麦子放在枯衰的手心里,同时又哭又笑,说:

"这真是麦子!……天老爷啊!……好麦子!……让我好好瞧瞧!"

于是,他转身对我们说:

"唉!我知道你们会回到我这里来的,那些磨粉厂的家伙,是一群贼。"

我们要把他抬起来到村里去游行,庆祝他的胜利。他却嚷道:

"不要,不要,我的孩子们,我得先去喂喂我的磨盘,它已经好久没有吃东西了!"

只见这老头儿忙来忙去,一边解口袋,一边照管磨盘,麦粒纷纷被碾碎,麦粉阵阵飘扬起来,弥漫到磨坊的顶棚。我们看着这一切,眼眶里都是泪水。

说句公道话,从这一天起,我们大家就没有让老磨工断过活。后来,某天早晨,高尼勒师傅去世了,我们本地最后的这座磨坊,也就不再转动风翼。这一次,它可是永远也不转动了……高尼勒死后,没有人再干他这一行,你有什么办法呢?先生!在这个世界上,什么事都有完蛋的日子,应该相信,风力磨坊的时代已经一去不复返了,就像罗讷河上马拉的驳船、旧时代的御前议会、老款式的服装那样,早已过时了。

赛甘先生的山羊
——致巴黎的抒情诗人皮埃尔·格兰哥尔先生

你将来肯定还是现在这副老样子，没有出息！我可怜的格兰哥尔。

怎么！巴黎一家堂堂正正大报的专栏编辑，这么一份美差，人家给你送上门来，你竟然干脆拒绝……你还是照照镜子吧，你这个倒霉蛋！瞧瞧你这件破了窟窿的上衣，这条褴褛不堪的裤子，这副饥肠辘辘、面黄肌瘦的尊容。你落到眼前这般地步，全是由于对诗歌太着迷了，你现在这副模样，就是你在阿波罗陛下那里忠心耿耿服务了十年之久所得到的报偿……到如今，你还不感到羞惭，幡然悔悟？

去接受这份美差吧，笨蛋！去当个编辑吧！你将挣得闪闪发亮的金币，那上面还铸有玫瑰花的花纹，你将在显贵的布雷邦府邸的宴会上有一席地位；你将在那些新剧首演式上抛头露面，戴着无檐软帽，上面饰着崭新的羽毛……

你不干？你不愿意？你还想这么自由自在、随心所欲地活下去……好吧，请你听听《赛甘先生的山羊》这个故事，你就会看到，谁要活得自由自在，最后会有什么下场。

赛甘先生养山羊，从来都没有好运气。

他每次丢失山羊，情形都是这样的：一清早，山羊咬断了绳子，跑到山里去了，在山上，这些羊都毫无例外给狼吃掉。主人的抚摸也好，对狼的恐惧也好，都留不住这些山羊。看来，这些独立不羁的山羊，似乎宁可不惜任何代价，也要得到广阔的天地与自由。

这位老实的赛甘先生，一直捉摸不出这些畜生的脾性，他垂头丧气，叹息道：

"完了！这些山羊一到我家就厌烦，看来，连一只羊，我也休想养得成。"

不过，他并没有气馁，在他以同样的方式丢失了六只山羊以后，他又买进了第七只。只不过，这次他存心挑了一只特别幼小的，为了让它更容易习惯于在他家待下去。

啊！格兰哥尔，赛甘先生这只小山羊是多么漂亮！它有温柔的眼睛，像士官那样的胡须，黑亮黑亮的蹄子，呈现条纹的直角，还有它当作长袍穿的那身又白又长的绒毛，所有这些是多么漂亮啊！它几乎像爱斯美拉达的那只小灵羊一样可爱。你还记得那只羊吗，格兰哥尔？又过了些时候，它更出落得驯良、温顺，挤奶的时候，它丝毫不动，也不把蹄子伸进桶里。真是一只叫人疼爱的小山羊……

赛甘先生的屋后，有一个山楂树围成的园子，他把这位新来的客人安置在这里喂养。位于草地最茂盛地段的一根木桩上，拴着这只小山羊，赛甘先生给它留出了长长的绳子，还时不时地来看看它待得是否舒服。山羊感到心满意足，它美滋滋地啃着青草,赛甘先生见此也心花怒放。

"终于有了这么一只山羊,在我家不感到厌烦!"这个可怜的人这样想。

赛甘先生错矣,他的山羊已经开始厌烦了。

有一天,山羊望着高山,自言自语:

"生活在那上面该多好啊!要是没有这根该死的勒破了脖子的绳索,我可以在灌木丛中自由自在蹦蹦跳跳,那该是多么快活啊!圈在园子里吃草,这对驴子和牛倒还适合!咱们山羊,那可应该到广阔的天地里去。"

从这一天起,园子里的草,它吃起来无滋无味了。它开始烦躁了,消瘦了,奶汁也少了,它拴在那根绳子上,头老是转向山的那边,鼻孔张得大大的,悲惨地发出咩咩的叫声。看着它这副样子,真是叫人心里难受。

赛甘先生看出了他的山羊有些不对劲,但不知是什么原因……有天早晨,他挤完奶时,山羊转过头来,用自己的方言对他说:

"赛甘先生,请您听着,我在您家烦透了,请放我到山上去吧。"

"啊,我的天啦!……它也烦了!"赛甘先生大吃一惊,他嚷了起来,手里的奶盆一下子掉在了地上。于是,他在草地上坐下来,靠近山羊的旁边:

"怎么啦,布朗凯特,你也要离开我!"

布朗凯特回答说:

"是的,赛甘先生。"

"是不是因为我这里的草不够你吃?"

"噢，不是的，赛甘先生。"

"是不是因为拴你的绳子太短了，我把绳子放长一些，好吗？"

"不必啦，赛甘先生。"

"那你要我怎么办，你究竟想要什么？"

"我想到山里去，赛甘先生。"

"哎呀，不幸的家伙，你不知道山上有狼吗？……要是碰上了，你怎么办？"

"我会用角去顶它，赛甘先生。"

"狼才不在乎你的角呢。我过去的那些羊全像你一样有角，狼把它们都吃掉了……你要知道，去年在我这里的那只不幸的老羊蕾诺德，它要算是羊中的英雄了，又强壮又凶狠，像只公山羊。它跟狼搏斗了一整夜……终于，第二天早晨，狼吃掉了它。"

"哎呀，可怜的蕾诺德，这也不要紧，赛甘先生，还是放我到山里去吧！"

"仁慈的上帝！"赛甘先生说，"对这些山羊我该怎么办？现在，我这里又有一只羊会被狼吃掉啦……好吧，我不容许再有这种事……不管你自己愿不愿意，不安分的家伙，我可要对你采取挽救措施！免得你把绳子咬断逃走，我索性把你关进牲口棚，那你就会老老实实在我家待下去。"

说着，赛甘先生逮住山羊就把它塞进了漆黑的牲口棚，然后把门锁得严严实实的。不幸的是，他忘了把窗户关紧，因此，他刚一转身，那只小羊就越窗逃走了。

你在笑，格兰哥尔？当然啰，我很清楚，你是站在山羊一边，反对好心的赛甘先生的……咱们瞧瞧，再待一会儿你还笑不笑。

这只白色的山羊来到山上，引起了周围的一阵欢腾。老松树从未见过这么美的东西，把它当作小皇后一样来欢迎。栗树将枝干垂到地面，为的是能抚摸抚摸它。在小山羊途经的路上，金蝶花尽情怒放，吐出芬芳。满山都在为它欢庆。

格兰哥尔，你想想我们这只山羊该是多么幸福，没有绳子了，没有木桩了……再没有任何东西妨碍它欢蹦乱跳，随意吃草……在这里，有的是草，草长得比山羊角还高，我亲爱的！山上的草多好啊！味道好，又细又嫩，呈锯齿状，品种成百上千……与园子里的草相比，有天壤之别。而且，山上还有这么多的花！……大朵大朵的蓝色风铃花，带长萼的红色洋地黄，满山遍地的野花，都喷射出醉人的蜜汁！……

这只白色的山羊，已呈半醉状态。它四脚朝天，在地上打滚，直顺着斜坡滚下去，身上沾满了落叶与栗子……接着，它突然把脚一蹬，就站了起来。嗨！瞧，它又跑了，头高昂向前，穿过丛林与荆棘，时而跳上山峰，时而奔向涧底，上上下下，到处奔跑……就好像有十只赛甘先生的山羊到了山上。

它觉得山上没有任何可怕的东西，这个布朗凯特。

它使劲一跳，就跳过一道一道大瀑布，瀑布溅了它一身水珠与泡沫。于是，它全身湿淋淋的，躺在平整的岩石上，让太阳把它晒干……有一次，它走到高地的前沿，嘴里叼着一枝金雀花，向下方望去，下方平原上的一切，还有赛甘先生家的房屋以及屋后的那个园子，都历历在目。它看着这一切，不禁把眼泪都笑出来了。

"多么渺小啊！"它这么说，"我怎么能在那样一个地方待那么久？"

可怜的小家伙！看见自己站得这么高，就以为自己和整个世界一样伟大了……总而言之，对赛甘先生的这只山羊来说，这一天真是美好得很。四面八方都跑了一阵后，临近中午时分，它钻进了一群正在啃野葡萄藤的羚羊群中。我们的这位穿白袍的赛跑运动员，顿时就引起了轰动，大家都给它让出就近吃野葡萄的最佳位置，这些先生一只只都殷勤得很……而且，似乎有一只毛色纯黑的小羚羊，还交上了好运——此事，只有你我知道，不可外传——博得了布朗凯特的青睐。这一对情人，在树林里散步了一两个钟头之久。如果你想知道它们谈了一些什么，那你去问藏在苔藓下流淌的潺潺泉水好了。

顷刻间，凉风飒飒，山色变暗，已是黄昏时分……

"这么快就要天黑了！"小山羊这么说，它感到非常诧异，停步下来。

在山下，轻雾已淹没了原野。赛甘先生的园子也消失在雾霭之中，他那幢小屋，也只有冒出缕缕炊烟的屋顶还能看见。小山羊听见牛群放牧归去的铃声，心里顿生愁绪……一只还巢的老鹰从它头上擦飞而去，它打了一个寒战……接着，山里传来一阵狼嗥：

"呜！呜！"

小山羊意识到是狼。这疯疯癫癫的家伙，整个一天都不曾想到这个克星……正在这时，山谷中远远响起了喇叭声，这是好心的赛甘先生在做他最后的努力。

"呜！呜！"狼又嗥了起来。

"回来吧！回来吧……"喇叭也在召唤。

布朗凯特产生了回家的念头，但是，一想起木桩、绳子、园子周围的篱笆，它便认定自己现在不能再去过那种生活了，它最好还是留在山上。

喇叭不再响了……

山羊猛听见自己背后有树叶的响声。它立即转过身来,在阴影之中,它看见两只竖得直直的短耳朵,还有一双凶光闪闪的眼睛……这是狼。这个魔头身强体壮,一动也不动,用后腿支坐在那里,死盯着这只白色的小羊,正在那里预先品尝它的滋味。这匹狼知道眼前的猎获物肯定逃不出自己的掌心,它才不着急呢,只是当山羊转过身来时,它才恶毒地笑了笑:

"嗨!嗨!赛甘先生的小羊。"说着,它伸出一条又长又红的大舌头,挂在它那火绒般的嘴唇上。

布朗凯特顿时给吓蒙了……它想起那只老山羊蕾诺德跟狼斗了整整一夜最后在早晨被狼吃掉的故事,觉得还不如马上就被吃掉为好。即刻,它又改了主意,开始摆出抵抗的架势,低着头,挺着角,俨然就是赛甘先生的一只名副其实的勇敢山羊……它并不指望把狼杀死——山羊从来都杀不了狼,它只想看看,自己是否能像蕾诺德那样抵抗一整夜……

这时,那妖怪扑了过来,这一方的两只小角也就挥舞起来了。

啊!多么勇敢的小山羊!它顽强拼搏,毫不畏惧!甚至有十几次——格兰哥尔,我不撒谎——它迫使狼为了缓口气不得不往后退。每当有这么一分钟的空隙,这个贪吃的家伙,还要忙着去啃一口它心爱的青草,然后再转过身来继续战斗,嘴里塞得满满的……这样坚持了整整一夜,赛甘先生的山羊时不时看看清亮天空中的繁星,心想:

"但愿我能坚持到黎明……"

天上的星星,一颗接着一颗隐没。布朗凯特加强尖角的攻势,狼则加强利齿的攻势……地平线上终于露出了一丝微暗的晨曦,从一家农舍传来了一只哑嗓子雄鸡的叫声。

"算了!"可怜的畜生最后说了这么一句,它本来就只准备抵抗到天亮就死；它倒在地上，全身漂亮的白色皮毛鲜血淋淋……

于是，狼扑到小山羊身上，把它吃掉了。

再见，格兰哥尔！

你刚才听到的这个故事，并非我虚构杜撰出来的。如果你到普罗旺斯来，我们这里的农家人会常常对你讲："赛甘先生的山羊跟狼拼了整整一夜，最后，在早晨被狼吃掉了。"

格兰哥尔，你好好给我听着：

"最后，在早晨被狼吃掉了。"

繁星

在吕贝龙山上看守羊群的那些日子里，我常常一连好几个星期看不到一个人影，孤单单地和我的狗拉布里以及那些羔羊待在牧场里。有时，于尔山上那个隐士为了采集药草从这里经过；有时，我可以看到几张皮埃蒙山区煤矿工人黝黑的面孔。但是，他们都是一些淳朴的人，由于孤独的生活而沉默寡言，不再有兴趣和人交谈，何况他们对山下村子里、城镇里流传的消息也一无所知。因此，每隔十五天，当我们田庄上的驴子给我驮来半个月的粮食的时候，只要我听到在山路上响起了那牲口的铃铛声，看见在山坡上慢慢露出田庄上那个小伙计活泼的脑袋，或者是诺拉德老婶那顶赭红色的小帽，我简直就快活到了极点。我总要他们给我讲山下的消息，洗礼啦，婚礼啦，等等，而我最关心的就是斯苔法奈特最近怎么样了。她是我们田庄主人的女儿，方圆十里以内最漂亮的姑娘。我并不显出对她特别感兴趣，装作不在意的样子打听她是不是经常参加节庆和晚会，是不是又新来了一些追求者。而如果有人要问我，像我这样一个山沟里的牧童打听这些事情有什么用，那我就会回答说，我已经20岁了，斯苔法奈特是我一生中所见过的最美的姑娘。

可是，有一次碰上礼拜日，那一天粮食来得特别迟。当天早晨，我就想："今天望弥撒，一定会耽误给我送粮来。"接着，将近中午的时候，下了一场暴雨，我猜测，路不好走，驴子一定还没有出发。最后，大约在下午三点钟的光景，天空被洗涤得透净，满山的水珠映照着阳光闪闪发亮，在叶丛的滴水声和小溪的涨溢声之中，我突然听见驴子的铃铛在响，它响得那么欢腾，就像复活节的钟群齐鸣一样。但骑驴来的不是那个小伙计，也不是诺拉德老婶。而是……瞧清楚是谁！我的孩子们哟！是我们的姑娘！她亲自来了，她端端正正地坐在柳条筐之间，山上的空气和暴风雨后的清凉，使她脸色透红，就像一朵玫瑰。

小伙计病了，诺拉德婶婶到孩子家度假去了。漂亮的斯苔法奈特一边从驴背上跳下来，一边告诉我；还说，她到迟了，是因为在途中迷了路。但是，瞧她那一身节日打扮，花丝带、鲜艳的裙子和花边，哪里像刚在荆棘丛里迷过路，倒像是从舞会上回来得迟了。啊，这个娇小可爱的姑娘！我一双眼睛怎么也看她不厌。我从来没有离这么近地看过她。在冬天，有那么几回，当羊群下到了平原，我回田庄吃晚饭的时候，她很快地穿过厅堂，从不和下人说话，总是打扮得漂漂亮亮，显得有一点骄傲……而现在，她就在我的面前，完全为我而来。这怎么不叫我有些飘飘然？

她从篮筐里把粮食拿出来后，马上就好奇地观察她的周围，又轻轻地把漂亮的裙子往上提了提，免得把它弄脏。她走进栏圈，要看我睡觉的那个角落，稻草床、铺在上面的羊皮、挂在墙上的大斗篷、牧杖与火石枪，她看着这一切很开心。

"那么，你就住在这里啰，我可怜的牧童？你老是一个人待在这里该多烦呀！你干些什么？你想些什么？"

我真想回答说:"想你,女主人。"而我又编不出别的谎话来。我窘得那么厉害,不知说什么好。我相信她一定是看出来了,而且这坏家伙还因此很开心,用她那股狡猾劲使我窘得更厉害:

"你的女朋友呢,牧童,她有时也上山来看你吗?……她一定就是金山羊,要不然就是只在山巅上飞来飞去的仙女埃丝泰蕾尔……"

而她自己,她在跟我说话的时候,仰着头,带着可爱的笑容和急于要走的神气,那才真像是埃丝泰蕾尔下了凡,仙姿一现哩。

"再见,牧童。"

"女主人,祝你一路平安。"

于是,她走了,带着她的空篮子。

当她在山坡的小路上消失的时候,我似乎觉得驴子蹄下滚动的小石子,正一颗一颗掉在我的心上。我好久好久听着它们的响声,直到太阳西沉,我还像在做梦一样待在那里,一动也不敢动,唯恐打破我的幻梦。傍晚时分,当山谷深处开始变成蓝色,羊群咩咩叫着回到栏圈的时候,我听见有人在山坡下叫我,接着就看见我们的姑娘又出现了,这回她可不像刚才那样欢欢喜喜,而是因为又冷又怕、身上又湿,正在打战。显然她在山下碰上了索尔格河暴雨之后涨水,在强渡的时候差一点被淹没了。可怕的是,这么晚了,她根本不可能回田庄了,因为抄近的小路,我们的姑娘是怎么也找不到的,而我,我又不能离开羊群。要在山上过夜这个念头使她非常懊恼,我尽量使她安心:

"在七月份,夜晚很短,女主人……这只是一小段不好的时光。"

我马上燃起了一大堆火,好让她烤干她的脚和她被索尔格河水湿透了的外衣。接着,我又把牛奶和羊奶酪端到她的面前。但是这个可怜的小姑娘既不想暖一暖，也不想吃东西，看着她流出了大颗大颗的泪珠，我自己也想哭了。

夜幕已经降临。只有一丝夕阳还残留在山巅之上。我请姑娘进到"栏圈"去休息。我把一张崭新漂亮的羊皮铺在新鲜的稻草上，向她道了晚安之后，就走了出来坐在门口……上帝可以作证，虽然爱情的烈火把我身上的血都烧沸腾了，可我并没有起半点邪念。我想着：东家的女儿就躺在这个"栏圈"的一角，靠近那些好奇地瞧着她熟睡的羊群，就像一只比它们更洁白更高贵的绵羊，而她睡在那里完全信赖我的守护，这么想着，我只感到无比的骄傲。我这时觉得，天空从来没有这么深沉，群星也从来没有这么明亮……突然，"栏圈"的栅门打开了，美丽的斯苔法奈特出来了。她睡不着。羊儿动来动去，使稻草沙沙作响，它们在梦里还发出叫声。她宁愿出来烤烤火。看她来了，我赶快把自己身上的羊皮披在她肩上，又把火拨得更旺些，我俩就这样靠在一起坐着，什么话也不讲。如果你有在迷人的星空下过夜的经验，你当然知道，正当人们熟睡的时候，在夜的一片寂静之中，一个神秘的世界就开始活动了。这时，溪流歌唱得更清脆，池塘也闪闪发出微光。山间的精灵来来往往，自由自在，微风轻轻，传来种种难以察觉的声音，似乎可以听见枝叶在吐芽，小草在生长。白天，是生物的天地；夜晚，就是无生物的天地了。要是一个人不经常在星空下过夜，夜就会使他感到害怕……所以，我们的小姐一听见轻微的声响，便战栗起来，紧紧靠在我身上。有一次，从下方闪闪发亮的池塘发出了一声凄凉的长啸，余音缭绕，直向我们传来。这时，一颗美丽的流星越过我们的头顶坠往啸声的方向，似乎我们刚才听见的那声音还携带着一道亮光。

"这是什么？"斯苔法奈特轻声问我。

"女主人，这是一个灵魂进入了天国。"我回答她，画了一个十字。

她也画了一个十字，抬着头，凝神片刻，对我说：

"这是真的吗？牧童，你懂巫术吗？你们这些人都懂吗？"

"没有的事！我的小姐。不过，我们住在这里，离星星比较近，所以对天上发生的事比山下的人知道得更清楚。"

她一直望着天空，用手支着脑袋，身上裹着羊皮，就像天国里的一个小牧童。

"瞧！那么美！我从来没有见过这么多星星……牧童，你知道这些星星的名字吗？"

"知道，小姐……你瞧，在我们头顶上的是'圣雅各之路'（银河）。它从法国直通西班牙。这是加里斯的圣雅各在正直的查理大帝与阿拉伯人打仗的时候，为了给他指路而标出来的。再远一点，你可以看见'灵魂之车'（大熊星座）和它四个明亮的车轴。走在前面的三颗星是三头牲口，对着第三颗的那一颗很小的星星，就是车夫。你看见周围那一大片散落的小星吗？那都是仁慈的上帝不愿意接纳进天国的灵魂……稍微低一点，那是'耙子'或者叫'三王'，这个星座可以给我们牧人们当时钟，我现在只要朝它一望，就知道已经过了午夜时分。再稍微低一点，老是朝着南方的是'米兰的约翰'（天狼星），它闪闪发亮，是群星的火炬。我给你讲讲我们牧人关于它的传说。有一天夜里，'米兰的约翰'和'三王'以及'北极星'（昴星），被邀请去参加它们朋友的婚礼。'北极星'急急忙忙从上面那条路先出发了。'三王'从下面那条路抄近赶上了它；但'米兰的约翰'这个懒家伙，它睡得很迟才起来，一直落在后头，它很恼火，为了阻拦它的同伴，就把自己的拐杖向它们扔去。所以，'三王'又叫作'米兰的约翰的拐杖'……不过,所有这些星星中最美的一颗,是我们自己的星,那就是'牧童的星'。每天清晨,当我们赶出羊群的时候,它照着我们,而到晚上,当我们驱回羊群的时候,它也照着我们。我们还把它叫作'玛格洛娜',美丽的玛格洛娜追在'普罗旺斯的皮埃尔'(土星)的后面,每隔七年就跟它结一次婚。"

"怎么!牧童,星星之间也有结婚的事?"

"有的,小姐。"

正当我想向她解释星星结婚是怎么一回事的时候,我感到有件清凉而柔细的东西轻轻地压在我的肩上。原来是她的头因为瞌睡而垂了下来,那头上的丝带、花边和波浪似的头发还轻柔可爱地紧挨着我。她就这样一动也不动,直到天上的群星发白,在初升的阳光中消失的时候。而我,我瞧着她睡着了,心里的确有点激动,但是,这个皎洁的夜晚只使我产生美好的念头,我得到了它圣洁的守护。在我们周围,群星静静地继续它们的行程,柔顺得像羊群一样。我时而这样想象:星星中那最秀丽最灿烂的一颗,因为迷了路,而停落在我的肩上睡觉……

阿莱城的姑娘

从我的磨坊往村里去，要经过路边的一个农庄，庄内有个大院落，尽头种着几株榆树。这是普罗旺斯地区典型的农舍，红颜色屋顶，宽大的棕褐色的正门，上面不规则地开了窗眼，在高高的顶楼上，有一只风向标，院子里有挂着石磨的滑车，还有几捆已经枯黄的干草……

为什么这幢农舍引起了我的注意？为什么这紧闭的大门使我心里难受？我说不出是什么原因，反正，这个宅子有一股凄冷的气息扑鼻而来，它四周寂寥得过分……当有人从这里路过时，狗都不叫，虽有那么几只珠鸡，也不声不响地全跑开了……在院子里，什么声音也没有！一片沉寂，甚至骡子的铃声也听不见……窗户上没有挂白色窗帘，屋顶上没有炊烟冒出，人们以为，这屋舍肯定是无人居住。

昨天，正午时分，我从村里回磨坊，为了躲开烈日，就沿着农庄的围墙，在榆树的阴影下行走……庄前的大路上，有几个不声不响的庄丁正在往一辆车上装干草……农庄的门正大大敞开，我从门前走过时往里面瞧了一眼，看见院子的深处，有一个满头白发、个子高大的老人，穿着一件又短又小的上衣，一条破破烂烂的裤子，肘臂支在一张石头桌子上，脑袋埋在双手里……我停下步来。旁边的一个人低声对我说：

"嘘，这就是农庄的主人……自从他儿子遭遇不幸后，他就一直是这个样子。"

这时，有一个女人和一个小男孩，从我身边走过，他们都穿着黑色丧服，手里捧着烫金的祈祷书，走进了农舍。

旁边这人又告诉我：

"……女主人和小儿子刚做完弥撒回来……自从大儿子自杀以后……他们每天都去做弥撒……唉，先生，多么悲惨的事！老爸至今还穿着死去的儿子的衣服，别人休想叫他换下来……"

"驾！吁！畜生！"一声吆喝，那辆装满了干草的车，摇摇晃晃出发了。我想进一步了解悲剧的详情，要求赶车人让我搭上他的车，坐在他旁边的草堆上，我听到了这个令人心酸的故事……

他的名字叫让，是个特别出色的二十岁农民，文静得像个姑娘，身体强壮，眉目开朗。因为他长得很漂亮，许多女人都盯着他，但他却情有独钟。那是一个娇小的阿莱城的姑娘，她衣着华丽，打扮花哨，让是在阿莱的市集上认识她的。农庄上的人，起初都不赞成这门亲事，因为，这姑娘妖艳风骚，而她的双亲又都不是本地人。但是，让却主意已定，不肯回头，他甚至这么说：

"如果不让我跟她结婚，那我就去死。"

没有别的办法，只好满足他这个意愿。婚礼决定在收获之后举行。

稍后，一个星期天的晚上，全家人正在院子里用晚餐，气氛就跟结婚宴会差不多，虽然没有新娘子在场，但大家频频举杯为他祝贺……突然，大门口出现了一个汉子，他用颤抖的声音，要求与庄主埃斯代维单独说几句话。埃斯代维站起来，跟来人出了大门，这汉子对他说：

"庄主，您打算让您的儿子与一个女人结婚，但这个女人是个荡妇。这两年以来，她一直跟我相好，我已经先占有了她。我可以提供证据，瞧，这就是我跟她的情书！她的父母全知道真相，早就把她许配给我了。但是，自从您的儿子遇见她以后，她跟她的父母就对我不感兴趣了……然而，我相信，她既然干得出这种背信弃义的事来，将来就不可能给您儿子当一个安分守己的人妻。"

"很好！"埃斯代维庄主看了看那些信件说道，"请进去喝一杯葡萄酒。"

这汉子答道：

"谢谢，我心里难受，无心喝酒。"

说完，他就走了。

做父亲的不动声色回到院子里，他重新入席。晚餐在欢乐之中结束……

当天夜里，埃斯代维庄主与他的儿子一同到田野里遛弯儿，他们在外边待了很长时间。当他们回到家里时，做母亲的仍在等候。

"孩子的娘，"庄主一边对她说，一边把儿子领到她跟前，"你亲亲这孩子吧，他是个不幸的人……"

让从此绝口不谈阿莱姑娘。但是，他仍然一直爱着她，而且，自从有人告诉他这女人曾在另一个男人怀里躺过以后，他反倒更爱她了。只不过，他因为生性矜持所以沉默不语。这无异于自我折磨，害了他自己，这可怜的孩子！……他经常整天整地独自待在一个角落里，一动也不动。另一些日子，他又跑到地里去拼命干活，他一个人干的活常超过十个零工……到了傍晚，他常沿着通向阿莱城的大路，一直走到在夕阳中可以看到城里尖形教堂林立的地方。到此，他就往回走，从来不走进城去。

农庄上的人眼见他如此痛苦，如此孤独，都感到束手无策，大家都担心会发生不幸的事……有一次，在吃饭的时候，他的母亲见他眼里噙满泪水，就对他说："好吧，让，你听着，如果你还是要那个女人，我们就成全你吧……"

他的父亲羞愧得满脸通红，低下了头……

让做了一个拒绝的手势，就走出去了……

从这天起，让改变了生活方式，为了使父母宽心，他总装出快快活活的样子。人们看见他常去舞会、小酒馆、节日集会。在丰维叶尔的选举庆典上，他还领头跳起了法兰多拉舞。

他父亲说："孩子的病已经好了。"而母亲则不然，她仍然忧心忡忡，并且更加密切地关注着儿子……让跟他弟弟的卧室紧靠着养蚕房，可怜的母亲就在他们隔壁的房里支起一张床……说是蚕宝宝夜间可能需要她来照料。

圣埃洛瓦的节日到了，这是经营者们的守护神的节日。

整个农庄一片欢腾……大家都可以到新楼里去开怀畅饮，美酒丰盛，如大雨倾泻。接着，放鞭炮，看焰火，榆树上挂满了彩灯……圣埃洛瓦万岁！大家拼命跳法兰多拉舞，小弟烧坏了他的罩衫……让也显得兴高采烈，他还主动邀母亲共舞，这可怜的老太太感动得流下了眼泪。

午夜时分，大家都去睡觉。人人都困得厉害……让却不能入眠。小弟后来追述说，整个夜晚，他都哭个不停……唉，我告诉你们吧，他真是伤心极了，我的哥哥……

第二天一清早,他母亲听见有人跑出了房间,她顿时有一种不祥的预感:

"让,是你吗?"

儿子没有回答,他这时已跑上了楼梯。

快!赶快!母亲急忙起身。

"让,你怎么啦?"

让已经上了谷仓。他妈也跟着上去,她在后面叫道:

"我的儿子,看上帝的分上!"

他把谷仓的门一关,扣上了门闩。

"让,我的让,回答我,你要干什么?"

母亲摸索着,她老迈的双手直发抖,她在找门上的插闩……谷仓的一扇窗子打开了,猛然一声人体摔在院子里石板地上的巨响,事情就这么完了……

这可怜的孩子,过去常这样自言自语:"我太爱她了……我要一走了之……"啊,我们的心都要碎了,真是岂有此理,有的人为了爱情,竟然不在乎别人的轻蔑!

那天早晨,村里的人都在互相询问,在埃斯代维农庄那边,是谁在那里哀号……这就是在农庄的院子里,那位母亲坐在一张满是露水与鲜血的石头桌子前,抱着她死去的孩子,在放声痛哭。

教皇的母骡

我们的普罗旺斯农民常常用生动的措辞、谚语与格言，来修饰他们的谈吐，其中最为别致、最为独特的，要算我下面所举出的这一句了。在我磨坊周围方圆几十里以内，当人们提起某个爱怀恨记仇、报复心特强的人，就这么说："这家伙，你可得当心！……他就像教皇的母骡，它憋了七年，才踢出一脚，进行报复。"

我曾经花了不少时间，去查询这个谚语的出处，即何谓教皇的骡子以及它憋了七年才踢出的那一脚。我这个村里，没有人能给我一个解答，甚至法朗瑟·玛玛侬这个上了岁数的短笛手也说不出个所以然，虽然他对普罗旺斯的种种传说都了如指掌。法朗瑟与我有同感，认为这个谚语是与阿维尼翁地区某个古老传说有关，但除了谚语本身的提示外，他就别无所知了。

"看来，您只有到知了图书馆去查出处啦。"老笛手笑着对我说。

我觉得这个主意甚好，因为知了图书馆就在我的门外，于是，我欣然前往，沉浸在那里足有八天之久。

这是一个奇妙的图书馆，藏书丰富，令人赞叹，日夜都向诗人开放，带着铙钹的小图书馆员负责经营管理，他们整日都为你奏乐。我在这里度过了几个美妙的日子，经过一个星期的探究，终于发现了我所要弄清楚的缘由，即何谓教皇的母骡以及它憋了7年才踢出的那一脚。这个故事虽然平淡质朴，但也相当有趣。现在，我尽可能把我昨天早晨从蔚蓝色的稿本上所读到的故事讲给您听。这稿本发散着薰衣草的香气，还系有圣母的丝带作为书签。

谁要是没有见过罗马教皇时代的阿维尼翁城，谁就是没有见识。就其欢乐、活跃、繁华与节日的热闹而言，没有一个城市比得上它。且看这座城池，从早到晚，宗教游行不断，朝圣人流络绎不绝；街上撒满了花朵，处处飘扬着彩带；红衣主教们的船队沿罗讷河而来，旌旗招展，舢舨披彩；教皇的禁卫军在广场上唱着拉丁文赞美诗，化缘的修士则敲着木铃；高高矮矮的房屋簇拥在教皇巨大宫殿四周，就如蜂群闹哄哄地围绕着蜂房。市容熙熙攘攘，市声热热闹闹：织花边的滴答声，编金祭袍的穿梭声，金银首饰雕镂工的捶打声，弦乐器制造工的调琴声，整经女工的圣歌声，还有从高处传来的钟声以及从桥上响起的长鼓声，一片喧嚣，不绝于耳。若问桥上鼓声从何而来，因为在我们这里，人们高兴的时候，就非跳舞不可，不跳舞不行。那时，街道太窄，跳法兰多拉舞不方便，吹笛的敲鼓的乐师们只能坐在阿维尼翁的桥上。在罗讷河上的清风吹拂下，大家跳啊，跳啊，不分昼夜……啊，多么幸福的时代，多么幸福的城市！武器兵刃都束之高阁，国家监狱只用来乘凉饮酒，没有饥荒，没有战争……您瞧孔达时代的那些教皇多么善于治理国家，臣民是多么怀念那个时代！……

在那些教皇之中，有一位名叫博尼法斯的慈祥老人……哦，就是他，他去世的时候，阿维尼翁的老百姓个个都眼泪汪汪！这真是一个受人爱戴、讨人喜欢的君主！他坐在骡背上，总是笑眯眯地看着你，当你从他身旁走过，不论你是贫贱的染印工，还是城里的大法官，他都彬彬有礼地向你祝福！真像是伊弗多的教皇，不过是带普罗旺斯味的伊弗多教皇，因为他的微笑颇有点微妙，他的扁平软帽上插了一枝茉乔栾那，甚至连一个小小的金十字也没有挂……这位面慈心善的长老，人们知道他所拥有的唯一的金十字架，就是他的葡萄园，一个由他自己栽种的葡萄园，它离阿维尼翁约有三古法里，在新宫的香桃木林里。

每逢星期日，这位德高望重的长老做完了晚祈祷之后，就去照料他心爱的葡萄园，他来到那里后，坐在无限好的夕阳下，骡子待在他身旁，四周，红衣主教们散立在葡萄树下。于是，他打开一小瓶本地产的葡萄酒，此酒甘美异常，色泽如红宝石，一向有教皇新宫琼浆玉液之美称。他一小杯一小杯地慢慢品尝，心醉神怡地环视着他的葡萄园。然后，酒瓶喝空了，太阳西沉下去，教皇也心满意足起驾回城，后面跟随着他教廷里的群臣，经过阿维尼翁桥的时候，他的骡子一走进敲鼓跳舞的人群，也被乐声感染了，居然也小步跳起舞来，而教皇本人则挥动他的软帽给舞步打起拍子。对此，红衣主教们怒目而视，深不以为然，但周围民众却齐声欢呼："啊，好样的君主！啊，好样的教皇！"

除了新宫葡萄园之外，教皇最垂爱的就是他的骡子。这位老好人对这头牲口的确关怀备至。每天夜晚，他临睡前，必定要去查看厩房的门是否关好了，槽里的饲料是否充足。每次用餐，他离席之前，都要亲眼监督下人按照法兰西调味法，在一大钵酒里放进许多糖与香料，并且亲自端给母骡去喝，完全不在乎红衣主教们众目睽睽……应该说,这头母骡确实值得如此悉心照料。这是一头漂亮的黑色骡子,身上长有红色的花斑,步子稳健,毛色油亮,臀部丰满肥大,瘦削的脑袋上佩戴着绒球、花饰、银铃铛与小丝绸结,显得特别亮丽;它天使般的温柔,天真的眼睛,长长的不断晃动的耳朵,使人觉得它像个善良老实的孩子。阿维尼翁全城的人都尊重它,当它来到街上时,从来没有人不对它表示友好。因为大家都知道,这是博取教廷好感的最佳方式,而且,以其天真善良的本性,它已经不止一次给人带来福气,狄斯特·韦代恩奇迹般的好运,就是一个例证。

这个狄斯特·韦代恩生性不良,是个厚颜无耻的小痞子,他的父亲居伊·韦代恩是雕刻金属的工匠,早已把这不肖之子逐出了家门,因为他好逸恶劳,游手好闲,还带坏了家里的其他学徒。六个月来,人们常看见他穿着那件夹克,在阿维尼翁城的下流街区出入,特别是更为频繁地在教皇宫殿的周围荡来荡去,因为这家伙早就在教皇的母骡身上打主意了,您马上就会看到他玩的是什么花招……有一天,教皇陛下牵着他那头牲口在城墙下散步,这个狄斯特就凑了上去,握着教皇的双手,装出一副不胜仰慕的样子,对他说:

"啊!我的上帝,伟大的圣父,您老人家有一匹多么了不起的母骡啊!……请您让我好好看看它……啊!我的教皇,这母骡多么漂亮啊!……德意志皇帝也没有这么漂亮的骡子呀。"

说着,他抚摸着这头牲口,柔声细语地对它说,就像对一位小姐:

"到我这里来,我的心肝,我的宝贝,我的掌上明珠。"

见此,教皇深为感动,心里想道:

"多么善良的一个小男孩!他对我的骡子这么温柔体贴!"

接着,第二天,您知道发生什么事了吗?狄斯特·韦代恩脱掉他那件旧的黄夹克,换上了一件漂亮的带花边的白袍,一领紫色绸披肩,一双带环的靴子,进了教皇的少年唱经训练班,而在过去,只有贵族子弟与红衣主教们的侄儿外甥才能进得去……瞧瞧,他这种手段!……但是,狄斯特并不到此为止。

有一次为教皇办事,这个家伙又重演他过去已经得手的故技。他对大家都傲慢无礼,唯独对教皇的母骡关照备至,殷勤得很,人们总看见他在宫廷的院子里,手上拿着一把燕麦或一束岩黄芪喂骡,同时望着圣父的阳台,手里优雅地挥动一串串玫瑰,似乎在说:"嗨,这么做是为谁呀?……"如此之后又如此,不断故技重演,到头来,教皇感到自己日见衰老,于是就把照料厩房与端法兰西酒给母骡喝这两件事交给了狄斯特,此举倒并未引起大臣们的取笑。

同样,此事以后,骡子也不笑了……现在,到它喝酒的时候,它总看见有五六个唱经训练班的小修士跑进它的厩房里来,个个身穿带披肩、镶花边的衣袍,很快就钻进了饲草堆,待了一会儿,一股焦糖与香料的暖烘烘的气味弥漫在厩房里,狄斯特·韦代恩出现了,小心翼翼手捧一钵法兰西酒。于是,那可怜的牲口开始受罪了。

它最爱喝这种香喷喷的酒,一直靠它保持体温,增添耐力,自从新管事上任以来,他就只把酒端到食槽边让它闻香,等它的鼻子刚闻到香味,酒就全没有了。"我只不过让你这畜生瞧一眼!"那钵玫瑰色的美酒全部都灌进了狄斯特的那群狐朋狗友的喉咙里了……不仅是偷喝它的美酒而已,更有甚者,这群小修士喝了个痛快之后,个个像魔鬼一样恶作剧……这个扯它的耳朵,那个拽它的尾巴,基盖骑到它背上,贝吕盖要给它戴教士帽,这群小无赖居然没有一个人想到,这头了不起的牲口只需一抖腰、一踢腿,就能把他们个个送上西天,甚至更远……但是绝不会发生这种事!不要小看教皇的母骡,它可是一头宽宏大量、圣德广施的骡子……这些小鬼任意折腾,它也不恼不怒。它所怨恨的是狄斯特·韦代恩……有时,当它感到这个无赖就在它屁股后面时,它的蹄子就发痒,想踢他一脚,这种情况已经有很多次了。狄斯特这个流氓竟然用如此缺德的法子来捉弄它!有一次,他喝了酒后,曾对它使出特别残酷的手段!……

一天,他胆大妄为,竟然要骡子跟他一道攀登唱经班的钟楼,往上爬,再往上爬,直到宫殿的最高处!……我没有对您说谎话,有二十万普罗旺斯人亲眼目睹了这件事。您可以想象出这头可怜的骡子惊恐到了何种程度,当它盲目地在螺旋形的楼梯上攀登了一个小时,不知爬了多少级之后,骤然来到了一个令人头晕眼花的平台上,在它面前几百尺的下面,整个阿维尼翁城就像是在梦幻中一样,市场上密集的木棚个个看去只有榛子那么大,教皇手下在营房前站岗的士兵小得像一只只红蚂蚁,在下方远处,一根银白色的细线上,有座小得几乎看不清的微型桥,在桥上,人群正在载歌载舞……啊,可怜的畜生!在这么高处,简直吓得丧魂落魄!它发出了一声惊叫,把整个宫廷的玻璃窗都震动得发响。

"发生什么事了?有人在怎么折腾它?"慈祥的教皇慌慌张张跑上阳台,大嚷了起来。

这时,狄斯特·韦代恩已经站在院子里,装出一副哭丧脸,揪着自己的头发,回禀说:"啊,伟大的圣父,是这么回事!您老人家的母骡……我的天啦!我们该怎么办?您老人家的母骡爬到钟楼顶上去了……"

"它自个儿跑上去的?"

"是的,伟大的圣父,它自个儿跑上去的……嗨,瞧它高高在上,您看见了吗?是什么东西从它耳尖上飞过去了?像是两只燕子……"

"天哪!"教皇抬起眼来向上望去,"它简直是疯了!它会把自己给毁了……平平安安下来吧,不幸的畜生!"

可怜哪!这母骡求之不得要下来。但从哪里下?从楼梯?那是不可设想的:是的,它是从楼梯上来的,那毕竟是往上爬,但是,要往下去,它的腿恐怕就要摔断一百次……这可怜的母骡方寸已乱,不知所措,只能在平台上待着发愁,两眼里一片茫然,这时,它想起了狄斯特·韦代恩。

"啊,这个恶棍,如果我真脱了险,明天早晨就要让你尝尝我蹄子的厉害!"

要踢一蹄子报仇这个想法,给它增添了勇气,否则它是坚持不下去的……最后,人们总算把它从钟楼顶上解救下来了。但这的确是一个大工程,必须动用一台起重机、好多根绳索、一副担架。您想想看,这对教皇的母骡来说,是多么出丑的一件事:整个身子悬在半空中,四个蹄子在空中乱划,就像一只金龟子被吊在一根线的末端上,最糟的是,阿维尼翁全城的人都看见了这丢人现眼的一幕。

当天夜里,这不幸的牲口彻夜未能入眠,它觉得自己似乎仍在那该死的平台上打转,下面是全城人一片嘲笑,而后,它又想到那个下流坯狄斯特·韦代恩,设想第二天早晨它要踢他的那一蹄子该是多么神气。哼!我的朋友,那可是惊天动地的一蹄哟,甚至在邦贝利古斯德也可以看到它扬起的尘土……但是,当它在厨房里准备好了这一蹄来迎候狄斯特·韦代恩时，您猜这家伙在干什么？他正在教皇的船上引吭高歌，沿罗讷河而下，接着又跟一大群贵族子弟来到那不勒斯宫，这帮小贵族是城里每年派遣到让娜皇后身边来学习外交与礼仪的。狄斯特并非贵族出身，但是，教皇一定要酬谢他对母骡的悉心照料，特别是营救行动那天他所作出的努力，就破格作此安排。

第二天，母骡真是大失所望。

"啊！这个恶棍！他一定是有所预感。"它这样想，一边使劲摇晃着脖子上的铃铛，"躲得过初一，躲不过十五，大坏蛋，你等着吧！你什么时候回来，你就得受用这一蹄子，我给你保留着哩！"

于是，母骡就一直保留着这一蹄。

自从狄斯特出差外出之后，教皇的母骡又恢复了它平静的生活与从前的状态。基盖与贝吕盖这一帮捣蛋鬼再也不到厨房来了。天天喝法兰西酒的美好日子又回来了，随之而来的，是平和与悠闲的心情，每天睡一个长长的午觉，走过阿维尼翁桥的时候，又小步跳起加沃特舞。不过，自从上次出事以来，城里人对它的态度有了一丝冷淡，它所到之处，总有人在窃窃私语；老人摇头叹息，小孩指着钟楼发笑；好心肠的教皇本人也不像从前那样信任他的这个伙伴了。星期天，在从葡萄园回宫的路上，当他想趴在骡背上打瞌睡时，便暗暗地告诫自己："要是我一醒来发觉到了钟楼的平台上怎么办！"母骡看出了教皇有此顾虑，它不便明说，只能默默难过，唯有别人在它面前提到狄斯特·韦代恩这个名字时，它长长的耳朵才颤抖起来，并且带有一丝冷笑在石板上磨它的铁蹄。

七年过去了；到了第七个年头的年底，狄斯特·韦代恩从那不勒斯宫廷回来了。他在那边的学习尚未完结，但他听说教皇的首席侍膳官刚刚在阿维尼翁去世，觉得这个空缺实在是太好了，因此，急急忙忙专程赶回来，要谋取这个职位。

当这个阴谋家韦代恩走进宫廷的大厅时，教皇几乎不认识他了，他已经长得又高又壮。其实是因为教皇又衰老了不少，不戴眼镜就两眼昏花，看不清这个家伙。

狄斯特厚着脸皮凑上去：

"怎么啦？伟大的圣父，您老人家认不出是我？我是狄斯特·韦代恩呀！"

"韦代恩？"

"是呀！您老人家认出来了……就是那个端法兰西酒给您的母骡喝的小家伙。"

"啊，对……对……我想起来了，就是狄斯特·韦代恩那个善良的小男孩……你现在到这里来有什么事吗？"

"哦！一点小事，伟大的圣父……我来求您老人家……对啦，您老人家还在使用那头骡子吗？它还壮实吗？啊！好极了！我来求您老人家把首席侍膳官的空缺赏给我，听说他刚刚去世。"

"首席侍膳官，你想担任这个职务！……但你太年轻啦，你今年多大岁数了？"

"二十岁零两个月啦，声名显赫的大人呀，正好比您老人家的母骡痴长五岁……啊！这么好的牲口，真是上帝的杰作！您老人家是否知道，我是多么爱这头骡子！我在意大利是怎么为它害相思病的！您老人家不让我去看看它吗？"

"我的孩子，你当然可以去看它，"好心的教皇非常激动地回答说，"既然你这么喜欢它，我不忍心让你再过远离它的日子,从今以后,我让你享受首席侍膳官的待遇……我手下那些红衣主教肯定又会大吵大闹,但不用去管它!我已经习惯他们那一套了……明天你到我这里来,做完晚祷后,我在教廷会议上当众宣布把爵位官阶封给你,然后……我领你去看我的骡子,你还可以跟我们一道去葡萄园……嗨!嗨!就这么着吧!你可以走了。"

狄斯特·韦代恩兴高采烈步出大厅,他等待次日的封官大典,分秒难挨,自是不在话下。与此同时,在教皇的宫殿里,还有一位更为兴高采烈,也更为分秒难挨,那就是教皇的母骡。自从韦代恩回来以后,直到第二天晚祷时分,这个可怕的畜生不停地嚼着燕麦,不停地用自己的后蹄狠踢墙壁。它也在为这大典做充分的准备……

且说到了第二天,当晚祷一结束,狄斯特·韦代恩就走进教皇宫殿的院子里。所有的高层教会人物均已到场,穿红袍的主教大人们,穿黑色天鹅绒服的教会督察们,头戴小冠的修道院长们,圣-阿格里哥教区的财务总管们,着紫色披肩的唱经班领队们,等等,济济一堂。此外还有:低级的教士,穿豪华制服的宫殿卫兵,三个苦修团体的修士,神情粗野的望都山隐修教士,执铃随从的小修士,袒胸露臂的鞭笞派教徒,身穿花袍的教堂圣器管理人,教会的全班人马都已出动,还包括送圣水的、点灯的、灭灯的……一个也不缺。啊!这真是一次盛况空前的任命典礼,钟声齐鸣,鞭炮轰响,阳光灿烂,鼓乐高奏,当然,总少不了远处阿维尼翁桥上载歌载舞的人群……

当狄斯特·韦代恩出现在会议大厅的中心,他仪表堂堂,风度翩翩,立即引起了一片赞美的低语。他是一个高高大大、漂漂亮亮的普罗旺斯人,满头金黄色的头发,发梢卷曲,一撮上翘的胡须，就像从他金属雕刻匠的父亲刻刀下削出来的金属薄片。据传闻，让娜皇后还曾用手指抚玩过这撮金黄色的胡子。事实上，韦代恩那自命不凡的神气与满不在乎的目光，一看就是深得王妃宠爱的人才有的……这一天，为了给祖国增光，他脱掉了从意大利穿回来的那不勒斯宫廷服装，着一身用玫瑰色镶边的普罗旺斯式男礼服，戴一顶风帽，上面插着一根卡马克白鹮又粗又长的羽毛。

一进场，这位首席侍膳官就以优雅的姿态向大家致意，随即走上高高的台阶，在那上面，教皇正等着把爵位的徽章授给他，那是一柄黄杨木的勺子与一件橘黄色的上衣。教皇的母骡就站在台阶下，鞍辔装备停当，正准备驮教皇大人到葡萄园去……狄斯特·韦代恩走过它身边时，脸上堆起殷勤的笑容，停步下来，在它的背上友好地拍了两三下，眼睛却斜瞟着正在观察他的教皇。真是天赐良机，他站得正好到位……母骡猛然蹦了起来："瞧好啦！狗强盗！这就是我给你保留了七年的礼品！"

它朝狄斯特狠狠踢出了一蹄，这一蹄非同寻常，可怕得很哟！甚至在邦贝利古斯德也能看到它扬起的尘土，只见一阵棕黄色的旋风过处，一片白鹮羽毛飘落了下来。这便是倒霉的狄斯特·韦代恩所残留下来的一切！

……在平常情况下，骡子的一蹄绝不至于这么令人震惊，但，您要知道这是教皇的骡子呀，而且，请您想想看，它这一蹄足足憋了七年……教会中记仇心理之强烈，实莫过于此例焉。

桑居奈尔的灯塔

这一夜我没有入睡，北风怒号，它巨大的声音轰鸣喧嚣，叫我彻夜辗转不眠。我的整个磨坊也在嘎嘎作响，残缺不全的风车沉重地摇晃，在狂风中瑟瑟有声，就像海船上的帆樯索具。屋顶被掀破，瓦片纷纷坠落。远处，覆盖着山冈丘陵的松树林在黑暗中如波涛起伏，呼啸喧闹，人们仿佛置身于惊涛骇浪的大海……

这夜的情境使我立即回想起三年前的许多不眠之夜，那时，我住在桑居奈尔灯塔上，此塔位于科西嘉海滨，在阿卡西奥海湾的入口处。

那正是我所能找到的一个好去处，既可以冥思遐想，又可以幽居求静。

请想象，这是一个土质呈淡红色的岛屿，荒凉空旷，灯塔就建在岛的一个尖端上，另一个尖端则有一座热那亚式的古箭楼，我在那里的时候，箭楼上正栖住着一只老鹰。在下面的海边上，有一个已废弃的检疫站，那里遍地荒草丛生；此外，就是沟壑、灌木丛、巨大的岩石，一些野山羊以及鬃毛迎风飘荡的科西嘉小马；最后，在那边高处，很高很高的地方，成群海鸟盘旋的中心，是灯塔那座建筑。它有白色的砖石平台，守塔人可以在上面来回走动，它还有绿色的拱门与小铁塔，上面则是多面体的巨型塔灯，它在阳光照射下闪闪发亮，即使在白天，它也灯光通明……这就是桑居奈尔岛。松涛怒号的那天夜里，我所见到的它就是这个景象。在我买下现在的这个磨坊之前，每当我需要呼吸新鲜空气、离群索居时，我就来到这个迷人的岛上，经常把自己关在屋子里。

在岛上，我干些什么呢？

比我现今在磨坊，更无所事事。每当西北风或北风刮得不那么厉害时，我就待在几乎与海面平齐的两堆岩石之间，与沙鸥、水鸟、海燕为伍，整天凝望着大海，无思无虑，脑海一片空白，全身悠然飘忽，身心状态妙不可言。这种美妙的灵魂陶醉，您一定是体验过的，是吗？此种时刻，你不进行思索，也不进行梦想。你的灵魂出了窍，它飞翔，它飘逸，你仿佛是潜水的海鸥，是阳光下两个海浪之间飞溅出来的水花，是渐渐驶远而去的巨轮的一缕白烟，是张着红帆的小小采珊瑚船，是一粒水珠，是一抹轻雾，唯独不是你自己……啊，在这个岛上，我就这样度过了好些似睡非睡、神思悠荡的美妙时刻！……

碰上刮大风的日子，海边不能停留，我就待在检疫站的院子里，那是个凄凉的院落，弥漫着迷迭香与野苦艾的气味。我背靠老墙的一角，这里，荒凉而忧郁的暗香随着阳光浮动，我任其浸染，沁人心脾，周围一间间石砌小屋全都敞开着，像是一座座古墓。有时，门边发出一点响声，草丛处有东西在轻微一跳……原来是一只躲避大风的山羊在找草吃。它一见我，就惊愕得停步不前，直挺挺站在我跟前，神情灵敏，头角高昂，用一种天真幼稚的眼光注视着我……

将近五点钟的时候,守塔人用喇叭筒呼喊我回去用晚餐。于是我在灌木丛中沿小路而上,攀登耸立于海平面之上的悬岩,慢慢向灯塔走去。每走一步,我就回头望望那水天相接的广阔远景,随着我步步登高,它也就愈加显得寥廓。

那塔上,真是个好去处。漂亮的餐厅,地上铺着大石板,墙上镶着橡木,海鲜汤在餐厅中央热气腾腾,门大大敞开着,朝向白色的平台,外面的落晖长驱直入。所有这些我至今记忆犹新,历历在目,守塔人都到齐了,正在等我入席就座。他们是三个人,一个马赛人,两个科西嘉人。三人都是矮个子,都有胡须,面色棕褐,皮肤皲裂,都穿着羊皮做的带帽风衣,但三人的举止与习性却迥然不同。

在生活方式上,可以立即感觉得到两个民族的差异。马赛人灵巧而活泼,老是忙这忙那,不断在活动,从早到晚在岛上跑来跑去。种花、钓鱼,搜寻大海鸥产的蛋,躲在灌木丛里挤过路山羊的奶,兴致勃勃地捣蒜泥、做海鲜汤。

那两个科西嘉人,在做完他们本职工作之后,则绝不做任何其他的事。他们自以为是当官的,整天在厨房里玩牌,玩个没完没了。只是当他们用剪刀在手心里剪碎青绿色的烟叶,然后郑重其事装进烟斗里抽将起来的时候,才把牌局稍停片刻……

不过,马赛人与科西嘉人,他们三个都是善良、单纯、忠厚的人,对我这个客人都友善而热情,虽然他们心底里觉得这位先生有点特殊……

请您想想看,长年关在灯塔上是什么滋味!……在这里,他们度日如年,每当轮上回大陆度假时,该是何等的高兴……在风平浪静的季节，每个月都可以轮上这种幸福的日子，在塔上守满三十天，就回大陆过十天假期，这已经成为规律。但是，到了冬季或碰上大风大浪的日子，那就无规律可言了。狂风怒号，波涛汹涌，整个桑居奈尔海面白浪滔天，值班的守塔人往往两三个月都不能脱身，有时还会遇上非常危急的情况。

——"就说我吧，先生，我就遇上了这样一件事。"一天吃晚饭的时候，巴尔多里老头儿对我讲述说，"五年前，就发生在这一张餐桌上，那是一个冬天的夜晚，像现在一样，也是在用餐的时候。那晚，灯塔里只有两个人，我与一个名叫契戈的伙伴……其他的人都到大陆上去了，有的是生病回家，有的是在度假，其他我就不知道了……我们两人正要吃完晚饭，都很平静……突然，我的伙伴停了下来，用一种古怪的眼光盯了我一会儿，扑通一下，倒在桌子上，两臂朝前伸着！我赶紧跑过去，摇他，叫他：

——"'嘿！契戈！……嘿！契戈！……'

"他毫无反应！他已经死了！……您可以想得出来，我就像挨了一个晴天霹雳，在尸体面前发呆发愣了足足一个多小时，猛然，我想起了：'还得照管灯塔！'急忙就登上塔顶把灯点亮。黑夜已经降临……先生，那是一个多么可怕的黑夜啊！大海咆哮，狂风怒号，一反平日常态。时时刻刻，我似乎都听见有人在楼下叫唤我。除了恐惧，我还全身发烧，口渴难耐！但我怎么也不敢走下楼去……我特害怕那个死人。总算挨到了天蒙蒙发亮，我才有了一点点勇气。我把伙伴的尸体安放在他的床上，给他盖上一条被单，替他念了一段祈祷文，然后，发出了报警的讯号。

"真是倒霉透顶，大海汹涌狂号，我白白地呼救，呼救，没有人来援助……我就这样一个人在灯塔上与可怜的契戈待着，天知道还要等待多久……我打算守着他，直到有船来把他运走！但是，过了整整三天，已经是希望渺茫……怎么办？把他移出灯塔？把他埋掉？岩石是这么坚硬，岛上又有这么多乌鸦。把这个基督徒交给那群东西，实在叫人于心不忍。于是，我想出一个主意，把他弄下去，埋在检疫站的一间石屋里……这一桩悲惨的苦差事，费掉我整整一个下午，而且，我向您保证，干这种活还真需要有勇气。先生，直到今天，只要是刮大风的下午，我从这个楼梯下到岛上去的时候，似乎还觉得有一具死尸压在我肩上……"

可怜的巴尔多里老头儿！他一回想这件事，额头上就直冒汗珠。

我们一边用餐，一边聊个没完：灯塔、大海、船只遇难的经过、科西嘉海盗的故事，等等。不久，太阳西沉，值第一个夜班的人点燃他的小提灯，拿起他的烟斗、水壶与一大本红色封面的古代历史演义（桑居奈尔灯塔上唯一的藏书），消失在走道的深处。过了一会儿，整个灯塔里都听得见链条碰撞声、滑轮转动声、大钟上弦后的滴答声。

这时，我走出餐厅，在外面的平台上坐下。太阳已经西沉得很低，愈来愈快地朝海水坠落，把整个地平线拖曳在它的后面。晚风强劲，整个岛屿变成了紫蓝色。在天空中，靠近我这个方向，有一只大鸟沉重地飞过，这是栖居在热那亚式箭楼上的那只老鹰在还巢……浓雾渐渐从海上升起，顷刻间，只能看见岛屿周围那些海浪的白色波缘……突然，在我头的上方，射出了一大股柔和的亮光。塔上的照明灯亮了。它把整个的岛屿遗弃在阴暗之中，明亮的光波泼洒在广阔的海面上，它刚才正好从我头上掠过，现在却让夜色将我笼罩着。晚风愈吹愈强劲。应该回屋去了。在摸索中，我关上了大门，把铁闩插上，然后，又继续摸索，抓住了一个小铁梯，它在我脚下晃来晃去，嘎嘎作响，最后，我终于爬到了灯塔的顶层。在这里，总算有了亮光。

请想象一下塔上那盏巨大的卡尔瑟油灯，它有六排灯芯，灯芯周围有一个多面体的灯罩在慢慢旋转，灯罩有几面是装着大块水晶石的透镜，有几面则向一大块固定的玻璃敞开着，那玻璃使得里面的灯火不会被风吹灭……我一走进那间灯室，就感到一阵眩晕。这些铜制机械、锡制机械、白色发光的机械，以及转个不停、形成了巨大蓝色光圈的凸形水晶镜，所有这一切闪闪发光的东西、发出噪声的东西，使得我感到一阵阵头晕眼花。

尽管如此，我的眼睛慢慢就适应了，我走过去坐在巨灯的下面，靠近守塔人的身边，他为了不打瞌睡，正在高声朗读那本历史故事……

灯塔外面，是黑夜，是深渊。在围绕着灯室的那一圈平台上，狂风怒刮，啸声尖厉。整个灯塔格格作响，大海则高声咆哮。在岛屿的顶端，浪涛扑向岩石，如大炮轰击发出巨响……时而，有某个看不清的什么东西碰撞在玻璃窗上，那准是被灯光吸引来的夜鸟撞破了自己的脑袋……在亮闪闪、暖烘烘的灯室，只听见灯芯的爆裂声，灯油的滴答声与链条的缠绞声；此外，还有一个单调的朗读声，正在朗读德梅特里尤斯·德·法勒尔的生平故事……

到了午夜，看守者站起身来，查看了一下塔灯的灯芯，我们便一同走下楼来。在楼梯上，正好碰见值第二个夜班的人，他揉着眼睛在往上爬，值完头班的人把水壶与那本古代历史演义都移交给他……我们两人在爬上床铺倒头大睡之前，还得用一点时间到尽头的房间里去一趟，那里充塞着链条、钟锤、锡制的容器以

及缆绳,下班的看守人借助自己小提灯微弱的光线,在一大本总是打开着的灯塔记事本上写下:

"午夜。海浪高。风暴。海上有船。"

塞米朗特号遇难记

既然前天夜里我们被西北风刮到了科西嘉的海岸,那么就让我给你们讲述一个发生在那里的可怕的海难。当地的渔夫经常在夜里说起那桩事件,由于偶然的机会,我得知了其中某些特别动人的情节。

我听到这个故事,距今已有两三年。

我在撒丁岛海上航行,同行的有七八个海关人员。对于我这样一个缺乏航海经验的人来说,这真是一次苦不堪言的旅行!整整一个三月份,我们没有碰上一个好天气,东风在我们背后狂吹猛赶,大海一直是浪涛汹涌。

有一天夜晚,为了躲避风暴,我们那只船开进博尼法西亚海峡的入口,停在一大群小岛之间。小岛的景观毫无起眼之处:一些光秃秃的岩石,上面停满了水鸟;地面长着几丛苦艾、几丛乳香黄连木;泥沼里,有一些正在腐烂的木块。但是,我确信无疑,在这些奇形怪状的岩石堆里过夜,要比在那只旧船的低矮船舱里来得强。在这里,风浪就像回家休歇了,我们也就得以安稳地睡上一夜。

刚一上岸，当水手们燃起火煮海鲜汤的时候，船长把我叫过去，用手指着海岛一端一小圈白色的围墙，说：

——"您想去那块墓地看看吗？"

——"这里有块墓地！利奥罗第船长，我们是到了什么地方？"

——"这是拉维支列岛，先生，这里埋葬了塞米朗特号上六百个遇难者。六年前，他们那艘三桅战舰就沉没在那里……那些不幸的死者！很少有人来这里悼念他们。既然我们已经到了这个岛上，至少应该去看看他们……"

——"我非常同意您的意见，船长。"

塞米朗特号遇难者的墓地，真是凄凉之至！……我只见它有一道矮小的围墙，一扇生了锈、很难打开的铁门，祭坛冷冷清清，数以百计的黑色十字架淹没在荒草之中……没有一个哀思长驻的花圈，没有一件有纪念意义的东西！什么都没有……唉！这些被遗弃在远方的死者，他们躺在异乡的墓穴里，该会感到多么寒冷啊！

我们在墓地跪了片刻。船长高声祈祷，一群大海鸥——墓园仅有的一批守望者，在我们的上空盘旋，它们嘶哑的叫声与大海的哀叹互相应和。

祈祷完毕，我们朝停船的地方走回去，神色黯然，愁绪满怀。在我们去墓地的当口儿，水手们可没有白白地闲着。我们回来时，一大堆篝火已经在岩石的掩蔽处熊熊燃起，锅里正热气腾腾。大家朝着篝火围成一圈，席地而坐，然后，每个人的膝头都搁上一个土红色的碟子，里面盛着两块浇上了厚厚卤汁的黑面包。大家用餐时都一声不响，因为身上已经被海浪湿透，又都饥肠辘辘，何况还是在墓地的旁边……但是，当碟子都空空如也的时候，大家就点起烟斗，开始交谈起来了。自然而然，就谈起了塞米朗特号。

——"事故到底是怎么发生的呢？"我向船长询问，他正两手捧着头，若有所思地盯着篝火。

——"事故是怎么发生的？"善良的利奥罗第船长长叹了一口气，回答我说，"先生，世界上没有人说得清楚。我们只晓得，塞米朗特号满载着军队，开往克里米亚，前一天晚上，它从土伦港出发时，就遇上了坏天气，到了夜里，坏天气变本加厉。狂风暴雨，惊涛骇浪，那险恶的程度是从未见过的……第二天早晨，风力稍微减弱了一点，但大海上仍是险情不断，再加上那可恶的漫天大雾，叫人连四五米外的航标都看不清……先生，那一场大雾，其危险性是毋庸置疑的……不过，它对塞米朗特号算不上什么，我一直认为，发生事故是因为从早晨起船舵就失灵了，因为没有一次海难是大雾造成的，任何船长绝不至于对付不了大雾。塞米朗特号上的船长又是一个非常出色的行家，我们都知道他。他在科西嘉航线上导航已有三年之久，像我一样，对这一带海岸非常熟悉，我所知道的就这些，别的什么原因我就不知道了。"

——"那么，塞米朗特号是什么时辰遇难的呢？"

——"应该是在中午，是的，先生，是正午时刻……当然啰，那时海上正有雾，中午并不比黑夜好多少，就像落在了狼的口中一样……岸边的一个海关人员告诉我说，那天将近十一点半的时候，他从小屋里出来，打算去关百叶窗，一阵大风把他的帽子刮跑了，他冒着被海浪卷走的危险，沿着海边，拼命紧跟直追。您要知道，海关人员都不富有，一顶帽子是很珍贵的。可是，就是我们说到的这个人，他猛一抬头，就看见离他不远的地方，在浓雾中有一艘卷着风帆的大船，在大风的吹刮之下，急速地朝拉维支岛的方向驶去，这条船行驶得那么快，那么快，叫那位海关人员根本来不及看清楚。不过，完全可以断定，那就是塞米朗特号，因为，半个钟头之后，岛上的一个牧羊人听见了撞在岩石上的一声巨响……正好，先生，说起此人，此人就到，让他自己来跟您讲述那件事吧……你好，巴龙波……来这里烤烤火，不用害怕。"

一个戴着风帽的人，我见他已经在我们火堆周围转悠了好一会儿，原来我以为他是水手中的一个，因为我不知道岛上还有牧羊人，这时，他怯生生地向我们走近。

这是个患麻风病的人，几乎完全痴呆，不知道是哪种坏血病，使得他的嘴唇特别厚肿，看起来很可怕。我们费了好大的劲才使他明白了我们的要求，于是，这位老人用手指托着他那有病的嘴唇，向我们讲述了事情的经过：出事的那天，中午时分，他在自己的窝棚里听见岩石上一声可怕的巨响。因为当时岛上浸满了海水，不能出房屋，直到第二天，他打开房门，才看见沙滩上堆满了被海水冲上岸的木块与尸体。他被吓坏了，急忙朝他的小船跑去，为了赶到博尼法西亚去向大家报告。

说了好一阵子，牧羊人感到了疲倦，他坐了下来，船长便继续说道：

——"是的，先生，就是这位可怜的老人跑来向我们报告的。他当时几乎已经被吓疯了。事实上，他的神经就是那次吓出了毛病。有前因，就有后果……请您想想看，海滩上堆着六百具尸体，到处散乱着碎裂的船身与风帆的破片……可怜的塞米朗特号……大海一下就把它砸得稀烂，残骸支离破碎，牧羊人巴龙波好不容易才从破烂堆中找到一些可用的残片，在他的窝棚外搭起一圈栅栏……至于那些死者，几乎都是面目全非、肢体残缺，他们互相紧挽在一起，连成一串，令人惨不忍睹……我们找到了穿着正式制服的船长与颈上系着圣带的神甫；在岩石的一个角落，还找到了一个年轻的见习水手，他两眼大睁……我们以为他还活着，其实不然！这场灾难，无人能够幸免……"

说到这里，船长停了下来：

——"拉尔第，留心点，篝火快熄灭啦。"他朝一个水手嚷道。

拉尔第将两三块涂了油脂的木块投进火堆，火势又旺了起来，利奥罗第船长又继续讲下去：

——"在这个沉船事件中，特别惨的有这么一件事……在这之前三个星期，有一艘小型的巡航舰，也像塞米朗特号一样开赴克里米亚，几乎是在同一个海域，发生了相似的沉船事故。只不过那一次我们这条船及时赶到，救起了即将灭顶的二十个辎重兵和他们的装备……您可想到，这一批大兵居然对他们的落难满不在乎！我们把他们带到博尼法西亚，在一个船舱里看护了他们两天，一等衣服晾干了，元气恢复了，他们就道别了，'晚安！祝你们走运。'他们就这么回土伦港去了，在那里，不久又搭上别的船，重新开赴克里米亚……您猜是哪只船？他们搭上了塞米朗特号，先生……我们又找到了他们，足足二十个，一个也不少，全躺在死尸堆里，就在我们现在坐的这片沙滩上……他们之中有个长得挺俊、蓄着小胡子的队长，一头金黄色头发的巴黎小伙子，上次是我把他从海里救出来的，我还让他在我家里住过，他常给我们讲一些他自己的趣事，逗得我们哈哈大笑……见他躺在死人堆里，我心里难过极了……唉，天哪……"

讲到这里，心地善良的利奥罗第船长非常激动，他倒掉烟灰，把烟斗清理好，向我道了晚安，就钻进了他的窝棚……此后好一会儿，水手们仍在低声交谈……然后才一个接一个灭掉烟斗……没有人再出声了……那个老牧羊人也走了……周围的人都已经睡着了，只剩下我一个人还在沉思遐想。

刚才听到的这个悲惨的故事，使我思绪萦绕，我试着在想象中重新复活这艘不幸的船只当时仅有海鸥作证的沉没经过。其中有些细节特别使人感动，如穿上了正式制服的船长，系着圣带的神甫，二十个辎重兵，这一切都帮助我推想出这个悲剧的一些具体情景……我仿佛看见一艘三桅战船在夜色中驶出土伦港……海面浪涛汹涌，狂风大作；但掌舵的船长是一个久经风浪、无往不胜的行家，因此，船上的人都很放心……

第二天早晨，海上升起大雾，人们开始不安了。全体船员都坚守在舱面上，船长则寸步不离艉楼……几百名士兵全都关在统舱里，那里一团漆黑，空气闷热。有一些士兵已经病倒，躺在他们自己的行囊上。船身颠簸得很厉害，谁也无法站稳。人们成堆地坐在地面进行交谈，同时又紧紧抓着坐凳，说话时要高声大嚷，对方才能听清。有人开始感到害怕了……你们听我说，在这个海域，过去老发生翻船事故哟。大兵们在这么说着取笑，但笑谈并不能叫人安心。特别是他们的队长，那个老爱胡诌说笑的巴黎佬，他的说笑更是叫你不寒而栗：

——"翻一次船！……翻船，这太有趣了。咱们不过是洗一次冷水澡罢了，然后，别人就会把咱们送到博尼法西亚去，大伙再来一次在利奥罗第船长家吃乌鸦肉的经历。"

他逗得大兵们都笑了……

突然，响起了一个巨大的爆裂声……怎么回事？发生了什么事？

——"船舵毁了。"一个全身湿淋淋的水手跑过统舱时这么说。

——"祝咱们一路平安！"那个队长高呼了一声，但这一次可没有人跟着笑。

舱面上一团混乱。大雾使人劈面难辨，水手们跑来跑去，惊恐万状，跌跌撞撞……船舵已经失灵！根本无法操纵……塞米朗特号在随风漂流，就像风一样疾驶狂奔……这正是那个海关人员在岸边看见的情景。当时是十一点半。从船头传来一声大炮般的巨响……触礁了！触礁了！……完蛋了，再也没有希望了，全船眼见就要遭殃……船长从舵舱走下来，到他的房间里待了一小会儿……他换上了正式制服，又走上舵舱，仍站在原来的驾驶台上……他要体体面面地去死。

在统舱里，士兵们焦急不安，相视无语……生病的士兵试图站立起来……那个小伙子队长也不笑了……正在此时，舱门打开，系着圣带的神甫出现在门口，他说：

——"跪下，我的孩子们！"

大家都听从了他的命令，神甫开始用洪亮的声音，为即将死亡的人们做祈祷。

突然，响起一个可怕的碰撞声，同时有一个巨大的呼喊声，这呼喊只有那么一声，响亮震耳，此时，但见士兵们都伸出胳臂，手挽着手，仿佛看见了死神幽灵像闪光一瞬而过，眼神里充满了惊愕……

愿主大发慈悲！……

我就这样幻想着度过了一夜，复活了十年前那条不幸船只的情景，它支离破碎的船身整夜都萦绕在我的脑海里……远处，在海峡中，狂风暴雨正肆虐逞凶；我们营地的篝火，在大风中飘摇欲灭；我听见我们的那只船在岩石脚下拍浪有声，链索也随之铿锵作响。

海关水手

从维西奥港到拉维支群岛,我乘坐的是爱米莉号。这是海关的一条又老又破的小船,只有半边甲板,它那间小小的涂着柏油的甲板室,里面只放得下一张桌子与两张小床。躲风避雨,逃离海浪的袭击,全靠这小块地方。乘这么一条船旅行可真是艰苦,不过,这就可以好好看看在风口浪尖上讨生活的水手们了。满脸汗水淋漓,湿透了的上衣在身上直冒热气,就像蒸汽浴室里的浴巾,隆冬季节,这些穷汉也是这么一天天打发日子。甚至在夜晚,他们也是蹲在湿淋淋的凳子上,在有损健康的潮湿条件下全身发抖。因为在船上不能生火取暖,而要靠一次岸又很不容易……真难得哟,这些汉子没有一个人有怨言。遇上最恶劣的天气,我看见他们也总是沉着自若,心平气和。但是,这些海关水手实际上是过着多么艰苦的生活啊!

他们几乎都已经结婚成家,在岸上有妻子儿女,自己则成年累月在外奔波,在险情不断的海上战恶风、顶骇浪。他们只有发霉的面包与野葱头可以用来充饥。从来没有酒,从来没有肉,因为酒与肉都很贵,而他们一年只能挣到五百法郎!……一年只有五百法郎！您可以想象得到，他们在海边的小窝棚是多么黑暗，他们的孩子都是怎么赤着双脚……一切都不在乎！这些好汉个个都显得乐呵呵的。在船尾甲板室的前面，放着一个盛满了雨水的大木桶，船员都来这里喝水解渴，我记得很清楚，当这些穷汉子喝足最后一口水时，每个人都摇一摇自己的杯子，心满意足地发出了一声"嗨"！那种舒服惬意的表情，既滑稽又令人感动。

他们之中最嘻嘻哈哈、最心满意足的，是一个博尼法西亚人。他身材矮壮，皮肤晒成了褐色，大家叫他巴龙波。他平时总是不断地哼着唱着，即使是在风急浪高的日子。每当波涛汹涌、阴暗低沉的天空弥漫着雨雪的时候，别的水手都昂着头，用手紧握着船索，观伺着大风即将袭来的方向，全船一片沉默，大家忧心忡忡。这时，巴龙波平静沉稳的歌声却唱起来了：

并非如此，主教大人，
在下实在受宠若惊，
丽赛特本来贤惠聪明，
她从小就生长在农村……

此时，任你狂风猛吹，帆上的索具嘎嘎作响，船身颠簸倾斜，这个水手仍然唱个不停，歌声在空中飘荡，就像海鸥在浪尖上翱翔。有时，狂风怒号，使人讲话的声音也听不清楚，可每当风浪掀起的瞬间，在海水的迸射之中，你总能听见他歌子中那短促的叠句：

丽赛特本来贤惠聪明，
她从小就生长在农村……

但是，有一天，风雨交加，急猛异常，我没有听见熟悉的歌声，这真有些异常，我把头伸出甲板室，问道：

——"嘿，巴龙波，今天怎么不唱了？"

巴龙波没有搭腔，他躺在凳子下面，一动也不动。我走近他。他的牙齿在打战，全身正烧得发抖。

——"他得了一种叫庞肚拉的病。"他的一个同伴发愁地告诉我。

叫庞肚拉的这种病，是一种胸痛病，一种胸膜炎。这时，天空灰沉沉的，船已经淋得透湿，可怜的高烧病人，裹着一件被雨水淋湿、像海豹皮一样湿漉漉的橡胶大衣，滚来滚去，我从来没有见过这么痛苦难受的病人。不多久，寒冷、大风与海浪的颠簸，更加重了他的病情。他开始神志昏迷。船非靠岸不可了。

经过好长一段时间的努力，黄昏时分，我们的船才驶进一个荒凉而寂静的小海港，只有几只盘旋飞翔的海鸥才使得这个地方略有生气。海滩周围，高高兀立着陡峭的岩石，杂乱长着一些四季常绿的灌木丛。下边，靠近海岸，有一间带灰色窗子的白色房屋，那就是海关哨所。在这一片荒野之中，这个标着数字号码、形状像制服帽的官方建筑，显得有点阴森可怕。人们就是把巴龙波安置在这里。对于一个病人来说，这真是一个糟糕的避难所！我们一进去，就看见一个海关人员和妻子以及几个小孩，正在火炉旁边用餐。这一家人全都面黄肌瘦，眼睛突出，眼圈带有病容。那个妈妈还算年轻，怀里抱着一个待哺的婴孩，跟我们说话时直打哆嗦。

——"这是个可怕的小哨所，"这个海关人员低声对我说，"这里的工作人员必须两年轮换一次。否则，疟疾病会把人吃掉……"

此刻，当务之急是找一个医生。在到达萨尔泰勒之前，也就是说，离此地六至八法里之内，是休想找得到的。怎么办呢？我们的水手都不能去，打发一个孩子去，路又太远。于是，那妇人转身向着门外，叫道：

——"塞戈！……塞戈！……"

只见走进来一个高大健壮、身材匀称的小伙子，样子颇像偷猎者或绿林好汉，他头戴棕色毡帽，身披羊皮大衣。我上岸时，早就注意这个人了，他当时坐在门口，两腿之间夹着一杆枪，不知什么原因，见我们一走近，他就避开了。也许，他以为有警察跟我们一道来了。此时，女主人一见他进来，脸上就泛起了些许红晕。

——"这是我的表弟……"这女人说，"他即使丛林里迷了路，也不会有危险。"

接着，她悄声对他说了说，指着那个病人。那男子点头同意，他走出房间，打了个唿哨唤来他的狗，肩上扛着枪，迈开长腿，从这块岩石跳到那块岩石，就这么出发了。

在这一段时间里，孩子们由于父亲在场而有些胆怯，他们很快就吃完了淡奶酪煮栗子的晚餐。他们从来只能吃上汤汤水水，除了汤汤水水外，餐桌上什么都没有！但是，这就要算丰富的了，在孩子们看来，就像是喝了一杯美味的葡萄酒。唉！穷到了如此地步！接着妈妈把他们带到楼上去睡觉；爸爸呢，他点燃了手提灯，就到海边巡查去了。我们则待在火炉边守着病人，他在小床上翻来覆去，就像仍旧在海上，受着海浪颠簸的煎熬。为了减轻一点他的疼痛，我们把鹅卵石与砖头烤热，放在他胸肋上。有一两次，我靠近他床的时候，他认出是我，为了向我表示感谢，他费了好大的劲把手伸给我，那一双粗糙而滚烫的手，好像刚从火炉里取出来的一块砖头……

这天夜晚真是凄惨得很！在屋外，随着夜幕降临，坏天气又卷土重来了，海浪肆虐逞凶，发出一阵阵撞击声、轰隆声、飞溅声，海水正在跟岩石展开搏斗。有时，一阵狂风刮进海湾，吞没了我们这栋房子，风力使得炉子的火苗向上猛蹿，火光一闪一闪地照亮了水手们忧郁阴沉的面孔。他们围坐在火炉旁边，带着一种平静漠然的表情看着炉火，由于长期在海上面对一望无垠的空间与远方单调的前景，他们这种表情已经成为一种习惯。巴龙波偶尔也轻轻地呻吟几声。于是，我们的眼光就投向那个阴暗的角落，在那里，这个可怜的水手正在逐渐死去，远离他自己的亲人，得不到急救。他的胸部正在肿胀，可以听见他一声声长叹。此情此景，使得这些坚韧而驯良的海上工人，深深地感受到自己命运的悲惨。没有反抗，没有罢工。只有声声叹息，其他什么也没有！……但不，我估计错了。他们之中就有一个水手，当他到火炉前去添加树枝时，正从我面前走过，我听见他压低声音悲愤地对我说：

——"先生，您瞧……在我们这个行当中，苦难真是一言难尽啊！……"

菊菊乡的神甫

每年过圣蜡节的时候，普罗旺斯省的诗人们总要出版一本欢快轻松的文集，里面充满了优美的诗歌与有趣的故事。今年的这一本我很快就收到了，其中有一篇令人喜爱的韵文故事。现在，我略加删节把它改写成散文……巴黎同胞们，请把你们的柳条筐拿来，这次供应给你们的，可是普罗旺斯特产的上等面粉哟……

马丁教士是个神甫，菊菊乡的本堂神甫。他性情善良得像面包，心地光明得像黄金，爱菊菊乡的百姓，就像是慈父爱子女。如果菊菊乡的居民都稍稍听他的话，使他略微满意一点，那么，在他看来，菊菊乡肯定会成为人间天堂。但是，事与愿违，令人悲叹！他听忏悔的课室久已无人问津，蛛网密布，即使是在复活节大庆的日子，圣体饼也原封不动，没人来领。好心的神甫深感心力交瘁，常常祈求上帝大发慈悲，让他在去世之前把他那迷散的羊群引回羊圈。

不过，您瞧，上帝果真听到了他的祈求。

有个星期天，念过福音之后，马丁先生走上讲道台，向听众讲述了自己如此这般的一番经历：

我的兄弟姐妹们，随便你们相不相信，有天夜里，我这个可怜的罪人，来到了天堂的门口。

我敲门喊道："圣彼得，请给我开门！"

"好哇！原来是您，善心的马丁先生，"圣彼得对我说，"是什么仙风把您吹到这里！……有什么事情需要我为您效劳？"

"高贵的圣彼得，您是掌管总名册与钥匙的，如果您不嫌我太好奇的话，能否告诉我，在您的天堂里，有多少个来自菊菊乡的人？"

"马丁先生，我没有理由拒绝您，请坐，咱们一起来查查名册。"

于是，圣彼得搬出了厚厚的总名册，将它打开，戴上自己的老花眼镜：

"咱们一起查查，菊菊乡，咱们一起念，菊……菊……菊菊乡，咱们查到啦，菊菊乡这一页……我好心的马丁先生，菊菊乡这一页全是空白，没有一个菊菊乡的灵魂升了天堂……这里找不出一个菊菊乡的人，千真万确，就像雌火鸡里找不出鱼刺。"

"怎么搞的！这里没有菊菊乡的人？一个也没有？这不可能！您再好好查查……"

"的确一个也没有，我的圣人，如果您以为我在开玩笑，请您自己来查。"

"我来查？可怜我吧！"我急得又是跺脚又是拱手，连叫大发慈悲。圣彼得见此，劝导我说：

"马丁先生，您别这样，犯急伤神会引起脑溢血的。说到底，这不是您的过错，您瞧，您那些菊菊乡的百姓，肯定都关在炼狱里受罚。"

"哦！伟大的圣彼得，您行行好，让我至少可以去探望探望他们，给他们一点安慰。"

"这个忙，我乐意帮，老朋友……得！赶快穿上这双草鞋，因为去那里的路实在不好走。这就行了。现在，您就直往前走。您瞧见了吗？那边尽头拐弯的地方，有一扇银色大门，上面布满了黑色十字架……您去敲右边的那一扇，有人会给您开门……再见啰，多多保重，别上火，别犯急。"

于是，我就往前走呀……往前走！真像鸭子被赶着上架！我现在只要一想起那段路程，身上就起鸡皮疙瘩。那是一条小路，遍地都是荆棘，都是灼灼发热的石子，还有咝咝作响的长虫，我沿着这条路一直走到银色的大门前。

砰！砰！砰！

"谁在敲门？"里边一个沙哑而阴沉的声音发问。

"菊菊乡的神甫。"

"什么乡的？"

"菊菊乡的。"

"哦！进来吧。"

我走进门去，只见一高大威武的天使，长着像黑夜一样漆黑的翅膀，穿着像太阳那样闪亮的袍子，腰间挂着一串镶有钻石的钥匙，正在一个比圣彼得那本还要大的名册上，嘎嘎作响地写着什么……

"直截了当说，你有什么事？有什么要我帮忙的？"天使这么对我说。

"上帝威武的天使，我想知道，您这里有没有我们菊菊乡的人，也许我是在多管闲事。"

"什么人？"

"菊菊乡的人，菊菊乡的老百姓，因为我是他们的修道院院长。"

"哦！马丁教士，是不是？"

"正是在下，天使先生。"

"您是问菊菊乡的人……"

于是，天使打开他那大部头的名册簿，翻阅起来，为了翻得更顺当，他用手指去蘸了一点口水。

"菊菊乡，"天使长叹了一声，"马丁先生，菊菊乡的人，我们炼狱里一个也没有。"

"耶稣基督，圣母玛利亚，圣父约瑟，炼狱里一个菊菊乡的人也没有！啊，我的老天！菊菊乡的人都到哪里去了？"

"嗨，圣人，他们在天堂里呗。您认为他们还能在什么鬼地方？"

"但是，我刚从天堂那边来的呀……"

"您从那边来！……到底怎么样？"

"怎么样，他们全不在那里，唉！天使们的圣母哟！"

"神甫先生，您要怎么样？如果他们既不在天堂，也不在炼狱，事情就不大妙，他们一定是在……"

"圣十字架呀！耶稣基督呀！大卫的圣子呀！哎哟，哎哟，这怎么可能呢？……是不是伟大的圣彼得没有跟我说实话？不过，我刚才并没有听错呀！……哎哟！我们真可怜哟！要是我那个菊菊乡的人都没有在天堂，将来我自己怎么能进去？"

"您听我说，可怜的马丁先生，既然您无论如何也要把事情弄得一清二楚，亲眼看看究竟是怎么回事，那就请您沿着这条小路快步跑下去，如果您能跑的话……您会在左手边看见一扇大门。在那儿，您就会把事情弄明白。愿天主帮您了却这个心愿！"

说完，天使就把门关上。

那是一条很长的羊肠小道，铺满了烧得通红的木炭，我就像喝醉了那样踉踉跄跄向前走，每走一步，就要摔一跤；我全身湿透了，每个毛孔都在冒汗，口渴难忍，连连喘气……但幸好圣彼得给了我一双草鞋，总算没把脚烫坏。

我一瘸一拐走了好久，果然见左手边有一扇门……一扇大门，好大好大的大门，门是半开着的，就像一座大炉灶的门洞。啊！我的孩子们，这是怎么一个场面啊！在那儿，没有人问我姓甚名谁。那儿压根就没有登记簿，从洞口敞开的大门，可以自行入内，我的兄弟们啰，就像你们星期天自由进小酒店那样。那时，我全身直冒大汗，但同时又在发抖，在打寒战。我的毛发全部竖起来了。我闻到什么东西被烧焦的气味，似乎是肉被烤焦了，就像咱们菊菊乡的铁匠埃洛瓦给老驴上铁掌时烙出来的那种气味。在这股灼热难闻的臭气中，我憋得透不过气来。我听见一阵喧闹，其中有呻吟声，有哀叫声，有咒骂声。

"咳，你到底是进去还是不进去？我说你哪！"一个头上有角的魔鬼用铁叉戳了戳我说。

"我？我当然不进去，我是上帝的朋友。"

"你是上帝的朋友？……得啦！头上长疮的……你到这里来干什么？……"

"我来这里……请您对我讲话不要这么凶，我已经支撑不住啦……我是从……从老远的地方来……斗胆问您一声，您这里边……是不是碰巧也有……个把菊菊乡的人……"

"哈！上帝的灵光！你故意装傻，似乎你压根不知道你们菊菊乡的人全在这里。喏，臭教士，你仔细看看，就会看见你们那些臭名远扬的菊菊乡的人，在我们这里是怎么受整治的……"

于是，我定睛一瞧，在一大团熊熊烈火中，看见了我们的老乡：

有高个子戈克·加利，你们都认识他，兄弟们，这个戈克·加利以前老是喝得醉醺醺的，还老是狠狠打骂他可怜的老婆。

有加达莉莱，那个妓女……她老是把头昂得高高的……她一个人睡在谷仓里……你们都记得吧，由此，我这一乡种种稀奇古怪的事都出来了！……咱们还是打住吧，她的臭事我已讲得够多了。

有巴斯喀·杜瓦德普瓦，他偷了于连先生的橄榄去熬自己的油。

有拾麦穗的女人巴贝，她为了快一点凑齐一捆，一边拾穗，一边从大麦垛里大把大把地偷。

有克拉巴赛老板，他总把自己独轮车的轮子油漆得锃亮锃亮。

还有多菲纳，她出售自家的井水，要价那么高。

还有那个多尔第亚，每当他碰见我身挂天主的圣像，他就扬长而去，头戴三角帽，嘴上叼着烟斗……趾高气扬如同阿尔达邦，似乎他是碰见了一条狗。

此外，还有古洛和泽特这两口子，还有雅克，还有皮埃尔，还有多尼……

听了马丁教士以上这番叙述，听众不胜震惊，都吓得脸色煞白，个个唉声叹气，似乎看见在张开了大口的地狱里，哪个是自己的父亲、母亲，哪个是自己的祖母、自己的姐妹……

"我的兄弟们，你们一定已经意识到了，"马丁教士继续说下去，"一定意识到了情况不能这么继续下去。我对你们的灵魂负有责任，我愿意把你们从深渊中拯救出来，你们现在正争先恐后往深渊里滚哩。从明天起，我就要开始拯救工作，再也不能迟于明天。这件工作，绝不能出差错！现在我就要作出安排。为了把这件事做好，就必须有条不紊地进行。咱们要排个队，就像在戎基叶尔跳舞那样。

"明天星期一，我先替老头儿、老太太忏悔，这一点也不费事。

"星期二，我替小孩作忏悔，这事也可以很快完成。

"星期三，轮到少男少女，这事要费很多时间。

"星期四，是成年男子，我们可以很快搞完。

"星期五，是成年女子，我敢说，不会费事。

"星期六，是磨坊老板！……单为他一人，花一天的时间不算多……

"照这么进行，如果星期天能弄完，咱们就都会升天堂的。

"你们要明白，我的孩子们，麦子熟了，就该收割；酒酿好了，就该喝；衬衣脏了，就该洗，把它洗得干干净净。

"这就是我祝愿你们得到的主的恩赐，阿门！"

说干就干，菊菊乡的人纷纷把肥皂水浇在衣服上。

自从这个值得纪念的星期日以后，菊菊乡行善积德的美名，就在方圆几十里内传开了。

于是，这个慈悲为怀的马丁先生也就不胜欣慰。有一天夜晚，他梦见自己的羊群跟随在他的身后，排列成浩浩荡荡的队伍，周围点满了蜡烛，香火的烟霭聚成云彩，合唱队的儿童高唱感恩圣歌，他率领了这支队伍朝着通往上帝天国的光明大道进发。

这就是菊菊乡神甫的故事,这故事是在卢玛里叶的叙事诗中由一个大乞丐讲述出来的,我照我所听到的原汁原味再讲给您听,而那个乞丐则是从他的一个好心的老乡那里听来的。

一对老年夫妻

"有我一封信,阿桑老爹?"

"是的,先生……从巴黎来的。"

只要说是从巴黎来的,好心的阿桑老爹总是特别得意……我则不然,一大清早,这位来自让雅克大街邮政总局的巴黎客人,突然跑到我的桌子前,她给我叨唠的这事那事,肯定会搅掉我整整一天。果然不出我所料,您瞧:

"我的朋友,你得给我帮个忙。请把你的磨坊暂时关闭一天,到伊居叶尔跑一趟……伊居叶尔是一个大的乡镇,距离你家只有三四里路,散散步就到了。到了那里后,你先打听孤儿修道院,修道院后面的第一幢房子,矮矮的,窗户是灰颜色,屋后有一个小花园。你不用敲门就可以进去,那门老是开着,你进去后,就大声叫道:'你们好哇,好心的主人家。我是莫里斯的朋友。'这时,你就会看见两个矮小的老人,啊,老得很哟,老得很哟,老得不能再老了,他们会从扶手椅上向你伸过双臂,请你代表我去拥抱他们,用你全部的爱心,就像他们是你自己的亲人一样。接下来,你们就可以交谈了。他们一定会跟你谈起我,而且只谈我，不会谈别的；他们会跟你讲些莫名其妙的话，请你不要发笑……你真能做到不发笑吗？……他们是我的祖父祖母，是我生活中仅有的两个亲人，他们已经有十年没有见到我了……十年，这真够长的啦！但我有什么办法呢，我呀，巴黎把我拴住了；而他们这么大的岁数了，老成这个样子，如果到巴黎来看我，肯定在路上就会病倒……幸好，有你在他们附近，我亲爱的磨坊老板，两个老人吻你的时候，一定会有点觉得是在吻我……我曾经常跟他们谈到你我以及我们之间美好的友谊……"

这友谊见鬼去吧！我到那镇上跑一趟，实在是不值得，恰巧这天天气正好，阳光灿烂，凉风习习，是普罗旺斯的风和日丽天。如果没有这封讨厌的信，我本可以在两块岩石之间找个隐蔽处，在那里待上一整天，像只壁虎，饱餐阳光，静听松涛……结果来了这封信，有什么办法呢？我只得满腹牢骚，关了磨坊，把钥匙藏在猫洞下，拿着手杖，叼上烟头，就这样出发了。

我到达伊居叶尔已将近两点。村子里空荡荡的，人们都下地去了。大道两旁榆树丛丛，白色花絮如烟尘弥漫，知了高唱，像在开阔的平原上。村政府前的空地上，有头驴子在晒太阳，教堂的喷泉上空，一群鸽子飞来飞去，但我找不到人来指点孤儿院是在哪里。突然间，一个老仙女出现了，她正坐在自家门边纺线。我向她打听我所要找的地方，这仙女法力无边，她只举起自己的纺锤一指，孤儿院修道院立即魔术般地耸立在我眼前……这是一幢灰暗发黑的大建筑，在尖拱形的大门上端，庄严地竖立着一个红色沙石的古老十字架，上面铭刻着几句拉丁文。在这幢建筑旁边，我看见了一座较小的房屋。它的百叶窗是灰色的，屋后有个花园……我立刻就认出是我要找的地方，于是，没有敲门，我就走了进去。

我一生将永远忘不了那宁静而凉爽的走廊、涂成玫瑰色的墙壁、从透明的窗帘隐约可见的小花园以及壁板上的那些褪了色的花朵与提琴的图案。我觉得似乎是走进了上个世纪某个老法官的家里……在走廊的尽头,靠左边有一扇半开着的门,从里面传出一座时钟的滴答滴答声,还有一个小孩的声音,好像是一个小学生正在逐字逐字念课文:"于……是……圣……伊……雷……内……喊……道……我……是……天……主……的……优……等……小……麦……我……应……该……被……这……些……牲……口……的……牙……齿……嚼……得……粉……碎……"

我悄悄走到门前,朝里一望,只见:

在宁静而昏暗的小房间里,一个面色红润、连指尖上都起了皱纹的小老头儿,正躺在安乐椅上大睡,嘴巴张着,双手放在膝上。在他的脚边,有个穿蓝衣服的小女孩,罩衣大,帽子小,正是孤儿院的衣着,她捧着一本比她的个头儿还要大的书,正在念圣伊雷内的传记……她令人称奇的朗诵声回荡在整个房间里。老人在躺椅上睡得正香,苍蝇一动也不动停在天花板上,金丝雀静静地伫立在窗子上的鸟笼里。大座钟发出滴答滴答声,就像是在打鼾,整个房间里,略略显出了一点动静的,只有那一大束从百叶窗直射进去的阳光,它闪烁发亮,在它的光束里,尘埃欢快飞舞……在这一片昏昏欲睡的氛围里,那女孩一本正经地继续朗读:"立刻……有……两只……狮子……猛扑……过来……把……他……吞……食……掉了……"她正念到这里,我走了进去——即使是吃圣伊雷内的那两头狮子这时扑进屋来,也不会像我的来……临这样引起室内的一片惊恐。这真是一个戏剧性的场面:小女孩发出一声惊叫,大部头的书猝然落地,金丝雀惊恐不安,苍蝇吓得乱飞,大座钟也响了起来,老人给惊醒了,霍地站

了起来,张皇不知所措,而我,也感到有点不安了,于是停在门口,大声招呼道:

"你们好哇,好心的主人家,我是莫里斯的朋友。"

啊!这一时刻,这可怜的老人,要是您当时在场看见准会很感动,您看,他张着双臂朝我走来,紧紧拥抱我,握我的手,狂喜地在房间里跑来跑去,喃喃自语:"我的上帝!我的上帝!"他脸上每一条皱纹都在笑,脸也涨红了,结结巴巴地说着:"啊!先生……啊!先生……"接着,他走向房间的另一头,大声叫道,"玛美特。"

他打开一扇门,过道里响起一阵妇女的碎步声……玛美特进来了。再没有比这位矮小的老太太更漂亮的了,她头戴蝴蝶结小帽,身穿淡褐色袍子,手执一条绣花手绢,这显然是按照古老的风俗习惯向我表示敬意……多么感人的情景!他们的相貌十分相像,是天造的一对。如果老头儿也戴上假发与黄色的蝴蝶结,他干脆就是玛美特了。只不过,真的玛美特一生中哭得比他多,脸上的皱纹也就比他多了。与老头儿一样,玛美特身边也有一个孤儿院的小女孩,这个身穿蓝色罩衣的小护士,也寸步不离玛美特。看来,这两个老人就是由孤儿院的小孩照顾的,其中情景可想而知,想来是足以令人心酸的。

一进门,玛美特就要向我行屈膝礼,但老头儿一句话就打断了她行大礼:

"这是莫里斯的朋友……"

老妇人顿时全身发抖,哭了起来,手绢也掉在地上,她满脸涨得通红通红,比老头子的脸还要红……这些老人呀!他们血管里只有那么一点点血了,怎么一激动就全都涌到脸上了呢?

"快,快,快端把椅子过来。"老太太对她的小随从说。

"去把窗子打开……"老头子则吩咐他的小随从。

接着,他们每人牵着我的一只手,把我拽到已经打开的窗子前,为了好好瞧瞧我,小孩把椅子全搬过来了,我坐在老头儿老太太之间,两个蓝衣小孩则站在我们的椅子后,于是,询问开始了:"莫里斯好吗?他在干些什么?为什么他不回来?他过得开心吗?"唠唠叨叨,啰啰唆唆,没完没了,整整弄掉了几个小时。

我呢,尽心尽力回答他们所有的提问,讲一些我所知道的莫里斯的生活细节,也大胆地编造一些我不知道的事情,特别肯定地告诉他们说,我一直注意莫里斯的窗子是否关好了,他糊墙壁的纸是什么颜色的。

"至于他糊房间的纸嘛!是蓝颜色的,太太,是浅蓝色的,上面还有图案……"

"真的吗?"可怜的老太太有些激动,转身对她丈夫说:"他真是个好孩子!"

"啊,的的确确,是个好孩子!"她的老伴也兴高采烈地附和着说。

在我介绍情况的这段时间里,老两口时而点点头,时而露出微妙的一笑,时而眨眼睛,时而表示心领神会,还有的时候,老头子凑过身来对我说:

"请大声点……她的耳朵有点背。"

而有的时候,老太太则从她那边凑过来说:

"再大声点,我求您……他的耳朵不大灵。"我提高了嗓门,老两口就都向我笑笑表示感谢。在向我投送这些憔悴的微笑时,他们显然想从我的眼睛深处搜索到他们心疼的莫里斯的身影,而我则满腔热情地为他们重新塑造出他们所想见到的莫里斯的形象。其实,这是一个模糊、假造、几乎是虚无缥缈的形象,我重塑的时候，似乎看见我那位朋友，从非常遥远的地方，站在云端里向我微笑。

突然，老头儿从椅子上站起来：
"我想起来了，玛美特……他也许还没有吃早餐呢！"
玛美特也张皇失措，双臂伸向天空：
"还没有吃早餐！……我的老天爷呀！"
我以为他们是在说莫里斯，于是，正准备回答说，这个好孩子不迟于中午是不会上餐桌的。但我立即发现我领会错了，他们原来是在说我，我一承认自己的确还饿着肚子，您就看看他们那股忙乱劲吧：
"快把餐具摆好，小蓝衣，餐桌放在房间正中，铺上礼拜天的桌布，用带花的碟子。咱们不要光顾着笑了，我求求你们，动作要快一些……"
我认为她们的确是够快的了，刚听见有三个碟子打碎了的声音，早餐就端上来了。
"请用简单的早点！"玛美特把我领到桌边说，"委屈您，我们就不陪您啦，我们早上都已经用过了。"
玛美特的"简单的早点"，共有一杯牛奶、几枚椰枣、一块小船形的蛋糕，还有几小块像饼干似的东西。这些食物足可以供她和她的两只金丝雀至少吃上七八天……而我，仅仅一个人就把它们一扫而光！……餐桌旁两个小蓝衣，简直是义愤填膺了，她们交头接耳，互相用臂肘去碰对方，而那边，笼子里的金丝雀也似乎在议论："啊！这位先生，把整整一桌东西都吃掉了！"
我的确把这些东西都吃得精光，而且不知不觉就吃光了，因为我正在专心观察这间明亮而宁静的房间，这房间里似乎有种古色古香的气息……特别有两张小床,把我的视线吸引住了。这两张床就像两只摇篮,我想象出如此这般的情景:清早,天刚蒙蒙发亮,两个老人还躺在带流苏的大帐子里,座钟敲响了三点,他们总是在这个时分醒来:

"玛美特,你还睡着吗?"

"不,我醒啦,我的朋友。"

"莫里斯是不是个好孩子?"

"啊,当然,他是个好孩子。"

我之所以想象出这样一场对话,仅仅因为我看见,老两口的那两张小床正紧紧靠在一起。

此时,房间的另一端,大柜的前面,又发生了令人胆战心惊的一幕。那是由于要从最高一格上把一瓶樱桃酒取下来,那瓶酒已经为莫里斯保存了十年,而老两口想把它取下来款待我。尽管玛美特苦苦恳求,老头子仍要坚持由他自己去把那瓶酒取下来:他爬上一张椅子,试图去够那么高的地方,直吓得他的老伴心惊胆战……请您想象一下那种情景:老头子颤颤巍巍往上爬,两个小蓝衣紧紧扶着椅子,而在他后面,玛美特吓得直喘气,张开着她的两臂,好不容易,一阵柠檬的清香,从柜子的最高一格,从一大堆橙黄色的衬衣中,飘然而下,散发而出……这真是感人的一幕。

终于,经过一番艰苦的努力,那一瓶珍贵的酒,还有一个上面刻满浮雕的银杯,莫里斯小时候用的银杯,都给取下来了。他们给我满满斟了一杯樱桃酒,这樱桃酒可是莫里斯最爱喝的啊!在给我斟酒的时候,老头子带着一副馋猫的神情,在我耳旁说道:

"您真幸运,能喝上这玩意儿!这是我老伴亲自做的……您会品尝出这种味道有多好。"

嗨！他老伴亲自做的，但她却忘了放糖。有什么办法呢！人一老了，做起事来就稀里糊涂。我可怜的玛美特，您做的樱桃酒，味道冲得难以下咽……虽然如此，我还是把它一饮而尽，连眉毛也没有皱一皱。

用完了餐，我就起身告辞。主人却想留我多待一阵，再跟他们说说那个好孩子的事，但是，日头已开始偏西，我的磨坊离得又很远，我必须动身了。

老头子与我同时站了起来。

"玛美特，把我的外衣拿来！……我要一直送他到广场。"

玛美特心里一定明白，要把我送到广场，他是要费一把老劲的，但她脸上没有流露出任何神色，仅仅在帮他穿上一件棕褐色带螺钿纽的西班牙布衫时，这位亲密的伴侣温情脉脉地说了一句：

"你不会回来得太迟，是吧？"

而老头儿则带着一种诡秘的表情回答：

"嗨！嗨！……那可难说……也许……"

说着，他们相视而笑，两个小蓝衣看着老两口也笑了起来，笼子里的金丝雀似乎也在笑……我觉得，樱桃酒的香气已经使我们大家都有了一点醉意。

……暮色降临时分，老爷子与我一道跨出家门，有一个小蓝衣跟在我们后面，以便待会儿把老爷子领回家去，但是，他本人却并没有发觉小蓝衣，他挽着我的胳膊，神气十足地往前走，俨然像个壮年人。玛美特呢，她春风满面站在家门口，瞧着我们，优雅地摇着头，似乎在说：

"还是像原来一样，我可怜的人哪，他还挺能走哩！"

散文诗

这天早晨一打开门，只见我的磨坊周围已铺上了白色霜冻的地毯。小草闪闪发亮，像玻璃那样清脆作响；整个山冈都冻得哆哆嗦嗦的……我亲爱的普罗旺斯竟也变成了一派北国风光；在挂着流苏般冰凌的松树林中，在开出一束束水晶般花朵的薰衣草丛中，我写出了两首颇有日耳曼情调的散文诗，写诗的时候，冰霜向我闪耀着白色的晶光，天空一片晴朗，雁群排成三角形，从海因利希·海涅的故乡飞来，向卡马尔格方向飞去，不断地高叫："天冷了……天冷了……"

王太子之死

年幼的王太子身患重病，奄奄一息……王国之内，所有的教堂不分昼夜，都供奉着圣体，烛光通明，祈求着小王子早日康复。古老京城的街道上，凄凄惨惨，冷冷清清，钟声沉寂，车马缓行……在王宫的外面，好奇的老百姓眼光穿过栅栏，盯着那些身披金甲、带着严肃神情在院子里交谈的御前卫士。

整个宫廷都惶惶不安……内侍们、总管们在石阶上跑上跑下……条条走廊上都站满了侍从仆役与身着锦绣衣袍的朝臣，他们来回串堆，低声地探听消息。……在宽大的台阶上，王室贵妇们行着屈膝礼，用漂亮的绣花手绢拭擦眼泪。

在橘橙大厅里，有一大群穿长袍的御医，透过玻璃窗，可以看见他们挥动黑色的长袖，把戴着假发的脑袋，一本正经地凑在听诊器上……王子的太傅与马厩总管在门前踱来踱去，正等待御医的诊断。厨房小厮毫无礼貌地在他们身边来来往往……马厩总管像异教徒似的对神明骂骂咧咧，太傅则念诵贺拉斯的诗句……就在此时，从马厩那边传来一声凄厉的长嘶，这是王子的栗色御马因为被马夫遗忘了而在空空如也的马槽前悲鸣。

那么国王呢？国王现在在哪里？……国王正把自己单独关在宫殿深处的一个房间里……天下任何一个至尊天子，都不愿意让旁人看见自己哭泣落泪……而王后，那就不同了……她正坐在小王子的枕旁，美丽的脸上泪水纵横，她当着众人的面，号啕大哭，就像一个可怜的纺织姑娘。

躺在带花边的小床上，小王子的脸色比被褥更为苍白，他静卧不动，双目紧闭，旁人以为他睡着了，其实不然，小王子根本就没有睡着……他翻身朝向他的母亲，见她在哭泣，便问道：

——"母后，您为什么哭？是不是您真的认为我要死了？"

王后想作回答，但她泣不成声。

——"您别哭啦，母后。您忘了我是一国的太子，而太子是不会就这么死去的……"

王后哭泣得更厉害了，小太子不由得也害怕起来。

——"哎呀，我可不愿意死神把我抓走，"王子说，"我知道怎么阻止死神到我身边来……立即调来四十名德国雇佣兵,守卫在我的床四周!……再调来一百尊大炮,日夜值勤,炮弹上膛,架设在我的窗下!死神要是胆敢走近我,那就让他粉身碎骨……"

为了叫小王子安心,王后打了个手势。立即,大炮在院子里的滚动声隆隆可闻;四十名雇佣兵手执长槊迅速布卫在房间的四周,他们都是蓄着灰色胡子的老卫士。小王子一见就鼓掌欢迎,他认出了其中的一个,招呼道:

——"罗朗!罗朗!"

那个卫兵朝床前跨出一步,王子说:

——"我爱你,我的老罗朗……亮出你的大刀来……如果死神来抓我,你就把他砍死,是不是?"

罗朗答道:

——"是的,阁下……"

说着,两行泪珠在他蜡黄的脸颊上滚流而下。

这时,牧师走近小王子,对他低声念念有词了好久,并且把耶稣受难十字架出示给他看。小王子带着十分惊讶的神情听着看,突然把他打断:

——"您讲的这些话,我都很懂,神甫先生。但是,难道我的小朋友具波不能代替我去死吗?我可以给他好多好多的金钱……"

牧师继续对着他低声地讲道,小王子的神情愈来愈惊讶。

牧师讲道完毕,小王子叹了一大口气,回答说:

——"神甫先生,您对我讲的这些话,确实叫人伤心。不过,有一点对我很有安慰,那就是到了那边,到了布满着星星的天堂里,我仍然是王太子……我知道仁慈的上帝是我的表哥,他不会忘记按我的身份来接待我。"

接着,他又转身对他母亲说:

——"叫人把我那些最漂亮的衣服都拿过来,把我的白貂皮上衣、我的天鹅绒鞋子都拿过来,为了显示我的尊贵,我要穿着王太子的服装进入天堂。"

牧师第三次俯身向小王子,又低声对他讲了好久……正当他继续讲道时,小王子愤怒地打断他的话,朝他嚷道:

——"照您这么说来,作为一个王太子,就跟平常人那样一钱不值?"

说着,小王太子什么话都不愿意再听,一翻身朝向墙壁,伤心地大哭起来。

县长下乡

县长先生外出巡回视察。车夫开路,仆役后拥,县政府的一辆四轮马车载着他威风凛凛朝仙女谷地区展览会奔去。为了这个很有纪念性的日子,县长先生穿上了他漂亮的绣花礼服,戴上了折叠式高顶大礼帽,着一条镶有银线的紧身裤,佩一把柄上嵌有珍珠的贵重宝剑……他的膝上,放着一个皮面刻有花纹的大公文包,瞧着它,他正在发愁。只要一瞧这公文包,县长大人准要愁眉不展,他在为即将在仙女谷乡民面前发表的演讲词打腹稿:

——"先生们,乡亲们……"

但是,他把心爱礼服上的棕色丝线捻来搓去也无济于事,仍然憋不出下文,老是重复那个开头:

——"先生们,乡亲们……"

下文老憋不出来……马车里又这么闷热！……往车外望去，去仙女谷的大道在烈日暴晒下尘土飞扬……空气像着了火一样灼热，道旁的那些小榆树蒙着白色的尘土，成百上千只知了在树丛中你唱我和……突然，县长大人全身欢喜得打战，在那边，山坡下，有一片绿色的小橡树林在向他招呼。

小橡树林似乎在向他发出邀请：

——"到我这里来吧，县长大人，到我这里来写您的演讲稿，在树荫下又凉快又文思敏捷……"

县长先生大受诱惑。他跳下车来，叫他的随从们候着他，他要到绿色小橡树林里去写演讲稿。

在小小的橡树林里，鸟儿成群，紫罗兰到处盛开，浅草下泉水潺潺……当这些生灵一见到县太爷身着大礼服，手提大皮包，鸟儿就吓得不敢唱歌了，泉水也不敢再发出声响，紫罗兰则躲到草丛里去……这片僻静的小天地哪见过堂堂县太爷？它们纷纷低声打听，这位派头十足、穿着绣花礼服来到这里的大人先生，究竟是何许人也。

叶丛之下，低声悄语，纷纷询问，此人身穿礼服，究竟乃何等人物……这当儿，县长先生初尝林中的幽静与阴凉，已感到心醉神迷了，他撩起衣裙，把帽子放在草地上，就势坐在一株橡树下的青苔上；接着，他把皮面刻花的大公文包摊在膝上，从中抽出一大张公文用笺。

——"这是个艺术家！"黄莺见此这么说。

——"不是，"灰雀表示异议，"他肯定不是艺术家，既然他穿着绣了银线的裤子，更可能是一个王公贵族。"

——"既不是艺术家，也不是王公贵族。"一只年老的夜莺打断上述的胡猜乱蒙，它整整一个春天都在县长公署的花园里歌唱，自有它的发言权，"我知道他是谁，他就是本县的县太爷！"

于是，整个林子都在交头接耳：

——"这是县太爷！这是县太爷！"

——"他的头秃得多厉害！"云雀有所发现地叫了起来，它头上长着漂亮的羽冠。

紫罗兰纷纷在打听：

——"他是个坏蛋吗？"

——"他是个坏蛋吗？"紫罗兰纷纷发问。

那只老夜莺断然予以否定：

——"完全不是！"

听到这个确认，鸟儿又开始歌唱，泉水又奔流起来，紫罗兰又散发芬芳，就像这位不速之客并未来到……对周围这一切动人的热闹情景，县长毫无察觉，他正一门心思在乞灵于专管农事的女神，手里举着铅笔，开始用抑扬顿挫的声调朗读，就像在大会典礼上：

——"先生们，乡亲们……"

——"先生们，乡亲们。"县长用在大会典礼上那种声调在朗诵……

一阵大笑把他打断。他转过身来，只见一只啄木鸟站在他的礼帽上，瞧着他在发笑，县长懒得跟它计较，只耸了耸肩膀，他想继续他的演说，但这只啄木鸟还不收场，老远冲着他嚷道：

——"讲这一套有什么用？"

——"怎么！没有用？"县长喝道，他满脸通红；他做了个手势去驱赶那厚脸皮的畜生，更加起劲地又朗诵起来：

——"先生们，乡亲们……"

——"先生们,乡亲们……"县长朗诵得更起劲。

但正在此时,紫罗兰纷纷把花枝向他伸来,温情脉脉对他说:

——"县长大人,请您闻闻我们的气息香不香?"

这时,泉水也在青苔下为他奏出了美妙的音乐;在他头顶上方的树枝上,一群黄莺为他唱出了最动人的歌;整个小小树林都在发出声响,就为的是把他那篇破演讲词给搅掉。

整个小小树林都在窸窣作响,就为的是把他那篇破演讲词给搅掉……花草的芬芳使人醺醉,林中的音乐令人忘乎所以,县长先生再也无力抗拒花香鸟语的陶醉,他手肘支撑在草地上,脱下他漂亮的礼服,嘴里还结结巴巴嚷了两三遍:

——"先生们,乡亲们……先生们,乡亲们……先生们,乡亲们……"

立即他就把"乡亲们"打发见鬼去了,他请来的农事女神也只得蒙上自己的面纱,悄然而退。

蒙上你的面纱吧,专管农事的女神!……个把钟头以后,县长大人的随从们担心主人的下落,就跑进树林里来,他们眼前的情景把他们吓得后退……县长先生俯卧在草地上,衣冠不整,像个流浪汉,上身脱得精光……嘴里嚼着紫罗兰,正在那里吟哦作诗哩。

毕克休的文件包

十月的某个早晨,我离开巴黎的前几天,正当我在用早餐的时候,有个老头儿走进了我的家,他一身衣服已磨损得破旧不堪,鞋上沾了不少泥浆,两条罗圈儿腿,一副罗锅腰,细长的腿支撑着哆哆嗦嗦的身子,就像一只拔光了羽毛的鹭鸶。来者乃毕克休也。是的,巴黎同胞们啊,就是你们的毕克休,那个又尖刻又可爱的毕克休,十五年来,这位疯疯癫癫的讽刺家,用他的漫画与讽刺小品,常把你们逗得乐不可支……哎哟!这可怜的家伙,怎么潦倒成这个样子!要是他进门时没有做怪脸,我敢说怎么也不会认出是他。

他的头歪在肩膀上,嘴里咬着一根手杖,像叼着一支单簧管,这个昔日名扬巴黎,而今悲惨落魄的讽世者,一直走到我房间的中央,碰撞在一张桌子上,惨兮兮地说了声:

"可怜可怜一个倒霉的瞎子吧!……"

我觉得他在假装瞎子,竟装得那样逼真,不禁大笑了起来。但他冷冰冰地对我说:

"你以为我在闹着玩,你瞧瞧我的眼睛。"

他转过身来,让我看他两只无光的发白的眼珠:

"我已经瞎了,亲爱的朋友,这一辈子再也看不见东西了……你瞧,这就是用硝酸水写字的后果,我这个好行当硬是把我这双眼睛烧瞎了,一直烧穿了底。"他一边说,一边指着他的眼皮给我看,那上面早已烧得连一根睫毛的影子都没有了。

我很难过,不知道对他说什么才好。我的沉默使他有点不安:

"你在工作吗?"

"不,毕克休,我在吃早饭,你也跟我一道吃点?"

他不作回答,但从他那两扇翕动着的鼻翼,我知道他想吃得要命。我一把抓住他的手,让他坐在我的旁边。

当给他端早点的时候,这可怜的家伙在桌子上嗅来嗅去,脸上露出微笑,说:

"这些东西好像都很好吃。我要好好饱餐一顿。很久以来,我就从没有正式用过早餐了!我每天早晨老是带着一个铜子一块的面包,在各个衙门里奔走……因为,你知道,我现在老要跑衙门,这成了我唯一的职业。我想找门路开一家公卖烟草店……有什么办法呢?一家老小总得有饭吃。我不能画了,我也不能写了……我口授,叫别人记录?……但口授什么?……我脑子里早就是空空如也,现在也想不出任何东西来。我原来的职业,不过是观察巴黎的种种鬼脸丑态,然后把它们画下来,现在,我没有法子了……于是,我想到去开一家公卖烟草店。当然,不是在繁华热闹的街面上,我可没有资格得到那种优待,因为我既不是走红舞女的妈,又不是高级军官的遗孀。不,我只想弄一个外省的小公卖店,离巴黎远远的,不管在哪里,在伏日山区某个偏僻的角落也行。到那时,我嘴里叼着一个瓷制大烟斗,改名换姓叫汉斯或泽伯兑,就像艾克曼与夏特良的小说中的人物,我会把同时代作家写的书，拿来当烟叶的包装纸，以此来缓解我自己不能再写作的妒怨。

"我全部的小算盘不过如此，要求不过分吧？但要达到这点目的，可难如上青天……说实在的，可以给我帮上忙的人并非没有，我过去曾红极一时，经常应邀到元帅、王公、部长的府上吃饭。这些人常邀请我，是因为我能叫他们开心，或者我叫他们有几分害怕。现今，谁都不怕我了。唉，我的眼睛哟，我可怜的眼睛！现在，再也没有任何人请我去吃饭了。饭桌上有一个双目失明的人，那是多么煞风景的事。请您把面包递给我，谢谢……啊！那些狗强盗，为了这个可怜的烟草公卖店，竟要叫我吃够苦头。这六个月来，我带着我的呈文跑遍了所有的衙门。每天早晨，当工友们生炉子、仆人们在院子里沙地上给部长遛马的时候，我就到了，直到天黑我才离开，那时，大盏大盏的灯都已经点亮，厨房里也飘出一阵阵香味来……

"我的日子就是这么在候见室里装劈柴的箱子上白白地度过的，那些门房也都认识我了！在圈子里他们都称呼我为'这位好好先生'！而我，为了得到他们的关照，常给他们讲些小笑话，或者，在他们的吸墨纸的一角上，用一笔勾画出各种大胡子形象，逗他们哈哈一笑……这就是我享有赫赫盛名二十年之后的潦倒境地，这就是艺术家的可怜下场！……但是，眼下在法国，却有四万个青年人对我们这个职业行当馋得流口水！在外省，每天都有一个火车头开动起来，给巴黎送来一批批糊涂虫，他们爱好文学，爱好印成白纸黑字的流言蜚语，到了如痴如醉的地步！……唉，天真的外省人啊，但愿我毕克休的潦倒，能成为你们的前车之鉴！"

说到这里，他埋头在自己的盘子里，狼吞虎咽地吃起来，不再说话……他那副样子看起来真叫人可怜。每一分钟，他都重复着同样的动作：不是找不着面包或叉子，就是用手去摸索酒杯。这个可怜的人，他还没有养成盲人那一套习惯动作。

过了一会儿，他又说起话来：

"您知道吗，我还有一件更难受的事，那就是再也不能看报了，不干我这一行的人不可能理解这种痛苦……有时，晚上回家的路上，我总买上一份报纸，只是为了闻闻报纸油墨未干的香味与那上面新鲜消息的气息……多么好闻呀！但没有人把报纸念给我听！我的老婆完全识字，她却不愿意给我念，她说，在社会新闻栏里，总有一些不堪入耳的消息……这些娘们，过去都给人当过姘头情妇，一旦结了婚，再没有比她们更假正经的了。自从我把这个女人扶正为毕克休太太之后，她便自以为应该特别虔诚正经才是，但瞧，虔诚正经到了何等地步！……正是她逼我用沙莱特那里的所谓圣水擦眼睛！此外，还有什么神祝福过的面包啦，给教堂捐款啦，读《耶稣降生记》啦，中国小瓷菩萨啦。虔诚的花样繁多，我说也说不全……总而言之，我跟她都埋在虔诚的善行义举之中了……给我念念报纸，这也总该是一种善行义举吧，但不，她偏不肯做这一件。要是我女儿在家，她是会念报给我听的，但是，自从我瞎了以后，为了家里少一口人吃喝，我把她送进艺术圣母修道院了……

"我总算还有一个叫我高兴的人，这就是我女儿！她到世上还不到十年，各种各样的病她都得过了……这孩子性格忧郁，又长得很丑，可能比我还要丑……简直就是个丑八怪！有什么办法呢！我从来就只会制造各种各样的丑角……唉，我太老实了，把我的家底都给你抖出来了，所有这些与你有何相干？……算了，不谈这个,请再给我一点烧酒。我需要再接再厉,从您这里出去,我要到公共教育部去。那里的门房可不容易逗笑,他们过去都是教书先生。"

我给他又斟了些烧酒,他小口小口地品尝起来,脸上流露出感激涕零的神情……忽然,不知他突生何种念头,他站了起来,手举酒杯,那颗像瞎眼蛇的脑袋环顾了周围一会儿,面带着一个即将致词的绅士所惯常有的微笑,然后,尖起嗓门,就像在一个有两百人的宴会上,开始喊起来:

"为艺术干杯!为文学干杯!为新闻事业干杯!"

接着,他来了一篇十分钟的致酒词,这是一篇狂热得令人赞叹的即席演说,是这位滑稽家从未有过的妙作。

请您想象一下,眼前有一篇标题为"一八六……年文学概况"的年终述评,上面是这么讲的:在文艺界,自吹自擂的文学集会此起彼伏,闲言碎语不绝于耳,争论吵架从未停歇。这个光怪陆离的世界里,种种怪事成堆,文字粪便不断排出,整个领域黑暗凄惨,像是地狱,但又缺少惊心动魄的气概。在这里,人们互相残杀、互相掠夺、互相坑害,文人才子们讨价还价、争财争利的嗓门,比小市民堆里的更高。尽管存在所有这一切,但文艺界里却到处有人饿死,比其他领域更多。虽然,这个领域里我们这批人都有种种卑劣污浊、软弱无能的毛病,虽然我们之中那位爱买彩票的T. 男爵老先生,穿着淡蓝色的衣服、手持木钵,跑到了杜伊勒里宫去求乞,而到年终我们当中有成批成批的人死掉时,虽然葬礼有广告大肆加以宣传,致悼词总有一位议员先生出面,悼词中也少不了"亲爱的令人怀念的,可怜的亲爱的"这些陈词老调,但死者的丧葬费却无人肯付!再说,每年还有一些自杀的、一些发疯的……这样一篇年终述评,由一个天才的滑稽大师指手画脚、绘声绘色地宣讲出来,这就构成了毕克休这篇即兴演说。

他致词完毕,酒杯也喝空了,他问了问时间,拍屁股就走,粗野无礼,连告辞的话都没有说一声……迪吕伊部长先生的门房那个早晨是怎么接待他的,我不得而知,但我记得很清楚,这可怕的瞎子那天走出我的家门后,我感到从未有过的忧伤与难受。我的墨水瓶叫我恶心,我的笔叫我厌恶,我只想跑出去,跑得远远的,去看树木花草,去呼吸新鲜空气……老天啊,多么强的仇恨,多么大的怨气!有什么必要这样辱骂一切!把所有一切都抹得黑黑的!这个混账瞎子……

我怒气冲冲大步在屋里走来走去,毕克休跟我谈论他女儿时那冷嘲热讽的声音,似乎犹在我的耳边。

忽然,在瞎子刚才坐过的那张椅子旁边,我发觉有件东西在我脚下滑动。低头一看,原来是毕克休的文件包。这个包油亮油亮的,四角已被磨破,毕克休从不离身,他曾笑称是他专用来装毒液的。在我们这个圈子里,毕克休这个包与吉拉尔丹先生的档案夹同样出名,据说,那里面装了好些可以使人名誉扫地的材料……机会难得,我不妨来证实证实。这老掉牙的文件包装得太满,掉在地上时,已经散开了,里面的文件撒满一地,我只得一张一张把它们拾起来……

其中有一束信件,是用印花纸写的,每封信的开头都是:"我亲爱的爸爸",末尾都署着:"瑟丽娜·毕克休,于玛利亚孤儿院"。

文件里还有一些医小儿疾病的旧药方,什么病都有:支气管炎、抽风、猩红热、麻疹……那可怜的小姑娘,任何一种病她都没有躲过!

最后,一个封了口的大信封,从那里面露出两三根卷曲的黄头发,就像从小女孩的软帽下露出来的一样,信封上歪歪斜斜写着一行大字,一看就是出自瞎眼人之手:

"瑟丽娜的头发,剪于五月十三日,她进那儿去的那天。"

看!这就是毕克休的文件包里装着的东西。

算了吧。巴黎人啊,你们跟毕克休是一个样。对一切都憎恶反感,凡事无不冷嘲热讽,冷笑起来恶毒得很,嬉笑怒骂起来,凌厉刻薄之至,但是到头来,下场也是如此:

"瑟丽娜的头发,剪于五月十三日。"

金脑人的传奇
——致一位要听快乐故事的夫人

接读惠书，鄙人心感内疚，我写的那些小故事，色彩过于阴暗，对此，我也有点后悔，既已有改弦更张之意，现在就献给您一篇轻松欢快的故事，特别轻松欢快的故事。

再说，我又何必伤时忧世，郁郁不乐？我远离巴黎尘嚣有千里之遥，在琴瑟鼓乐、美酒佳醇具备的普罗旺斯省，落户于一座光明灿烂的山丘，周围全是阳光与音乐。白尾鸟组成了乐队，山雀则组成了合唱团。清晨，杓鹬发出"咕勒哩，咕勒哩"的叫声，中午蝉鸣不绝于耳，还有牧童在吹笛，有秀丽的棕肤色农家女在葡萄园里欢笑……的确，要到这里来黯然神伤、斯人憔悴，那可是选错了地方。我还是应该写些玫瑰色的诗歌与一篇又一篇的风流故事，给夫人太太们送去。

但不！我离巴黎还是太近，每天，即使我躲进松林，巴黎还是把它一个个悲讯愁闻传到我耳里……正当我写此信的时候，我听到了可怜的查理·巴尔巴拉悲惨逝世的噩耗，我的磨坊因此笼罩着悲戚的愁云，再见了，杓鹬与鸣蝉！我再也没有心思去弄轻松欢快的东西……本来，我准备给您写一篇好看的游戏之作，但现在，您能看到的仍然只是一篇凄惨的故事，其原因就在这里。

从前有个人，他长着一个金脑子。是的，夫人，一个纯金的脑子。当他出生时，医生们就认定这孩子活不长，因为他的头如此沉重，脑壳如此巨大。然而，他居然活下来了，而且在阳光下茁壮成长，就像一棵美丽的橄榄树。只不过，他那硕大的脑袋很拖累他，他走起路来磕磕碰碰，实在叫人可怜……他经常摔倒在地，有一天，他从台阶上滚下来，额头撞在一级石阶上，撞得脑壳像块金条一样发响。别人以为他撞死了，但把他抬起时，发现他只受了一处轻伤，金黄色的头发上还沾着两三滴金液。从这时起，他的父母发现了这孩子有一个金脑子。

家人严守秘密，孩子则懵然不知真情，日子一久，他常问父母，为什么不再让他到门外去和街上的儿童一道玩耍。

"你一出去，人家就会把你偷走，我的好宝贝。"母亲这样回答说。

从此，这孩子特别害怕被人偷走，自己待在家里玩耍，孤孤单单一言不发，从这个房间到那个房间，吃力地走来走去……

一直到了十八岁，他的父母才告诉他，命运之神给了他金脑子这么一份非比寻常的礼物；既然他们好不容易把他养育成人，他们也就提出了要求，要他用金子来报恩。这孩子毫不犹豫，立刻照办——怎么做的？用什么法子？那则传说没有讲清楚——他从脑袋里抓出一块核桃大的金子，得意扬扬地扔给他的母亲……而后，他因为脑袋里有这么多财富而飘飘然起来。种种欲望搅得他魂不守舍，而自身的力量则使他兴奋欲狂，于是，他离别自己的祖屋，到世上去挥霍他的财宝。

他所到之处，挥金如土，生活极为奢华，从那股架势来看，似乎他的金脑子是用之不尽的。但是，这金脑子实际上在不断枯竭，渐渐地，大家眼见他的目光变得黯然失神，他的脸颊愈来愈瘦。终于有一天早晨，前一夜的穷奢极欲、纵情享乐之后，只剩下他孤零零一个人在杯盘狼藉、灯盏熄灭之中，对自己给金脑子所造成的巨大亏缺不胜惊恐：现在是悬崖勒马的时候了。

从此，他开始过一种新的生活。这个有金脑子的人离群索居，在一个偏僻的地方靠自己双手劳动为生，他像个吝啬鬼一样疑虑重重，处处防范，逃离一切诱惑，竭力要忘掉自己天生的那一大笔财富，不愿意再去碰它……不幸，他原来的一个狐朋狗友尾随他来到他隐居的地方，而这个家伙对他的秘密是了如指掌的。

一天夜里，这个可怜的人睡梦中脑袋一阵剧痛，他突然惊醒，张皇失措站了起来，在一丝月光之中，他看见那个朋友一边逃跑，一边往他的外衣里揣藏什么东西……

他的脑汁又被人夺走了一部分！……

又过了不久，金脑人堕入了爱河，这一下，他可全完了……他神魂颠倒地爱上了一个娇俏的金发女人，这女子也爱他，但更爱衣帽上的丝球、白色羽毛和在靴子上飘拂的金褐色流苏。

这个小娇娘一半像小鸟，一半像玩具娃娃，在她的手里，金脑人的一片片金子不断化为乌有，他对此心甘情愿，引以为乐。太太娇惯任性，金脑人从不知道对她说不，甚至因为怕她难过，一直没有把自己何以有钱的这个凄惨的秘密告诉她。

"我们是很有钱吗？"太太这么问他。

"哦，是的，很有钱。"可怜的金脑人回答说。

他对自己的太太总是情意绵绵地面带微笑，这只小青鸟却一直不知真情而不断在啄食他的脑子。对此，有时他也感到可怕，想要节省开支，吝惜一些，但每当这娇滴滴的女人一蹦一跳来到他的面前，对他说：

"我的丈夫，你这么富有，给我买些贵重的东西吧！"

他总是完全照办。

他们这样过了两年。突然，有一天早晨，他娇小的妻子像只小鸟那样死去了，不知死因是什么。金脑人的财富也快消耗殆尽。这鳏夫用剩下来的金子给他亲爱的亡妻办了一场豪华的葬礼。钟声奏鸣，不绝于耳，厚重的灵车披满黑纱，拉车的马身上装饰着羽毛，丝绒上缀着像金色泪珠般的饰物。所有这一切，他都觉得并不过分。现在，他要金子有什么用？……他向教堂、向杠夫、向卖礼花的女贩，大把散发金钱，所到之处，他随意开销，从不讨价还价……这样，从墓地里出来的时候，他那神奇的金脑子已经消耗得精光了，只剩下残存的一星半点黏附在他的脑颅上。

事到如今，人们看见他在街头闲荡，一副丧魂落魄的样子，两手垂在身前，踉跄而行，像个醉汉。入夜，街头灯火通明之时，他停步在一个商店的橱窗之前，那里面，大堆的衣料与装饰品在灯光下闪闪发亮，他在那橱前站了好久，两眼盯着一双镶着天鹅绒的蓝色缎子鞋。他微笑着喃喃自语："我知道这双鞋准会叫谁高兴！"他忘了自己的娇妻已经不在人世，竟跑进店里去购买。

女店主在店堂深处听见一声喊叫。她赶紧跑了出来，眼前的景象把她吓得直往后退，她看见一个男子靠柜台站着，两眼呆滞、表情痛苦地看着她，一手拿着那双镶着天鹅绒的蓝色缎子鞋，一手鲜血淋淋，把指甲尖刮下来的一点金屑递给她。

夫人，这就是金脑人的传奇故事。

这个故事尽管带有荒诞不经的色彩，但从头到尾不失真实……世上有些可怜的家伙，他们不由自主地靠花销自己的脑子过日子，为生活中种种鸡毛蒜皮的小事，绞脑汁、耗精神，支付出自己的纯金。对这种人来说，每天的生活都是痛苦，终于有一天，当他们不堪其苦的时候……

诗人米斯塔尔

上个星期天，我起床的时候，还以为自己是在巴黎的寓所呢。当时，正在下雨，天空灰暗，周围一片凄清。我害怕在自己家里过这样一个阴冷的下雨天，顿生妙想：到菲雷德利克·米斯塔尔家去取取暖吧，这位大诗人就住在离我的松林只有三英里的叫梅雅拉的一个小村子里。

说办就办，想走就走：执一根香桃木棍，带一本蒙田文选，披一件雨衣，就这么上路了！

田野里没有人影……咱们美好的普罗旺斯省很有浓郁的天主教色彩，每逢礼拜天就让田地休养生息……农舍门窗紧闭，狗待在自己的窝里……远处，一辆运货车驶来，篷布上正淋着大雨，驱车的老妇头戴风帽，身上裹着褐色的斗篷，拉车的骡子却是节日的装扮：蓝白两色相间的草鞍，红色的绒球，银色的铃铛，它们用小跑的步伐拉着一车庄稼人去望弥撒。而在路下方，透过薄雾望去，河上有一只小船，船头有一个渔夫正在把网撒下去……

这种鬼天气，根本无法一边走路一边看。大雨滂沱，北风猛吹，把倾盆的雨水直泼到你的脸上……我一口气直往前赶路，足足走了三个小时，才看见一个小柏树林子，梅雅拉村正在那林子里避风躲雨哩。

村里的路上，连猫也见不着一只，全村人都去望弥撒了，我经过教堂时，曲状的喇叭正在吹响，透过彩色玻璃窗，可看见里面有无数支蜡烛在闪闪发光。

诗人之家坐落在村子的尽头，是圣雷米大道靠左手边最后的一幢房子，房子不大，只有一层楼，前面有一个花园……我悄悄走进去……屋里没有人！通向客厅的门是关着的，但那里面有人在走动，在高声说话，那脚步声和说话声都是我熟悉的……我在粉刷得白亮白亮的过道里停了一下，手握着门柄，颇为激动，心跳得厉害。他在那里面。他正在工作……是不是该等他写完这节诗再进去？……当然理应如此！不管这一套，活该！进去再说。

啊，巴黎同胞们呀，如果这位出生在梅雅拉村的诗人，来到你们那里，在他的诗集《米海叶》中将巴黎描绘一番；如果你们看见他这个夏克塔斯式的异乡人，出现在你们的沙龙里，一身城市人的装束，衣领挺括，戴一顶与其盛名相称，但却使他倍感局促的大礼帽，你们一定会觉得米斯塔尔就应该是这副样子……不，米斯塔尔绝不是你们想象的这样，世界上只有一个米斯塔尔，他就是我上个礼拜天突如其来在他村子里逮着时的那个样子，一顶毛毡兜帽斜戴在耳朵旁，没有披坎肩，穿着礼服，围着一条西班牙的红色腰带，眼睛炯炯有神，脸颊上透露出灵性的光辉，神态庄严，面带和善的微笑，风雅脱俗像一个希腊牧人，他正大步在室内走来走去，两手插在衣袋里，推敲着他的诗句……

——"怎么！是你呀！"米斯塔尔跳过来搂住我的脖子，"是什么风把你吹到我这里来的！……恰好今天是梅雅拉全村过节的日子，我们可以听到阿维尼翁的音乐，看到斗牛与迎神会，还有法兰多拉舞，场面肯定会热闹非凡……我母亲很快就去望弥撒，不一会儿就会回来，我们一道吃中饭，然后，就使劲大玩一通，可以去看那些漂亮姑娘跳舞……"

他对我说话的时候，我兴致勃勃地环视这个挂着漂亮帷幔的小小客厅，我已经很久没有到这里来了，过去我曾在这里度过不少美好的时光。屋里的陈设没有丝毫改变，还是这么一张带黄色方格的沙发，两把藤椅，壁炉上有断臂的维纳斯与阿尔勒斯的维纳斯两个雕像，还有画家埃贝尔为米斯塔尔作的肖像画以及爱第安·加尔雅为他拍摄的照片，在靠近窗子的一个角落，有一张书桌，一张像税务员用的小书桌，那上面堆满了一些旧书与辞典。在书桌中央，我看见一大本诗稿……这就是《迦楠达尔》，菲雷德利克·米斯塔尔即将在年底圣诞节那天出版的一部新的诗集。这一部诗，米斯塔尔花了七年的工夫，最近六个月，他还在写最后的诗章，但是，直到最后，他还不敢完全撒手。您知道，总会有某一节还需要润色，总会有某一处押韵还有待推敲……米斯塔尔用普罗旺斯方言写出这部诗集，真可谓是白费了力气。他这么做，似乎全世界都应该读得懂这种方言，都应该尊重他这一番苦吟的辛劳……啊！这个天真敬业的诗人米斯塔尔，正如先哲蒙田所说："您知道他这个人吗，有人问他为什么费这么大的劲去研习一种极少数人才懂的艺术。他就答道：'只要有少数人懂得就够了，甚至只要有一个人懂得就够了，即使一个人也没有，我也不在乎。'"

我手里拿着《迦楠达尔》这部诗稿翻阅着，心里很是激动……突然，靠窗口的街上响起笛声与鼓声，瞧，我的这位米斯塔尔赶紧跑到柜子跟前，从里面取出一些杯子和几瓶酒，把桌子拉到客厅中央，打开大门去迎那些奏乐人，同时对我说：

——"你别取笑……他们是来给我凑热闹的……我是这个市镇的参议员。"

小小的房间里挤满了人。乐手们把鼓放在椅子上，把一面旧旗靠在墙角里，热乎乎的酒传递给了每一个人。大家为菲雷德利克的健康干杯，喝光了好几瓶酒之后，还一本正经地对迎神会议论了一番：拉手舞跳得是不是会像去年那么好，斗牛是不是能搞得成功，等等。很快，这些乐手就都告退了，他们还要到别的参议员家里去热闹热闹。就在这个时候，米斯塔尔的妈妈回来了。

举手之间，餐桌就摆好了：一块漂亮的白色餐巾，还有两副餐具。我熟悉他家的习惯，知道只要米斯塔尔有客人，他的母亲就不上餐桌……这位可怜的老太太只懂她家乡的普罗旺斯方言，跟讲法语的人谈话颇为困难……而且，厨房里的事也离不开她。

天哪，这天早上，我享用了一顿多么丰盛的早餐啊，有烤羊肉、山区特产的干酪、苹果酱、无花果与麝香葡萄。所有这些食物都浇上了本地上等的卤汁，它在玻璃盘碟中焕发出漂亮的玫瑰色……

主食之后，用甜点水果的时候，我起身取来那部诗稿，摊在米斯塔尔前的桌面上。

——"咱们已经讲好，饭后要出去散步。"诗人微笑着对我说。

——"不！不！……还是要《迦楠达尔》！《迦楠达尔》！"

米斯塔尔让步了，他一边用手按照诗的韵律打着节拍，一边用他那柔和悦耳的声音，朗诵诗稿的第一章：

一个为爱情而痴迷的少女，
我曾经讲述过她凄惨的遭遇，
如果上帝允许，我且改弦更调，
歌唱加西的一个穷苦少年渔夫……

屋子外面，晚祷时分，教堂的钟声敲响了，广场上响起了一阵鞭炮声，短笛与长鼓在街上来来回回地奏乐，加马尔克的公牛被人们引着向前奔跑，不断发出吼叫。

而我，臂肘倚在桌子上，眼里噙着泪水，听着普罗旺斯年轻渔夫的故事。

迦楠达尔只不过是一个渔夫，但爱情却使他成了英雄……为了赢得他的情人——美丽的爱丝戴列尔的芳心，他干出了好些奇迹般的业绩，和他相比，希腊神话中海格力斯的十二件大事，简直就微不足道了。

有一次，迦楠达尔带头发家致富，他发明了一个奇大无比的捕鱼机械，一下子就把海里的鱼全都捕获上岸。另一次，在奥利乌尔狭谷有一帮凶狠的强人占山为王，为首的是塞韦朗伯爵，迦楠达尔深入虎穴，打进他那帮匪徒与他身边那些婊子之中……迦楠达尔这小伙子多么坚强可畏！还有一天，在圣·波姆地方，有成群结伙的两帮人来到那里，为了解决他们之间的争端，准备在雅克大师的坟上，互相杀戮，迦楠达尔干预了这场恶斗，通过讲道理使他们平息下来，避免了一场屠杀……

还有好些超人的业绩！……据说，在高山里，吕尔悬岩上，有一片高不可攀的雪松林子，从没有一个樵夫敢攀登上去。但迦楠达尔上去了，他一个人在那里待了三十天。在这三十天里，人们听见他用斧子砍树的声音响个不停。整个树林在呼号，参天的树干一根接一根相继倒下来，滚到山谷里，当迦楠达尔从悬岩上下来的时候，山上的雪松一棵也没有剩下了……

最后，完成了这么多伟绩之后，这个专逮鳗鱼的渔夫终于赢得了爱丝戴列尔的芳心，并且，他还被加西地区的人民拥戴为执政官。这就是迦楠达尔的故事……迦楠达尔这个名字无关紧要，在这部诗里，重要的是普罗旺斯，属于大海的普罗旺斯，属于高山的普罗旺斯，是普罗旺斯的历史，是它的风俗，是它的传说，是它的自然风光，是整个纯朴而自由的普罗旺斯民族，一个在它泯灭之前得到了自己伟大诗人的民族……而现在，你们这些时髦人在这片土地上铺设了一条又一条铁路，架起无数根电线杆，还要在学校里取消普罗旺斯语！但是普罗旺斯将会在《米海叶》与《迦楠达尔》中长存不朽。

——"诗谈得够多了！"米斯塔尔把稿本合上说，"该出去看看庆祝会啦。"

我们走出屋子，整个村落的人都到街上来了。一阵强劲的北风，把天空清扫得一干二净，刚才被雨水冲刷过的红色屋顶，在晴空映照下欢乐地闪耀着。我们到街上时，正赶上仪式行列往回走，这个行列奇长无比，足足过了一个钟头，其中有风帽苦修士、白衣苦修士、蓝衣苦修士、灰衣苦修士与蒙面女的宗教社团。在烛光与阳光的照耀下，在赞美歌、祈祷诗与使劲敲响的钟声伴奏下，游行队伍里那些绣着金花的玫瑰色旗帜，由四人扛着的一个个褪了色的木制大圣像、一个个手执花束的彩陶圣女像、装在白色丝柜里的耶稣受难像，以及行宗教仪式时专用的斗篷披风、圣体供显台、绿绒华盖，所有这一切如波如潮，此起彼伏。

宗教游行完毕，那些圣像一一被送回原来的教堂，我们就去看斗牛，接着，又一一去看打麦场上表演的杂耍、摔跤、三级跳、掐猫、扔羊皮袋等等普罗旺斯节庆时的一整套游戏。我们回到梅雅拉村时，夜幕已经垂下。广场上，人们在一个小咖啡店前燃起了熊熊的节庆之火，这天晚上，米斯塔尔正要在这咖啡店与他的朋友吉多尔一聚……跳法兰多拉舞的队形已经站好，剪纸做成的灯笼照亮了广场各个角落，年轻人站好了位置；不一会儿，长鼓齐奏，围绕着那一堆节庆之火，狂热而喧闹的人群跳起舞来，他们将跳个通宵达旦。

吃过晚餐，我们都颇感疲倦，再也不能出去逛了，就上楼到米斯塔尔的卧房。这是一间乡下人简朴的居室，放了两张大床。墙上没有糊壁纸，天花板上还露着横梁……四年前，法兰西学士院颁发给《米海叶》的作者三千法郎奖金，米斯塔尔的母亲有了一个想法，她对儿子说：

——"咱们把你的房间裱糊一下，再把天花板装修装修，怎么样？"

——"不用！不用！"米斯塔尔回答说，"这笔钱是属于我们诗人大家的，咱家自己不要去动用。"

于是，他的房间仍然是四壁光秃秃的，但是只要这笔钱还存在，总有一些人来敲米斯塔尔家的门，他们人人都发现这笔钱总是向他们敞开的……

我把《迦楠达尔》的稿本拿到卧室里来，我想在就寝之前让米斯塔尔再给我念一段，他选了关于陶器的一段。大意是这样的：

不知是在何处的一次盛宴中，桌上摆了一套产自莫斯杰的豪华彩陶餐具，每个盘碟的底部，都用蓝釉绘制出一个普罗旺斯的故事，合在一起就构成了整个这地区的历史。应该特别注意，这些美丽的图画是以多么大的热情绘制出来的，每个盘碟上还配有一节诗,这些短诗都是朴实无华而又充满智慧的,就像希腊诗人泰奥克利特的妙作。

米斯塔尔用优美的普罗旺斯语给我朗诵,这种语言中,拉丁成分约有四分之三强,古时候是王妃贵妇们讲的语言,而今,只有我们的牧人才听得懂了。我由衷地赞美米斯塔尔,我一想到他从废墟堆里发掘出自己的母语并把它用于诗歌创作,我就似乎看到了一座波克斯王公的古老宫殿,就像人们常在阿尔比尔山看的那一种:屋顶没有了,台阶上的栏杆没有了,窗户上的玻璃也没有了,尖形穹隆上的三叶状装饰已经破裂,门上的纹章长满了青苔,母鸡在旧时的庭院中啄食,猪在长廊里那些精致的廊柱下打滚,骡子在长满了青草的祭坛上咀嚼,一群鸽子飞到大圣水缸前就饮,缸里满是雨天的积水。在此一片残垣断壁的衰颓景象之中,有三两家农户搭建起自家的窝棚,紧靠着破旧的宫殿。

后来,终于有一天时来运转,这些农家中出了一个子弟,他对这一伟大的古迹情有独钟,见它如此衰败泯没,不禁愤然不平,抢救!抢救!他把牲畜从庭院里赶走,仙女们也前来暗助他一臂之力,于是,他以一人之功重新修建起高大的楼梯,在墙上装上护壁板,给窗户安上玻璃,再筑起了塔楼,把御座大厅装饰得金碧辉煌,他使这座旧时宏伟的宫殿再焕光彩,可供任何教皇、任何皇后进驻。

这座重新光大的宫殿,就是普罗旺斯语。

这个农家子弟,就是米斯塔尔。

三遍小弥撒
——圣诞故事

一

——"有两只香菇烧火鸡吗,加里古?……"

——"是的,尊敬的神甫,有两只塞满了香菇的火鸡,烧得又香又油亮。我知道调料很讲究,因为是我把香菇灌进去的,他们都说,一经烧烤,皮肉又酥又脆,整个火鸡还可以膨胀出一些……"

——"耶稣——玛利亚!我就最爱吃香菇!……加里古,你赶快把我的白色道袍拿来……除了火鸡,你在厨房里还见着了什么?……"

——"哎哟!各式各样好吃的东西……从中午开始,我们就不停地把野鸡啦、戴胜鸟啦、榛鸡啦、大松鸡啦的毛全都拔了,羽毛飞得到处都是,后来,又从池塘里捕捞了鳗鱼、金色鲤鱼、鳟鱼,还有……"

——"那些鳟鱼,一条有多大?加里古。"

——"一条有这么大,我尊敬的神甫……大得很啰!……"

——"哎哟,天哪,我简直就像是亲眼见到了……你把酒装进瓶子里没有?"

——"是的,尊敬的神甫,我已经把酒装好了……当然啰,您半夜做完弥撒之后刚出来,只喝这点酒是不够的。您会看见在宫堡的餐厅中有好多长颈大肚的酒瓶,里面装着各种颜色的美酒闪闪发光……还有银制餐具、雕花瓷器、鲜花与枝叶状大烛台!……侯爵大人把邻近所有的达官贵人都邀请来了。您至少可以看见有四十位嘉宾,还不包括大法官与公证人……您也在被邀请之列,真够荣幸的,我尊敬的神甫!……只要闻一下这些美味的火鸡,我走到哪里,香菇的气味就跟到哪里……真神啦!……"

——"别说了,别说了,我的孩子。我们要小心别犯贪吃罪,特别是在圣诞之夜……你快把蜡烛点起来,把做弥撒的第一声钟敲响;午夜快到了,我们可不能耽误工夫……"

以上这一场谈话是公元一千六百多年一个圣诞节晚上,在巴拉盖尔长老与小修士之间进行的,长老从前是巴尔拉比特的修道院院长,现在被特兰盖拉吉的爵爷们请来主持当地的小教堂,那个小修士,至少据长老亲眼所见,就是加里古小修士,但也很难说,因为在圣诞之夜,魔鬼常摇身一变,变成教堂杂役人员胖乎乎、圆咕隆咚的样子,好来勾起神甫长老的馋劲,引诱他犯下可怕的贪吃罪。因此,当那位自称加里古的家伙,正抡起双臂在侯爷的教堂里敲响钟声时,神甫在宫堡的小更衣室里,换上了他的祭袍,但他的心绪已被刚才那一番关于盛宴的描绘扰乱了,他一边穿袍戴帽,一边喃喃自语:"烧烤的火鸡……金黄色的鲤鱼,那么肥肥大大的鳟鱼!……"

在宫堡外，晚风吹拂，将悠扬的钟声传向远处，望都山腰亮起了万家灯火，在那山上，耸立着特兰盖拉吉一片古老的塔楼，爵爷们的佃户纷纷扶老携幼全家出动，前来宫堡观瞻午夜弥撒的盛典，他们三五成群，唱着歌爬山越岭而来，当家的手提灯笼，走在前头，妇女们穿着宽大的褐色斗篷，里面紧紧裹着她们的孩子。尽管夜已深，天又冷，这一大群淳朴的乡民仍兴高采烈地往前走，因为他们知道，一做完弥撒，像往年一样，厨房下面会有一顿酒饭等着他们。有时，在崎岖的坡道上，驶过一辆爵爷的马车，前面有仆役开道，他们手持火把，在月光下，照得车上的玻璃闪闪发亮；有时，一头骡子踢踏踢踏地跑过，身上的铃铛响得很欢，在蒙蒙夜雾中，借助提灯的微光，佃农们认出是他们的法官，在他经过时纷纷向他致敬：

——"晚安，晚安，阿尔洛东老爷！"

——"晚安，晚安，我的孩子们！"

夜空爽朗，星星在寒冽之中显得晶莹清亮，北风刺骨，微细的雪霰飘打在身上并未湿了衣服，正像老谚语所说的，圣诞夜，下雪粒。在山坡的最高处，宫堡由于有一大群箭楼与山墙而格外显眼，教堂的钟楼耸入蓝黑的夜空，宫堡所有的窗口里，都有一束束密集的小光点闪烁不定，来回晃动，在建筑物黑沉沉的背景下，就像纸张已经燃烧完后的灰烬上，仍闪耀着一些小火星……通过吊桥与暗道之后，要到教堂去，还得经过第一个大院，这里停满了马车与轿子，随从仆役成堆，被火把与厨房的炉火照得通亮。烤肉铁叉的叮当声、菜锅的爆炒声、水晶杯与银餐具在备席中的碰撞声，响成了一片。在热气腾腾之中，烧烤肉食与烹调菜蔬的美味扑鼻而来，这等于通知所有的人，佃户、教堂管理人员以及法院执吏等，告诉大家：

——"做完弥撒,我们就会享用一顿美餐!"

二

嘚耳叮当,当!……嘚耳叮当,当!……

铃铛一响,午夜弥撒开始了。在这宫堡的教堂里,有一个精致小巧的主教座堂,纵横交错的窗拱与橡木的护壁板,一直伸展到四面墙的顶端,地毯已经铺开,蜡烛全都点燃了。来客嘉宾济济一堂,华服盛装满目皆是!围绕祭坛的一圈雕花单椅上,特兰盖拉吉的大爵爷坐在首席,他身穿橙红色塔夫绸袍子,在他旁边坐着所有应邀前来的高等贵族老爷。对面,在天鹅绒的跪凳上就座的,有身着火红色锦缎袍子、继承了亡夫遗产的老侯爵夫人,有戴着法国宫廷时兴绣花塔形帽的特兰盖拉吉爵爷年轻的夫人。稍后一点,就可以看到身穿黑衣,头戴一大束尖顶假发,面孔刮得干干净净的法官托马斯·阿尔洛东与公证处文书安布洛瓦,他们在一片耀眼的绫罗绸缎、华服盛装之中,就像两个低音符。再往后,是肥肥胖胖的总管们,随员跟班们,牧场马厩的勤杂工们,各司其职的管理员们,还有巴尔比太太,她的腰间有一条精致的银链条,上面挂着一大串钥匙。在教堂尽头,板凳上坐着低级职员、女仆以及带着全家老小的佃户。最后,在紧靠大门处,是一些厨师与跑堂,他们蹑手蹑脚,把门推开半扇,又轻轻关上,利用烹调的空当,进来见识见识午夜弥撒的盛况,同时也就把圣诞晚餐的香味,带进了这个充满了节日气氛、被无数支蜡烛照得暖洋洋的厅堂。

是不是因为看见了那些戴白色帽子的厨师进进出出,主持弥撒的神甫先生就心不在焉了呢？看来还是加里古的敲铃声更使得他分了心，这个小铃铛在祭坛下面发了狂似的响个不停，好像在不断地提醒神甫：

——"我们快些进行，快些进行……快把弥撒做完，好早一点入席用餐。"

因此，这魔鬼的铃铛每响一声，神甫就从弥撒中走一次神，就一心想着午夜的大餐，他想象出厨房里忙成一团，炉灶里红火正旺，蒸汽把锅盖都冲得半开，在一片热腾腾的蒸汽中，可以看见两只肥美的火鸡，因塞满了香菇而格外硕大，皮肉紧绷，表面还呈现出大理石般的纹路……

更叫他心动的是，看见一列仆役端着热气腾腾、令人发馋的盘子，走进已准备开宴的大厅。啊，美味佳肴，真是妙极了！瞧，大张的桌子上琳琅满目，有仍披着羽毛的孔雀，有伸展着金褐色翅膀的野鸡，有一瓶瓶红宝石颜色的美酒，有垒成金字塔形的水果，它们在青枝绿叶衬托下显得特别鲜亮，还有加里古所讲的各种珍奇鱼类（哎！正是那个加里古）！它们平躺在一层茴香上，鳞片闪闪发光，就像刚从水里捞上来的，在它们张大的鼻孔里，还插着一束香草。这些奇妙的幻象栩栩如生，使巴拉盖尔神甫觉得那些菜盘似乎都已摆在自己面前祭坛的那块绣花桌布上。因此，有那么两三次他念的不是弥撒经，而不知不觉念出了就餐前的祷词，除此微不足道的差错外，这个严肃负责的长老行他的法事还是行得蛮认真的。每一行祷词，每一次行礼跪拜，他都没有偷工减料，一切都进行得相当好，总算把第一遍弥撒做完了，不过，在圣诞之夜，一个长老得连续主持三遍弥撒啊。

——"做完一遍啦！"这位教堂主持如释重负地舒了一口气。立刻，一分钟也不耽误，对手下的年轻教士，也许是自以为对年轻教士，做了个再接再厉的手势，于是……

嘚耳叮当，当！……嘚耳叮当，当！

铃铛一响，第二遍弥撒开始了，与此同时，巴拉盖尔神甫也开始邪乎起来了。

——"快点，快点，我们赶紧进行。"他听见加里古那铃铛悄悄而又尖刻的声音，于是这一回，这个可怜的主持人就完全被贪食的魔鬼俘虏了。他念起弥撒经来就像狂奔乱跑，在亢奋食欲的驱使下，他把经文狼吞虎咽下去。他像发狂似的，一躬身，一起立，马马虎虎地画画十字，敷衍了事地做个跪拜姿势，把所有的法事程序都进行得很潦草，就为了早早打发了事。他刚伸手去摸《福音书》，心里就嘀咕悔罪经。在他与年轻的修士之间，就看谁念经念得更快，领唱的与应唱的也在你追我赶，磕磕碰碰。祷词的一个个字发音都不全，嘴全没有张开，为了少费时间，咕噜咕噜念了一通，谁都听不懂。

Oremus...ps...ps...

MeaCulpa...pa...pa...

法事主持者与其助手，两人在拉丁文的弥撒经上狂奔乱跳，就像采葡萄的工人急于收场，不顾一切把葡萄往桶里硬塞，弄得果汁四溅。

——"Dom，Scum！..."巴拉盖尔神甫咕噜咕噜。

——"...Studio..."加里古咕噜咕噜应声附和。该死的小铃一刻不停地在他们耳边作响，就像颈上系着铃铛的驿马以最快的速度奔跑时所弄出来的响声一样。请您想一想，按此种速度进行下去，一遍小弥撒当然就草草收场。

——"做完两遍了！"主持神甫气喘吁吁地说。立即，他也不歇一口气，就涨红着脸，满头大汗，又冲下祭坛，于是……

嘚耳叮当，当！……嘚耳叮当，当！……

铃铛一响，第三遍弥撒开始了。此时，离进大厅就餐，就只有一步之遥了，但是，天哪！午夜大餐愈是临近，可怜的巴拉盖尔神甫愈是按捺不住食欲，馋得快要发疯了。他眼前的幻象愈来愈清晰真切，一条条金黄色的鲤鱼，一只只烧烤的火鸡，全都历历在目……他伸手去抓……他把这些美食……啊，天哪！盘子热气腾腾，各种美酒香味扑鼻。铃铛疯狂地摇个不停，铃声向他直嚷嚷：

——"快点，快点，还得更快一点！……"

但是，怎么做才能更快一点？神甫的嘴唇已经疲乏不堪，吐词不清了……至少他已经在对善良的上帝弄虚作假，把他老人家的弥撒大大地打了折扣……这个可怜的家伙，他竟然敢这么干！……邪乎得愈来愈厉害了，他开始跳过一大段经文，接着又跳过两大段。他嫌"使徒书信"太长，就没有把它念完，到了"福音"那一节，他只蜻蜓点水点了一下，"信经"那一章，他一翻而过，然后，他又跳过了"天主经"，对"序祷"只简单地示了一点意，他就这么连蹦带跳犯下了该死的罪过。加里古那卑劣的家伙始终紧跟着他，乖巧诡谲地与他串通一气，帮他撩起祭披，三页两页地把经文快快翻了过去，把经文架搞得乱七八糟，把洒水壶一个个都撞倒，还不停地摇晃那个小铃铛，愈摇愈猛，愈摇愈快。

您真该见识见识所有在场者脸上那惊慌失措的神情，弥撒的经文叫人一句也听不懂，他们就只好模仿神甫的动作，于是，参差不齐，七零八落，一些人起立，另一些人则下跪，一些人坐下，另一些人则仍然站着，这一遍千奇百怪弥撒中的经文祷词，又使得板凳席上的一大群人丑态百出。圣诞大仙驾云从天空经过，见下方这群芸芸众生一片混乱，犹如一个牲畜棚，即乃大惊失色……

——"神甫搞得太快了……大家都跟不上。"那位孀居的老贵族夫人神经质地摆弄着她的帽子，这样咕噜咕噜说。

阿尔洛东法官鼻子上架着一副金属宽边眼镜，正在祷告书上寻找神甫念到了什么地方。但是，在教堂尽头，那些图实惠的老百姓却同神甫一样，也一心惦记着那顿午夜圣餐，并不对弥撒如此迅速收场有所不满。因此，当巴拉盖尔神甫兴高采烈转过身来，使劲向听众大声宣布："走吧，弥撒圆满结束。"这时，教堂里只听见一个齐声的回答："感谢上帝！"它如此兴奋、如此感人，简直就像大家已经入席就座，开始为圣诞晚餐举杯祝酒。

三

五分钟后，一大群显贵要人在大厅里纷纷入席，主持神甫也跻身于他们之中，整个宫堡从上到下，灯火通明，歌声、欢呼声、笑声、喧闹声、响成一片。这位年高德劭的巴拉盖尔神甫将他的餐叉直插火鸡的翅膀，让美酒与佳肴把他对偷工减料而产生的不安淹没得一干二净。他大吃大喝，毫不节制，唉，这么一个可怜的圣人，竟在这个夜里一下就给胀死了，甚至没有来得及表示忏悔。于是，一清早，他的灵魂来到了天堂，在这里，仍可以听到昨夜欢庆的喧闹声，我且让你们想想，他在天堂该受到什么样的接待。

——"你快从我眼前滚开，基督徒中的败类。"我们的救世主、人世的最高审判官朝他呵斥道，"你昨夜的罪过十分严重，足以把你一辈子的行善积德一笔勾销……哼，你偷掉了我一夜的弥撒……你必须再补做三百遍弥撒来还我，你得在你原来的教堂里，当着昨夜那些因为你的罪过而犯了错误的人的面，做完三百遍弥撒之后，才能进天堂……"

……以上就是在橄榄乡流传的关于巴拉盖尔神甫的故事。而今，特兰盖拉吉宫堡已不复存在，但当年的那个教堂仍挺立在望都山上，掩映在一片绿葱葱的橡树林之中。破损不堪的大门被风扇来扇去，门口长满了荒草，祭坛的各个角落以及有色玻璃早已荡然无存的窗子的洞眼里，都筑起了鸟巢。但是，每年的圣诞之夜，似乎都有一股幽幽的光线在断垣残壁之中晃动，老乡们去做弥撒、去参加午夜圣餐时，还能看到天空里有好多无形的蜡烛把教堂照得通明透亮的奇观幻境，即使在刮风下雪天也是如此。如果你不相信这一传说，蛮可以一笑置之。但是，这乡里有个种植葡萄的人名叫加里古，无疑就是过去那个加里古的后裔，他非常肯定地向我证实，有一个圣诞节的晚上，他有一点儿喝醉了，在特兰盖拉吉一侧的山里迷了路，他亲眼看见了以下的情景：直到夜里十一点钟，什么事都没有发生。周围万籁俱寂，毫无动静，死气沉沉。突然，临近子夜时分，在钟楼上响起了一阵钟声，一阵分外古老的钟声，它像是在十里之外响起。不一会儿，在上坡的路上，这个加里古看见有火光闪动，还有一些模糊不清的人影晃来晃去，教堂的门廊下，有人在走动，他们低声悄语，互致问候：

——"晚安，阿尔洛东老爷！"

——"晚安，晚安，我的孩子们……"

那些人都进了教堂之后，我的这位葡萄种植者胆大包天，悄悄地走过去，通过破门的隙缝向里面窥视，看到了一场奇特的景观。但见那些人围着祭坛，坐在殿中的瓦砾堆上，就像当年那些坐椅板凳依然存在。其中有一些身穿绫罗绸缎、头戴花边小帽的漂亮妇女，一些从头到脚装束华丽的贵族老爷，还有一些乡下老百姓，他们就如同我们的祖辈那样，穿着花里胡哨的礼服。整个气氛老套陈腐，晦暗凋萎，尘埃迷蒙，没有一点生气。有时，常年栖居在教堂里的蝙蝠，被烛光惊醒，飞起来在蜡烛四周盘旋，蜡烛的光焰燃得笔直，但又朦朦胧胧，就像隔着一层薄纱似的，特别使加里古看着有趣的是，有一位先生戴着金属宽边眼镜，在不停地摆弄着头上的黑色假发，那上面正牢牢地站着一只蝙蝠在静静地拍动着翅膀……

在教堂的尽头，有一个身材矮小如儿童的老头子，跪在祭坛的中央，使劲地在摇铃。这铃，既无铃铛也不发出声响，与此同时，一个身穿老式金线衣袍的神甫，在祭坛前走来走去，口中念念有词，进行祈祷，但一个字也听不见……毫无疑问，他就是巴拉盖尔神甫，他正在补做第三遍小弥撒。

橘子
——即兴之作

在巴黎，橘子满脸愁容，就像是从树上洒落而下、堆积在地、一文不值的果子。当它上市的时候，正当寒冷多雨的隆冬季节，它们的皮质鲜亮，芳香四溢，在此品味淡雅的城区，颇有落落寡合之态，略似流浪汉漂泊者。每当华灯初上，雾气迷蒙，橘子堆在小小的流动车上，凄凄惨惨布满了人行大道，依稀隐约在红纸灯笼暗淡光线的映照之下。小车辚辚，大车隆隆，一片喧嚣声中，伴随着橘子的是一声声单调而尖细的叫卖：

——"瓦朗斯蜜橘，两个苏一个！"

这种圆圆的普通水果，从外地采集而来，还残留着绿绿的果柄，但有四分之三的巴黎人都以为是从制糖厂或糖果店出品的。之所以有此印象，是因为它都用像丝绸一样的纸包裹着，而上市之后又正赶上一连串的节日。特别是临近岁末年初，成千上万的橘子遍撒街头，橘皮乱扔在阴沟的污泥里，使人觉得似乎有一株巨大无比的圣诞树，正在巴黎上空晃动着它的枝条，把上面无数人工仿造的橘子震落而下。巴黎之大，竟无处不见此果。在商店的玻璃橱窗里，是经过挑选与精心包装的橘子；在监狱与收容所的大门口，是放在饼干袋里的，或者是与苹果堆在一起的；在假日跳舞所与剧场的入口处，它当然也不少见。它那独特的清香，与煤气灯的瓦斯气、蹩脚的小提琴声以及剧院楼座上飞扬的尘土，混杂在一起。人们总是忘了橘子是从橘树上长出来的，因为，当橘子整箱整箱地从南方运到巴黎时，橘树已经过剪枝、修饰，改头换面，从它过冬的温室里移植出来，在果园的露天下只过那么一个短暂的时期。

为了更好地了解橘子，应该到产它的老家去看看，到巴莱阿尔群岛，到撒丁岛，到科西嘉岛，到阿尔及利亚，到天空湛蓝、气候温和的地中海地区去看看。我回想起，在靠近布利达港的地方，见过一片小小的橘树林，那景致真是奇美无比！浓绿的叶丛，光泽油亮，像上了一层清釉，累累的果实，呈出有色玻璃似的光辉，其耀眼的光轮给四周的氛围赋予了金黄的色彩，并烘托出橘花的鲜丽夺目。从枝叶的空隙处，可以望见远处小城的雉堞、清真寺的尖塔、回教隐士墓的圆顶；再远一些，在天边，则是高大的阿特拉斯山脉，它的山麓一片葱绿，山顶覆盖着白雪，好像披了一层白色的羊皮，其势如白浪起伏，构成絮片从天而降的朦胧景观。

在我小住布利达期间，有一天夜晚，不知道是什么三十年未遇的反常气候在作怪，一股霜冻寒流突袭了这个沉睡的城市，一觉醒来，它银装素裹，整个变了样。在阿尔及利亚如此清纯的天空里，雪花就像是飘落的珍珠粉末，反射出一种白孔雀羽毛般的光泽。更美的是橘树林。坚实的叶片承托着未融化的冰雪，像是墨绿色的漆盘里端端正正盛着果汁冰糕。蒙着白霜的果实，带有一种柔和的光辉，似乎是一层白色透明的纱布下隐隐约约透露出金黄色的光芒。此情此景，使人觉得是在教堂里过节，绣边的法衣下露出红色的道袍，金色的祭坛上铺盖着镂花的针织品……

不过，我对橘子最美好的回忆，还是来自巴尔比加里亚，那是在阿雅西奥附近的一个公园，大热天我常去那里睡午觉。那儿的橘树比布利达的长得更高、更繁茂，枝条一直低垂到路面。这条路与公园仅隔一道绿篱与一条小沟。而在小沟的外边，就是海，蓝色的大海……在这个公园里，我度过了多少美好的时光啊！在我头顶上，那些正在开花结果的橘树发散出浓郁的香气。时不时，有个把熟透的橘子，由于暑热而分量有增，从树上闷声落地，正巧在我的身旁，只要一伸手，我就可以拾到。这种果子光润似玉，黄亮如金，内瓣则绯红鲜艳。橘树固然美不待言，远处的景观亦极为赏心悦目！从叶丛望过去，大海铺展，一片片碧蓝，波光耀眼，如同无数块玻璃碎片在薄雾中闪闪发亮。有时，波涛翻滚，在辽阔的空间发出轰响，有时碧波荡漾，似乎你是在一只无形的小船里摇晃，热风熏熏，橘香阵阵……啊，躺在巴尔比加里亚公园里睡午觉，何其美哉！

但是，有几次，我午睡正酣的时候，一阵阵鼓声突然把我惊醒。那是些穷苦的鼓手到下边的路上来做练习。从绿篱的空隙望去，可以看见镶在鼓上的铜皮与罩在红色长裤上的白色围裙。为了稍稍避开那强烈刺眼的日光与大路上沸沸扬扬的尘土，这些穷小子才可怜兮兮地来到公园边上，躲在低矮绿篱的阴凉处。他们不停地敲鼓！热得满头是汗！我竭力从困劲儿中挣扎出来，就近抓起几个金黄色的橘子，闹着玩地朝他们扔去。初击的鼓手立即停敲，他迟疑了一下，朝四周望望，想搞清楚这么好的橘子是从哪里扔过来朝小沟里滚过去的。说时迟，那时快，他迅速把它抓在手里，连皮也不剥就大口大口地吃了起来。

我还回想起，在巴尔比加里亚公园的旁边，仅隔一堵矮小的墙，有一个相当奇特的小花园，从我躺着的地方可以俯视它的全景。这是格局老式的土园子，小径上铺着黄沙，两旁种着绿油油的黄杨，小园子的进口有两株柏树，所有这一切，使它看起来像马赛地区的一个农舍。园子里，没有一丝阴凉，在尽头，是一幢用白色石料砌成的小屋，小屋的齐地面处，露出了地窖的采光孔。起初，我以为那是乡下人的住宅，但经仔细观察，看见那上面竖着一个十字架，有块石头上还刻着碑文，只不过从远处辨识不出碑文写的是什么，我这才搞清那小屋原来是科西嘉人的祖茔。在阿雅西奥的附近，四处都有这种纪念死者的小型祭屋，建筑在各家的私人花园里，每当星期天，全家的人都来这里悼念死者。这样，死者就不会像躺在公共墓地的乱岗荒冢中那么凄凉，只偶尔有二三知己的脚步来打破墓地的寂寥。

从我待着的地方，我还可以看见一个慈祥的老人在小径上不声不响地忙来忙去。整天，他不断修剪树枝，锄地，浇水，小心翼翼地摘掉已经凋谢的花朵；而后，夕阳西下时，他就走进那间长眠着他家人的小祭屋，把锄头、耙子与大喷水壶收藏好，他像墓地园丁那样从容而静悄悄地在进行劳作。这善良的老头儿对什么都不在意，他专心致志地做着这一切，不声不响，每次开关墓园的门，也毫无声息，似乎生怕惊醒了什么人。在这一片阳光灿烂的静穆之中，花园里的万籁之声不曾惊动过一只小鸟，而长眠在这里的人也不会感到半点悲寂。不过相形之下，大海显得更浩瀚无垠，天空显得更高远辽阔，在纷纷攘攘的大自然中，不堪承受尘世生活的重负，老躺在这块地方睡午觉，倒使人颇有一种安宁永息之感……

两家旅店

七月的一个下午,我刚从尼姆回来。天气热得令人难以忍受。在一片橄榄林与一大片小橡树之间,一条白晃晃、滚烫灼热的大路,在银灰色烈日的逼射下,尘土飞扬,伸向远方,一望无际。没有一点阴凉,没有一丝风。只有热浪滚滚而来,伴随着尖锐刺耳的蝉鸣,在这令人透不过气来的时刻,这狂躁、震耳欲聋的蝉声,似乎是烈日强光广阔无际的回响……我在荒野的路上走了两个钟头,突然,在大路尘土飞扬的前方,出现了一排白色的房屋。这便是人们所说的圣——万桑驿站:那里有五六户人家,一幢红色屋顶的粮仓,在一丛枯萎的无花果树之中有一个干涸的水池。这块地方的尽头,是两家相当大的旅店,它们各占大路的一边,劈面相对。

这两家旅店相邻,形成了强烈的对照。这边,是一幢高大的新房子,充满了活力,生意兴旺,所有的门都大大敞开,门前停着驿车,卸了套的马匹仍在气喘吁吁,从车里下来的旅客,急忙走到墙角阴凉处去喝饮料;院子里挤满了骡子与车辆,车夫们躺在草棚下,企望着得到点凉快。旅店里,叫喊声、咒骂声、拳头敲击桌子声、酒杯碰撞声、台球滚动声、开汽水瓶塞声，响成一片，而在这一片喧嚣声之上，却是一个占压倒优势的歌声，它欢快而嘹亮，使玻璃窗也发生共振：

美丽的玛尔戈东，
一清早就起了床，
提起她银制的水壶，
来到了泉水旁……

对面的那一家旅店则相反，寂静无声，好像已被荒弃。大门口长着青草，百叶窗都已破损，一枝枯黄的枸骨叶冬青悬在门上，像一串陈旧的羽毛。门前的台阶已被路上的石子填平……这家店子如此残败破旧，可怜兮兮，谁要是进去喝上一杯，那可真是对它大发慈悲了。

我一跨进这家旅店，就看见长长的大厅空空荡荡，死气沉沉，阳光从三个没有帘子的窗口照射进来，使得大厅更显空寂荒凉，几张缺腿少脚的桌子上，摆着一些蒙着灰尘的酒杯，一张发黄的沙发，一个破旧的柜台，昏睡在沉闷恶浊的热气之中。嘿，苍蝇啊，苍蝇啊！我从没有见过这么多苍蝇：天花板上，玻璃窗上，酒杯上，全是成群结队的苍蝇……当我打开门走进去的时候，就响起了一阵嗡嗡声与一阵翅膀振动声，仿佛我闯进了一个蜂巢。

厅堂的深处，在一个十字形窗口前，站着一个女人，正专心一意地盯着窗外，我叫了她两次：

——"喂！老板娘！"

她慢吞吞地转过身来，于是，我就看见了她那张乡村女人可怜的面孔，满布皱纹，皮肤干裂，呈赭土色，像我们家乡的老妇一样，帽子四周垂着带花边的红棕色饰带。不过，这个女人并不老，而是因为经常流泪伤心以致未老先衰了。

——"您要什么？"她擦干眼泪，问我。

——"我想坐一会儿，喝点东西……"

她诧异地瞧着我，站在那里没有挪动，似乎没有听懂我的意思。

——"难道这里不是一家旅店？"

那女人叹了一口气：

——"是……是倒是一家旅店，如果您愿意这么说的话……但您为什么不像其他旅客那样，到对面那一家去呢？在那里会更见快活……"

——"我觉得那边快活得过分了……我宁愿在您这边待一会儿。"

不等她作答，我就在一张桌子前坐下。

当她确信我是在认真地这么说时，才开始忙着张罗起来，打开抽屉，取出酒瓶，擦拭杯子，赶走苍蝇……她把侍候这个客人当作了一件天大的事。有时，这个可怜的女人突然停下来，抬起头好像在想有什么地方招待不周。

接着，她走进内堂，我听见她用特大的钥匙去开锁，在面包箱里找东西，用嘴吹拂，掸去尘土，清洗盘碟，不时，发出一声长叹，传来一阵抽泣哽咽……

经过足足一刻钟的收拾料理，我面前总算有了一碟葡萄干、一块硬得像砂岩的波凯尔面包与一瓶带酸味的劣等酒。

——"请您用餐。"这个怪里怪气的女人说，说完就很快地转过身去，又站在窗前的老地方。

我喝酒时，试图挑引她说点什么：
——"您这里总没有客人，是吗？可怜的老板娘。"
——"哦，不是的，先生，并不是从来没有客人……从前这块地方只有我们这一家旅店时，情况可不像现在这样：我们的店就是驿站，在打海番鸭的季节，猎人们都到我们这里用餐，一年到头，门前都是车水马龙……但自从邻近又开了一家店以后，我们这一家就全完了……大家都喜欢上对面的那家去。在我们店里，他们觉得太沉闷了……实际上，我们的店的确不招人喜爱，我长得不漂亮，经常病病恹恹，我两个女儿又都死了……而对面那家完全相反，整天欢声笑语。经营旅店的是一个阿莱城的女人，她长得漂亮，衣裙上镶有花边，脖子上戴着三圈金项链。赶车夫是她的情人，总是把驿车赶到她那边去，此外，还有一批招蜂引蝶的女招待……因此，顾客全到她那边去了，她接待所有来自贝祖斯、雷德桑、容基叶尔这些地区的青年人。其他好些车夫，也特别绕路到她店里去歇脚……而我，整天待在这边，没有一个客人来光顾。"

她用一种心不在焉、无动于衷的语气，诉说着这一切，额头一直贴靠在玻璃窗上，显而易见，对面的那家旅店里有点什么叫她特别揪心……

突然，大路的那边，一阵喧哗骚动，有辆驿车驶出客栈而去，路上扬起一片尘土。在那边的旅店里，可以听见马鞭甩打声、车夫喧嚷声、女招待站在门口嚷嚷"再见再见"声，而在这一片闹声之上，刚才那嘹亮的歌声唱得更为高亢了：

提起她银制的水壶，

来到了泉水旁,

只见过来三个骑士,

个个是全副武装……

……一听见这歌声,旅店老板娘整个身子都颤抖起来,她转过脸来低声对我说:

——"您听见了吗?这是我丈夫在唱……他不是唱得很棒吗?"

我惊呆了,瞧着她。

——"怎么啦?是您的丈夫!……他怎么也跑到那边去了?"

她这才显得有些伤心,但却非常温存地说:

——"您有什么办法呢?先生,世上的男人都是如此,他们都不喜欢看见别人哭哭啼啼。而我,自从两个女儿死了以后,我就经常哭泣……接着,我们这店又没人光顾……于是就落到今天这种凄凄惨惨的地步……因此,他特别烦闷的时候,我可怜的约瑟就跑到对面去喝酒,他生来有一副好嗓子,阿莱城的女人就支使他唱歌。别作声……他又开始唱了。"

她全身发抖,双手伸向前方,流下大颗大颗的眼泪,这使得她更加丑陋难看,她精神恍惚,站在窗前,听着她的约瑟在为阿莱城的女人唱歌:

第一个骑士对她讲:

"漂亮的小妞,早安!"

到米利亚纳去
——旅行随笔

这一次,我带您到阿尔及利亚一个风光秀美的小城去游览一天,它距离我的磨坊大约有两三百里……这样,我们就可以变换一下充满了鼓声与蝉鸣的环境……

……快要下雨了,天空阴暗,扎卡山的群峰被浓雾裹着。这是一个令人神思黯然的星期天。……在我下榻的旅店小房间里,窗子朝向阿拉伯的城墙敞开着,我不断地点燃一支又一支香烟,试图让自己散散心……旅店的书刊室任我浏览,在一部记述繁详的历史书与几本保罗·德·科克的小说之间,我发现了一卷不齐全的《蒙田随笔集》……随手把它翻开,重读了他议论拉·波埃第之死的那篇令人赞叹的书简……此时的我,比过去任何时候都充满幻想,都更为忧郁……零星的雨点已经落下,每一滴雨落在窗台上时,就在去年多次雨之后积存在那里的尘埃之中,汇聚成了大颗的水珠……书从我手里滑落下来,我好久好久地凝视着这令人伤感的雨珠……

市镇所的大钟敲响了两点,从窗口,可以看到一个古代回教隐士墓外延绵的白色围墙……隐士墓中可怜的亡魂！有谁会告诉他呢，三十年前某一天，在陵园的中心，建起了市镇的大钟，而且每个星期天，大钟一敲响两点，就是在宣告基督教的晚祷开始了……当！当！那边的钟声响了……这钟声悠悠扬扬，至今犹如响在耳畔……这房间确实叫人愁闷，早晨的大蜘蛛在房间的每个角落都布下它们的罗网，就像哲学思维那样绵延铺展，无孔不入……我们还是赶快到外面去吧！

我来到了广场，第三团队刚刚集合起来，不顾毛毛细雨，正在奏乐。军区官邸的一个窗口，出现了一位将军，由一些姑娘簇拥着；广场上，县长挽着调解法官的手在四处转悠。六个身子半光着的阿拉伯小孩在一个角落里玩弹子，大喊大叫。在另一边，有个衣服褴褛的犹太老人在寻找一片阳光，昨天他离开的时候，阳光还照射在那里，怎么今天就不见了呢？真叫他纳闷……"一，二，三，奏乐！"乐队奏起了一支达来克西的玛祖卡曲。去年冬天，有一批巴尔巴利的管风琴手在我窗下演奏的就是这支曲子……过去，我听到这支曲子就讨厌，而今，它却使我怆然而泪下。

啊，第三团队的这些乐手们是多么幸福！眼睛盯着十六分音符，陶醉在旋律与嘈杂声之中，他们全神贯注，踩着节拍，<u>丝丝入扣</u>。他们的心灵，他们每一个人的心灵，都扑在一张巴掌大的乐谱上，这乐谱夹在乐器末端的两颗铜齿之间而不停地颤动着。"一，二，三，奏乐！"对这些敬业的人来说，这就是他们全部的生活，他们演奏民族歌曲的时候，从不犯乡思离愁……唉，可惜我不是他们乐队中人，这乐曲使我难过，于是，我就离开了广场……

但我到什么地方去消磨这个星期天愁闷的下午呢？西多玛尔的咖啡店正在营业……于是，我就走进了西多玛尔的店子。

西多玛尔虽然开了一家店铺，但他根本不是个生意人。他在血统上是个真正的亲王，是从前阿尔及利亚的统治者的儿子，他的父亲是被土耳其近卫军的士兵绞死的……父亲死后，西多玛尔随着他敬爱的母亲来到米利亚纳，在这里生活了好几年，就像一个乐天知命的王侯，置身于猎狗、鹰隼、骏马与美女之中，在凉爽宜人、橘树成荫、喷泉水涌的美丽宫殿里自得其乐。后来，法国殖民者来了。开始的时候，西多玛尔与我们法国人为敌，而跟阿伯德·埃尔·卡德尔结盟，继而又与阿拉伯的酋长闹翻了，归顺法国。酋长为了报复泄恨，趁西多玛尔不在的时候，冲进米利亚纳，洗劫了他的宫殿，铲毁掉他的橘树，抢走了他的马匹和女人，用一口大箱子的顶盖压断了他母亲的脖子……西多玛尔愤恨到了极点，他立即开始为法国效力，在我们反对阿拉伯酋长的战争中，再没有比他更英勇善战、凶猛凌厉的战士了。战争结束后，西多玛尔又回到了米利亚纳，但是，时至今日，只要有人在他面前提起阿伯德·埃尔·卡德尔酋长，他就会脸色煞白，两眼燃起怒火。

西多玛尔今年六十岁了，虽然上了年纪，脸上还有小麻子，他的容貌仍然漂亮：修长的睫毛，柔和的目光，动人的微笑，真个是一派王侯气质。战祸使他破了产，原先偌大一笔财富如今只剩下谢里夫平原上的一个农场与米利亚纳的一栋房子，在这栋房子里，他精打细算地过日子，看着自己的三个儿子长大成人，当地的头头脑脑对他都十分敬重。每当发生纠纷诉讼之类的事，人们都乐意找他来当裁判，而他的评议往往能起到法律的作用。他很少出门，人们每天下午都可以在他家隔壁的店子里找到他。室内的陈设很简朴：白色的墙壁刷了石灰，一张木制的环形长凳，几个坐垫，几支旱烟枪，两个西班牙式的火盆……这就是西多玛尔开庭并进行判决的地方。他就是个开店子的所罗门国王。

这天是星期日，列席的人很多。约有十二个头目披着袍子蹲在所堂的四周，他们每个人身旁都有一根旱烟枪与一个金银丝精制的小杯，里面盛着咖啡。我走了进去，没有一个人动一下……西多玛尔在他的座位上以亲切的微笑向我表示欢迎，摆了摆手邀请我坐在他身边一个黄色绸缎的坐垫上，然后竖起一根指头放在嘴唇上，示意我安静旁听。

案情是这样的：贝里米米人的头目与米利亚纳的一个犹太人因为一小块土地发生争执，双方都同意把争议提交西多玛尔，由他来裁决。约会定在今天，证人也都邀请了。但是事到临头，我的那位犹太人突然变了卦，他单独一人前来而没有带证人，并且声称，比起西多玛尔，他更信赖法国籍的调解法官……我进来的时候，事情正发展到这一步。

那犹太人是个老头儿，有土灰色的胡子，穿栗色上装、蓝色袜子，戴一顶绒帽。他鼻孔朝天，转动着哀求的眼珠，亲吻着西多玛尔的鞋子，低着头，双膝跪下，两手合掌……我听不懂阿拉伯语，但从他的手势，从他不断重复的"调解化观""调解化观"这个词来猜测，他是在发表这么一番乖巧动听的辞令：

——"我们绝不是不信赖西多玛尔，西多玛尔通情达理，主持公道，那是没说的……不过，我们眼前的这件事，还是由调解法官来处理更好。"

在场的人甚为愤怒，但都不动声色，就像阿拉伯人惯常的那样……西多玛尔端坐在椅垫上，眼睛湿润，嘴上叼着琥珀口哨，他像是个面带嘲讽意味的神，微笑着倾听对方的陈述。正当犹太老头儿讲得起劲的时候,突然,一阵粗暴的咒骂声打断了他,说时迟,那时快,一个西班牙移民从座位上走出来,逼近犹太人伊斯卡里阿特,劈头就是一顿痛骂,这人是诉讼方的一个证人,他骂起来什么难听的话都有,各种语言夹杂着出口,其中有的法语脏话实在太不堪入耳,我在这里就不重复了……西多玛尔的少爷听得懂法语,在自己父亲面前听到此种脏话,不禁面红耳赤,赶快回避,走出了所堂——请注意,这就是阿拉伯教育所培养出来的品行——列席者仍然不动声色,西多玛尔则老是面带微笑。那犹太人站起来,倒退着向门外走去,被吓得浑身发抖,但更加不停地念叨着"调解化观""调解化观"。他走出了门外,那西班牙人怒气冲冲紧追其后,在街上一把揪住他——劈啪就是两记耳光,连扇了两次……犹太人跌跪在地上,两臂交叉成十字……西班牙人有点不好意思,又回到了店子里……他一走开,那犹太人站起身来,用阴沉的眼光环视周围杂七杂八的人群,人群里有各种肤色——马耳他人、马翁人、黑人、阿拉伯人,他们在仇视犹太人这一点上是完全一致的,都乐于看见一个犹太人挨打受气,这老头儿犹疑了一下,就抓住一个阿拉伯人袍子的下摆,说:

——"这事你看见了,阿希麦,你亲眼看见了,你在场,你看见那基督徒打了我……你会替我作证……嗯……嗯……你会替我作证。"

那阿拉伯人扯开他的下摆,把犹太人推开……他什么也不知道,他什么都没有看见:刚才他正好把头转过去了……

——"可是你,卡达尔,你是看见了的……你看见了那个基督徒打了我……"可怜的伊斯卡里阿特老头朝一个大个子黑人哀号,那人正在剥一个仙人掌的果实。

黑人轻蔑地吐了一口痰,便扬长而去;另一位小个子马耳他人，他一双贼黑的眼睛在帽子下闪出恶狠狠的神色，他什么都没有看见……他也是什么都没有看见；还有一个脸色发红的马翁妇女，头上顶着一篮石榴，她笑了笑回避开，她什么都没有看见……

犹太老头白白地哀号，祈求，呼吁支援……但没有证人！谁都没有看见……幸好，这时有两个跟他同教的人从街上经过，他们低着头，贴着墙根走，犹太老头儿一发现他们，就嚷道：

——"快，快，我的好兄弟，快去报案！快去找调解法官！你们两位都看见了，其他各位也都看见了……你们大家都看见了那汉子刚才打了老人！"

即使他们都看见了，也不会有人出来作证的！……我对此确信不疑。

在西多玛尔的店子里，一片欢天喜地……咖啡店老板斟满一杯杯咖啡，点燃一支支早烟枪。大家议论纷纷，开怀大笑。看见一个犹太人挨揍，真是一件开心的事！……在人声嘈杂、烟雾腾腾之中，我轻轻地向门口走去。我想到以色列人那边去走动走动，以便了解伊斯卡里阿特老头的教友同胞准备怎样来支援他们的兄弟……

——"今晚请来舍下吃饭，先生。"和善的西多玛尔朝我叫喊……

我表示接受邀请，并且致谢。于是，我走出了店子。

在犹太人街区，所有的人都站着，刚才发生的那件事已引起了一片哗然。没有人待在店铺里，刺绣工、成衣匠、马具商，等等。所有的以色列人都来到街上，男人们——戴绒帽的、穿蓝色羊毛袜的——三五成群，指手画脚，吵吵嚷嚷……女人们面色苍白，虚胖浮肿，身材僵硬得像木偶，裹在带金色胸围的长袍里，脸上则围着黑色的头带,她们从这一堆人窜到那一堆,不断发出刺耳的叫声……我刚走近,人群中发生了一大阵骚动,人们你推我拥,挤成一团……由于得到了证人的支持,伊斯卡里阿特老头儿成了英雄,他在两列头戴鸭舌帽的人行之间通过,周围报以阵雨般的掌声:

——"你要报仇,兄弟,咱们要报仇,为犹太人报仇。你什么都不用害怕,你完全占理合法。"一个矮得出奇、身上发散树脂气与陈旧皮革气的人,带着一副可怜相走近我,重重地叹了一口气,对我说:

——"你瞧!犹太人多可怜,别人是怎么欺侮我们的!这是一个老人呀!请你看看吧,他们差一点就把他杀了。"

的确,伊斯卡里阿特那样子,已经不像活人,而像死人了,他从我面前走过,两眼晦暗无光,脸色苍白难看。他不是在走,而像是在爬行……只有一笔巨额的赔款才能医治好他的创伤。因此,他的同教兄弟不是领他去看医生,而是领他到代诉人那里去。

在阿尔及利亚有很多很多代诉人,几乎多如蝗虫。看来,这是一个好行当。不管怎样,它有这么一个优越性,那就是进入这个行当毫不费劲,不需考试,不需交保证金,不需通过培训。如同在巴黎我们都可以当作家一样,在阿尔及利亚谁都可以当代诉人。要干这个行当,只需懂一点法语、西班牙语、阿拉伯语,随身带一本法律手册,当然,最为重要的是要掌握这个行当的特性。

代诉人的职能是变化多端的:有时是律师,有时是诉讼代理人,有时是掮客,有时是鉴定人,有时是译员,有时是簿记员,有时是经纪人,有时是书信代笔者。这是殖民地的雅克师傅,只不过，阿巴贡跟前只有一个雅克，而在殖民地，雅克却到处都有，多如牛毛。单是在米利亚纳，这样的雅克就可以数出一打。通常，为了省掉事务所办公室的开支，干这个行当的先生们总是在广场旁的咖啡馆里约见委托人，一边喝苦艾酒与掺酒咖啡，一边向自己的委托人提供咨询——天知道能提供什么咨询。

在两位证人的陪同下，这位可敬的伊斯卡里阿特老头儿朝广场边上的一家咖啡馆走去。我们就不必跟着他们进去了吧。

出了犹太街区，我从阿拉伯事务所的门前走过，从外面看去，它有石板屋顶，上面还飘扬着法国国旗，人们很可能以为它是村公所。我认识那里面的译员，何不进去跟他抽抽烟。一支又一支烟这么抽下去，我就可以消磨掉这个阴沉沉的星期天了！

事务所前面的院子里，挤满了衣衫褴褛的阿拉伯人。大约有五十来个人在等着接见，他们裹着长袍，沿着墙根蹲在地上。这个贝督因人的候见室虽然是露天的，但散发出一股强烈的人体肌肤的气味。咱们赶紧走过去吧……在办公室里，我发现译员正在与两个高个子打交道，那两人赤身露体，披着脏兮兮的长袍，正愤愤然地指手画脚，在讲述一桩我闹不清楚的念珠被窃案。我坐在一个角落的一张编席上，从旁观察打量……真是一身漂亮的服装！译员制服，它穿在米利亚纳这位译员身上是多么相称啊！人与服装两者相得益彰，完美无缺，衣服是天蓝色的，带有黑色的肋形胸饰与闪闪发光的金色纽扣。那译员有一头金黄色的鬈发，肤色红润，他像是一个充满幽默感与情趣的蓝衣轻骑兵；他有点饶舌，要知道，他会讲好多种语言呀！——他还有点像怀疑论者，要知道他曾在东方学院结识过勒南呀！——他又是体育运动的热烈爱好者，特别喜爱阿拉伯的野营活动，就像喜爱参加县长夫人的晚会一样，玛祖卡舞他跳得比谁都好，调制北非食品古斯古斯的本事没有人能超过他。总而言之一句话，他是个巴黎人。如果您听见说，太太们都追求他，那大可不必感到惊奇。在讲究衣着、追求时髦上，他只有一个敌手，那就是阿拉伯事务所的一个低级士官，此人身穿细呢面料的制服，腿戴钉着螺钿纽扣的护套，使得所有驻防所的人员望尘莫及、心生妒羡。他是被遣到阿拉伯事务所来的，免服任何劳役，他经常在街上转悠，戴着白手套，一头刚加工过的鬈发，臂下挟着一个大记事本。大家都赞赏他，也都害怕他。他就是当地的权威。

显而易见，这桩念珠失窃案要谈个没完没了。晚安！恕我不等到它的结尾了。

我走到候见室，发现那里一片乱哄哄。一大群人挤在一个高个子土著人的周围，那人面色苍白，一副自以为了不起的样子，披着一件黑袍。八天前，他在扎卡尔与一只豹子搏斗了一场，豹子被他打死，但他的一只胳臂被咬掉了一半。每天早晨和晚上，他都要来阿拉伯事务所敷药，而每一次，人们都会在院子里截住他，听他讲述打豹子的经历。他慢慢地讲着，用他那悦耳的喉音，有时，他还敞开袍子，露出吊在胸前、用血迹斑斑的衬衣包着的左臂给大家看。

我刚走到街上，一阵急风骤雨来势凶猛，大雨、雷鸣、闪电、狂风……快快！找个地方躲躲。碰巧有个门洞，我一走进去，就落在一群吉卜赛小孩之中。他们挤在一个摩尔式庭院的一排拱门之下。这庭院属于米利亚纳的清真寺，这里平时是赤贫的伊斯兰教徒的栖身处，被人称为"穷人的院子"。

几条身躯高大而瘦骨嶙峋、长满了虱子的猎狗，恶狠狠地在我身边转悠，我背靠在长廊的一根石柱上，竭力装出若无其事的样子，没有跟人搭话，凝视着雨点洒溅在院子的彩色石板上。那些吉卜赛人成堆地躺在地上。靠近我的地方，有一个相当漂亮的年轻女子，脖颈与两腿都裸露着，手腕与脚踝上都戴着大铁镯，她在唱一支稀奇古怪的歌子，忧郁而带有鼻音。一边唱，一边给一个光着身子、皮肤呈红铜色的婴儿喂奶，还用闲着的那只手在石臼中捣大麦粒。雨点随着狂风的吹拂，时而洒湿了她的两腿与婴儿的身体。这吉卜赛女人却毫不在意，仍然在阵阵狂风下继续唱着，一手喂奶，一手捣麦。

暴风骤雨逐渐减弱了，我趁着间隙的晴朗，赶紧离开了这奇特的院落，到西多玛尔家去吃饭。这正是晚餐时分……在通过那个大广场时，我又遇见了那位犹太老头，他的代诉人搀扶着他，他的两个证人则兴高采烈跟随其后，一群犹太小鬼欢蹦乱跳地簇拥着他们，这批人个个喜形于色，容光焕发。代诉人承办了这个案子，他要向法院提出对方赔偿两千法郎的要求。

在西多玛尔家，晚餐丰盛奢华。——餐所面向一个优雅的摩尔式的院子，那里有两三道喷泉在歌唱……这是一顿特别美味可口的土耳其式的晚餐，是向布里斯男爵推荐的餐式。在那些盘美味佳肴中，我特别注意一盘果料烧鸡、一盘香草拌麦粉团、一盘甲鱼炖肉——虽然不好消化，但味道好极了——还有蜜汁干点，它被称为"伊斯兰法官酥点"。……至于酒嘛，只有香槟。虽然伊斯兰教的法规禁止饮酒，但西多玛尔时而还要小酌小饮——他饮酒的时候，仆役们转过身去装没看见就行了……用完晚餐，我们进入东道主的房间，在那里，仆役又送来果酱、烟枪与咖啡……室内的陈设都甚为简朴：有一张沙发与几个坐席；房间的尽头，有一张高高大大的床，床上随意放着几个绣着金边的红色小靠垫……墙上挂着一幅土耳其的旧画，画的是哈马提海军上将的战绩。从这幅画来看，土耳其的画家在画布上似乎只用一种单色：此画就是只用绿色。大海、天空、舰船以及哈马提海军上将本人，全都是绿色，而且绿得出奇！……

阿拉伯的习俗是，做客者要知趣得体、及时告辞。喝了咖啡，抽完烟，我祝主人晚安，就告别了他和他的妻妾。

我到哪里去消磨这个夜晚呢？回去上床就寝为时过早，土耳其骑兵归营的号角声尚未吹响。而且，西多玛尔床上那些绣了金边的垫褥，正在我脑海里翩翩起舞，我又怎能心静入眠呢？……我一下走到了剧院前面，那就进去玩一会儿吧。

米利亚纳的剧院原来是一个饲料堆栈，凑凑合合改建成为演出场所，没有漂亮的分枝吊灯，权且用大盏大盏的油灯充数，幕间休息时，就往油灯里灌油。剧场里的观众都得站着，乐池里的乐队则可坐在板凳上。回廊上的观众倒能洋洋自得，因为他们可以坐在草垫上……在戏所的周围，有条长长的通道，阴暗，没有铺地板……在那通道上，就像到了街道上一样，街道上乌七八糟的东西，这里什么都不缺……我到剧院的时候，戏已经开演了。使我大感惊奇的是，男演员个个表现不俗，他们演得生气勃勃，栩栩如生……这些演员几乎都是来自第三团队的业余戏剧爱好者，这个团队以他们为骄傲，每天晚上都要来为他们捧场喝彩。

至于那些女演员，天哪！……她们都是外省小剧院舞台上常见的那一流货色，矫揉造作，夸张炫耀，虚伪失真……但在这些女演员中，有两个颇引起我的兴趣，那是米利亚纳的两个犹太少女，年纪很轻，都是初次登台……她们的父母都在剧场里观看演出，显然都兴高采烈，得意扬扬。他们深信，自己的女儿在这个行当即将挣到成千上万的银币。拥有万贯家财的以色列喜剧女演员拉舍尔的传奇故事，早就在东方地区的犹太人中传开了。

舞台上，再没有比那两个犹太女孩表演得更富有喜剧性与感染力的了……演出结束，她们怯生生地站在舞台的一角，满脸脂粉，袒胸露臂，直挺挺地站在那里，她们感到冷，感到羞怯。她们含糊不清地说了几句谢幕的话，自己也不知所云，她们说的时候，睁着希伯来式的大眼睛，瞧着剧场里的观众，充满了惊惶失措的神情。

我从剧场里出来……在我周围一片浓黑的夜色之中，我听见从广场的一个角落发出几声叫喊声……毫无疑问，是一些马耳他人在用亮刀子的方式，在争个是非曲直。

我慢慢悠悠地沿着城墙回到旅舍。橘树与崖柏沁人心脾的清香从平原上飘来。空气温和，天空净朗……那边，在路的尽头，幽灵般地矗立着一堵古墙，那是某个古寺的残垣遗迹。这堵墙是神圣灵验的，因此，每天都有一些阿拉伯妇女来到这里，挂上她们用来还愿的东西，有白罩袍与衣料的布片，有用金线束着的红色头发的辫子，有婴儿衣服的一角……所有这些，在月亮清辉的映照下，在晚风柔和的吹拂下，飘荡着，飞扬着……

蝗虫

还讲一段关于阿尔及利亚的回忆，然后我们再回到磨坊来……

我到达沙厄尔农庄的那天夜晚，彻夜不能入眠。异国他乡的陌生感，旅途的劳顿，旷野中豺狼的嚎叫，以及令人难以忍受的炎热，叫人透不过气来的窒闷，犹如在蚊帐之中，所有的网眼都透不进一丝空气……我打开窗户，此时天已蒙蒙发亮，一团夏天的浓雾在缓缓移动，边缘镶着黑色与玫瑰色，它在空中飘忽，就像战场上空的硝烟。树上的叶片纹丝不动，在我尽收眼底的那些美丽的园子里，葡萄成行成行地排列在斜坡上，灿烂的阳光正在帮它们酿制甜美的汁液。躲藏在阴凉角落的各种欧洲果树，躯干矮小的橙子树，枝条细长的橘子树，都显得有些暗淡沉郁，纹丝不动的树叶，正在等待着一场暴风雨的来到。甚至那些像淡绿色高大芦苇的香蕉树，平时在微风吹拂下，总是散乱地飘荡着细柔的发丝，现在却笔直地挺立着，肃穆无声，像是一队戴着羽饰头盔的士兵。

我定睛片刻，观察眼前这令人赞叹的种植园，世界各地的果树汇集于此，每一种树均按各自的时令开花结果。在一大片麦地与一丛丛灌木之间，有一道闪闪发亮的清泉，在此闷热的早晨，一见这清澈的溪水，就顿生凉意。我赞赏着这一片繁茂而秩序井然的植被，赞赏着这带有摩尔式拱廊的农庄建筑以及它乳白色的平台、它那些簇拥在周围的牲畜棚与仓库，这时，我就想起了这地方勤劳的人们二十年前来沙厄尔山谷定居的历史，他们当时只找到了养路工人住的一个破木棚，一块长满了矮小棕榈树和乳香黄连木的荒地。一切有待开拓，一切有待建设。时时还有当地阿拉伯人的来袭，经常就得放下耕具进行战斗。此外，还有瘟疫、眼病、疟疾、歉收以及因经验缺乏而反复摸索，与褊狭成性、反复无常的政府机构进行争执，等等。多么艰苦的奋斗！多么沉重的辛劳！多么无穷无尽的担心与不安！

即使到了今天，虽然艰难时期已经度过，靠辛勤劳动终于致富，这农庄的男女主人仍然是家里起身最早的人。这天清晨时分，我就听见他俩在底层的大厨房里来来回回，为工人们准备咖啡。不久，钟声响了，过了一会儿，工人们鱼贯而行，络绎上路。有勃艮第的采葡萄工人，有衣衫褴褛、头戴红色伊斯兰小圆帽的卡比尔农夫，有赤脚光腿的马翁挖土工，还有马耳他人、吕克戈人。这么一支杂牌军，要进行领导可不是件容易的事，农庄主站在大门口，给每个工人分配当天的任务，语气短促，态度有点严厉。他布置完毕，抬起头来，仔细观察天空，略带不安的神情，见我站在窗前，就对我说：

——"这天气对农活不利……瞧，热焚风快来了。"

果然，随着太阳升高，一阵阵炙热的、令人窒息的大风，从南方向我们吹来，像是从火炉一开一关的炉门里冲出来的一样。人们不知何处藏身为好，也不知该怎么办。整个早晨就这么过去了。我们坐在走廊的席子上喝咖啡，连说句话与动一动的勇气也没有。那些狗伸开四肢躺在石板上，想借此得到一点清凉。早餐使我们恢复了一点元气，这真是一顿丰盛而奇妙的早餐，有鲤鱼、鳟鱼、野猪肉、刺猬肉、斯达乌埃利的奶油、克勒西亚的美酒、番石榴、香蕉，简直就像是把我们周围五彩缤纷的大自然全端上了餐桌……我们用罢正准备离桌时，突然，在为了阻挡花园那边灼热空气而关闭着的落地窗外边，爆发出一大阵狂呼声：

——"蝗虫！蝗虫！"

农庄主人一听，脸色顿时煞白，像是听见宣布死刑一样，我们立刻就冲出门外。不过十分钟，刚才还安安静静的整个院宅里，急匆匆的脚步声、闹哄哄的谈话声与翻身起床的动作声，就响成了一片。从人们睡觉的阴凉所堂里，用人们一拥而出，手执棍棒、叉子、连枷等所有顺手抄来的工具，敲打铜锅、盆子、炒锅，发出巨响。牧人们也吹起了他们放牧时用的喇叭。别的一些人，有的吹海螺，有的吹猎号。这样就组成了一片可怕的、难听的喧闹声，而占压倒优势的，则是从邻近村庄赶来的阿拉伯妇女发出的一片尖叫声：“伊乌！伊乌！伊乌！”往常，据说只要制造出巨大的声响，使空气产生强烈的震动，就足以赶走蝗虫，阻止它们降落下来。

但是，这些可怕的昆虫是在什么地方呢？在热气腾腾的天空中。只见有一朵云从天边向这里移动，呈黄褐色，稠稠密密的，就像是由冰雹凝成的一朵云，还夹带着暴风骤雨击打着千万枝丫叶片的那种呼呼声。这就是蝗虫。它们靠干硬的翅膀彼此支撑，傍依在一起，成群结队地飞翔，尽管我们大声喧喊，做出种种努力，这块云仍然继续前进，在地面投下了一大片阴影。不久，它就飞临我们的上空，只见一瞬间，它的边缘散成丝缕，出现了一道裂缝。如同一阵骤雨初降，其中有一些已经分散下落，个个呈橙黄色；紧接着，整块云爆裂开来，蝗虫如一阵冰雹密密麻麻地倾盆而下。一望无际的田野顿时布满了蝗虫，粗壮粗壮的，大小犹如手指。

于是，扑杀开始了。响起了一片难听的断肢碎体的吱吱声。人们用钉齿耙、鹤嘴镐、耕地犁，搅打在地面攒动的蝗虫。人们扑杀得愈厉害，蝗虫愈多，它们一层盖一层在乱攒乱动，长长的腿纠缠在一起，上面一层的蝗虫拼命蹦跳，一直跳到马的鼻子上，这些马都套着犁，正要进行特殊的扑杀式的耕翻。农庄上的狗群，也奔向田野，朝蝗虫扑去，疯狂地进行残杀，这时，开来了两队阿尔及利亚步兵，他们把军号捆在头上，前来支援这些不幸的移民，于是，扑杀又别出花招。

这些士兵不是去扑杀，而是喷射火药去焚烧。

我扑杀得有些累了，难闻的气味也叫人恶心，便回到了屋里。在农庄里面，蝗虫几乎同外面一样多。它们是从开着的门窗与烟囱中蹿进来的。在护壁板的边缘，在已经破损的窗帘上，它们爬来爬去，跌下来，又飞上去，爬行在白色的墙上，拖着一条长长的阴影，显得特别丑陋难看。而且，老有那种特别难闻的气味。用午餐时，我们只好不喝水。蓄水池、池塘、水井、养鱼塘，所有的水源都被污染了。到了夜晚，在我的寝室里，虽然白天已经扑灭了一大批，但我仍听见家具下有跳动的响声，有翅膀的鼓动声，就像豆荚在高温下的爆裂声那样。这天夜晚，我又无法入眠。农场周围上下，所有的人都没有睡觉，从平原的这一端到另一端，火光继续在地面上焚烧，士兵们一直在进行大规模的屠杀。

第二天早晨，我像前一天那样打开窗子，蝗虫都已飞走了。

但是它们留下了一片什么样的灾难啊！不见有一朵花了，不见有一株草了。所有一切都是黑黑的，都被啃光了，都被烧掉了。香蕉树、杏树、桃树、橘树皆已面目全非，只能从光秃秃的树枝去加以辨认，不再有多彩的风姿，不再有叶片的飘动，而叶片正是树木的生命。人们在清除水池与水塘。农人们在深翻田地，为了消灭蝗虫留下来的虫卵。每一块泥土都要翻过来，都要细细地敲碎。看着千丝万缕的白色须根，满含着生命的汁液，却从肥沃的土壤中被翻腾出来，谁的心都会破碎……

可敬的戈谢神甫的药酒

——"您喝喝这酒,我的邻居,请给我聊聊最近的逸闻趣事!"

格拉维松的本堂神甫,一滴一滴地斟着酒,就像珠宝商数珍珠那样分厘不差,终于给我斟出可以呡两小口的那么一点酒,这酒带有酸味,颜色金黄,鲜亮夺目,热乎乎的,味道好极了……喝下之后,我觉得整个胃部都暖烘烘的。

——"这是戈谢神甫的药酒,象征我们普罗旺斯的欢乐与健康,"这位实心实意的主人洋洋得意地对我这么说,"它是在普赖蒙特莱修道院酿制的,那儿离您的磨坊只有两英里路……这酒难道不比所有的查尔特勒甜酒更好吗?……您是否知道,这药酒的故事是多么有趣!您就好好听着吧!……"

于是,就在本堂神甫住宅的饭厅里,主人满怀着童趣给我讲起这故事来了。这厅堂非常简朴,非常静谧,挂着一套耶稣受难图与浆洗得像白色法衣一样洁净漂亮的窗帘。主人用埃拉斯姆或阿苏西式的故事体,讲述了一个稍嫌渎神、不甚严肃的故事,但他讲的时候,一本正经,并无嘲讽之意。

二十年前，普赖蒙特莱修会的教士们，也就是我们普罗旺斯人称之为白衣神甫的那些人，陷入了极端的贫困，如果您见过他们那时居住的房子，您会感到很难过的。

高大的围墙，巴科姆钟楼，都日渐衰败，已成为断壁残垣。隐修院的周围，杂草丛生，小廊柱已断裂，石雕圣像倾倒在神龛里。没有一扇彩色玻璃窗完整如初，没有一扇门仍然挺立。在院子中，在小教堂里，从罗讷河上吹来的风长驱直入，如同在卡马尔格平地上空通行无阻，吹灭了蜡烛，吹断了玻璃窗的框架，吹干了圣水缸里的水。比这一切更惨的是修道院的钟楼，它已破败得像一个空荡荡的鸽笼，哑然无声，神甫们没钱购置一口钟，只得用杏木做成响板，敲它来宣告早祷！……

可怜的白衣神甫！他们的样子至今仍历历在目：一个个排在圣体瞻礼的行列里，可怜巴巴地裹着满是补丁的斗篷，面色苍白，脸颊瘦削，全靠瓜菜充饥，在行列中殿后的是修道院院长，他垂着头，羞于在光天化日之下露出他那身褪了色的法衣与那顶已被虫子蛀破的白色羊绒道帽。在瞻礼行列里，慈善会的妇女们为这些神甫洒下了同情的眼泪，扛旗的那些大个子则对他们指指点点，窃窃私语加以讥笑：

——"当这些白斑鸟成群飞过去的时候，它们又会瘦下去。"

实际上，这些不幸的白衣神甫已经不得不自己开始考虑，他们飞出这片天地，到别处去谋出路，也许会更好。

然而，当这个重大的问题在修道院院务会议上提出来进行讨论的时候，有人来向院长通报，戈谢修士要求向会议提出建议……根据可靠的资料，这位戈谢修士原来是修道院的放牛人，也就是说，他的职责乃是每天赶着两头骨瘦如柴的母牛，让它们从石板路的隙缝里找草吃，而自己则在隐修院的拱廊里逛来逛去消磨时光。先前,他被波克斯乡一个名叫贝贡大婶的疯老婆子抚养到12岁,后来,又被一些教士收留。这个不幸的放牛人除了会驱赶牲畜与背诵天主经外,从没有学会别的什么,当然,他还会讲普罗旺斯方言。他的低能是因为他笨头笨脑,他仅有的一点智慧就像一把钝刀。虽然在清苦的生活中难免有时想入非非,他毕竟是个虔诚的基督徒,凭着他坚定的信仰与浑身的力气把自己贡献给上帝!……

但见他走进了院务会议厅,一副缺心少肺、呆头愣脑的样子,先屈膝向大家行了一个礼,院长、议事司铎、财务主任见此,全都笑了起来。再说戈谢修士这副尊容,老实巴交的脸孔,带着一撮山羊胡子,两只略显痴呆的眼睛,那是走到哪里,就会在哪里引起哄笑的。但他对此全不在意。

——"尊敬的神甫们,"他开腔说话了,语气憨厚诚恳,手里捻动着橄榄核串成的念珠,"俗话说得好,空桶敲起来最好听,请诸位相信,我使尽了力气,挖空了我这个木头脑袋,总算找到了能使咱们脱贫的法子。

——"是这么回事,诸位都知道贝贡大婶,她是个心肠好的女人,把我从小抚养大(愿上帝保佑她的灵魂,这个老淫妇一喝醉酒,就唱些下流的小曲),我想告诉你们,诸位神甫,贝贡大婶在世的时候,对山上那些草药的味道性质全都在行,比科西嘉的老山雀更在行。的的确确,她晚年曾经配制过一种无与伦比的药酒,用的就是我跟她一道在阿尔皮莱斯山上采集到的五六种草药。这是好多年前的事了,靠圣·奥古斯丁的保佑与院长大人的恩准,我如果去找,或许能找到酿制这种神妙药酒的配方。咱们只要把这酒分瓶装起来,按稍高一点的价钱出售,这样就可以使咱们大伙慢慢富裕起来,就像咱们的兄弟特拉卜修士和格南德教士那样……"

他的话还没有讲完，院长就急不可待地站起来，跑去搂住他的脖子。议事司铎们也上来拉着他的手。财务主任煞是激动，满怀敬意地不停吻他开了缝的风帽的帽檐……然后，大家各就各位又继续进行商议。最后，院务会议决定，那些母牛改交特拉斯比尔修士去放养，好让戈谢修士全力以赴去酿制药酒。

这位热心公益的修士是怎么找到贝贡大婶的配方的？他费了多大的劲？经历过多少个不眠之夜？这些细节，故事都略而未提，反正唯一确实可靠的是，六个月以后，白衣教士特制的药酒已经广为行销。在整个孔达省，在整个阿莱地区，没有一家农庄，没有一个谷仓、食品贮藏室不备有此酒，在烧酒瓶与腌橄榄的坛子之间，一个个陶制的棕色小瓶，上面盖着普罗旺斯的印记，银色的标签上还印有一个眉开眼笑的修士，即为此酒也。全靠药酒的畅销，普赖蒙特莱修会很快就富了起来。他们把巴科姆钟楼修缮一新。院长也戴上新帽子，教堂里也重新装上了精工细作的彩色玻璃窗。在钟楼精致的雕花边上，从前快要掉落的那一大串小钟小铃铛，在一个美好的复活节早晨，又在高空中齐声奏鸣了起来。

至于戈谢修士，这个可怜的其貌不扬的仁兄，过去总因其土里土气、举止粗俗而在院务会上成为笑料，现今不再是修道院里众人说三道四的对象了。人们只知道值得尊敬的戈谢神甫是一个有头脑、学识渊博的人，他完全从修道院里繁杂琐细的事务中摆脱出来，整天把自己关在配酒室里，而修道院的三十个修士则上山搜索，为他采集草药……他那间制酒室，谁也无权进入，修道院院长亦不例外，那是一间古老的小教堂，在议事司铎的花园尽头,已经废置多年未用。那些老老实实的修士头脑简单,都以为那制酒室里一定有什么神秘可怕的东西。偶尔,也有个把胆大妄为的好事之徒,抓住葡萄藤往上攀到正门之上的圆花形窗口,但很快就摔滚下来,因为,他一看里边的情景吓了一跳,戈谢神甫挂着巫师的胡子,俯身在火炉上,手里拿着比重计,而在他周围,还有一些玫瑰红粗陶坛罐,高大巨型的蒸馏器,弯弯曲曲像蛇一样的玻璃管,以及好些稀奇古怪的东西在玻璃窗红色映光中闪闪发亮……

每当太阳西沉,最后一次祈祷的钟声敲响之时,这个神秘处所的门才悄悄地打开,可尊敬的戈谢神甫也要去礼拜堂做晚祷。您真该瞧瞧他经过礼拜堂时多么受人尊敬,他所到之处,修士们都列队成行,总会有人提醒大家注意:

——"肃静!……他可有神秘大法!……"

财务主管跟随在他身后,俯首帖耳地跟他说话……在这一片逢迎奉承的氛围中,戈谢神甫一边走,一边揩自己额上的汗,他那顶宽边的三角帽挂在后脑勺上,就像一圈光环,他用一种满意的眼光环视他周围那个种满了橘树的院落,上面旋转着新风信旗的蓝色屋顶,以及置身在自得耀眼的修道院里,列队于一些雕花精美的小圆柱之间的那两行教士,他们两两排成一组,个个容光焕发,穿戴一新。

——"全靠我,他们才有今天!"这位可尊敬的神甫这么自言自语。此一念头每转动一次,他便洋洋自得,喜不自禁……

但正因为他的药酒,这个可怜人受到了很厉害的惩罚,您马上就可见分晓了……

有一天傍晚,正当晚祷进行之际,他摇摇晃晃闯进了教堂,满脸通红，气喘吁吁，风帽歪戴在头上，手脚不听使唤，用手指蘸圣水的时候，竟把双肘也浸到水里，两只袖子弄得透湿。开头大家以为他手脚失措是因为迟到了而心慌意乱，但是，在众目睽睽之下，他却不向主祭坛行礼，反倒对着管风琴台与讲坛行了几个屈膝大礼，还像一阵风那样穿过礼拜堂，在合唱队里窜来窜去足有5分钟，为了找寻自己的座位。他刚一落座，就东歪西倒起来，还装出一个微笑，故示镇静，众人见此，大惊失色，一大阵窃窃私语在整整三个殿堂中传开了，大家就像念经一样悄声问道：

——"咱们的戈谢神甫怎么啦？咱们的戈谢神甫怎么啦？"

院长先生难以容忍，两次用权杖使劲敲打地面的石板，叫他放规矩点……那边，在祭坛尽头，赞美歌仍照唱不误，但应和的声音却寥寥无几……

突然，正唱到圣母颂时，我们的戈谢神甫一下仰面倒在自己的座位上，用响亮的嗓子唱了起来：

在巴黎，有那么一个白衣教士郎
巴达旦，巴达当，达拉班，达拉邦……

在场的人惊得目瞪口呆，都纷纷站了起来，有人大声嚷道：

——"把他弄出去……他是着了魔！"

教士们都画着十字。院长大人挥动着他的权杖……但是，戈谢神甫视而不见，充耳不闻。两个身强力壮的教士听命把他从祭坛的旁门拖出去，他像中了邪一样使劲挣扎，而且，唱他的"巴达旦、达拉邦"唱得更欢。

第二天，天刚发亮，这个不幸的家伙就已经跪在院长的祈祷室里，检讨他的罪过，哭得泪如泉涌：

——"这是药酒把我害苦了，院长大人呀，药酒害我乱了性。"他一边哭诉，一边捶胸顿足。

见他如此懊悔、如此悲痛，仁慈的院长也深受感动了。

——"算了，算了，戈谢神甫，请您平静下来，这事会过去的，就像太阳下的露珠……何况，这件丑事也不像您所想的那么严重。您唱的歌是有那么一点出格……嗯！嗯！……不过，我希望没有让那些刚入教的修士听见……现在，我们好好谈谈，请告诉我，您昨天是中了什么邪……试药酒试出来的，是吗？您也许是手重了一些……是的，是的，我理解……这就像发明了火药的施瓦茨神甫那样，您也成了您所发明的东西的牺牲品……请告诉我，诚实的朋友，您亲自去尝试药酒，有此必要吗？这药酒确实可怕呀！"

——"是的，院长大人，我真倒霉……我从试验管确能测定这酒的度数与力量，但为了尽善尽美，总得香醇可口吧，这我就只好靠我的舌头去尝尝了……"

——"哦呀！说得对……但请您再听我唠叨几句，当您由于酿制的需要，非得尝尝这药酒的时候，您是不是觉得味道好极了？是不是觉得这是一种乐趣？……"

——"哎哟！您正说到了点子上，院长大人，"可怜的戈谢神甫答道，面孔涨得通红……"最近两个夜晚，我才真正领教了这酒的美味与芳香！……可以肯定，魔鬼给我来了一个恶作剧……因此，从今以后，我只用试管测定，不再亲自品尝了，如果酒味不够醇美，泡沫不够丰富，那就活该……"

——"您要特别注意，"院长先生急忙打断他的话，说道，"千万不要叫顾客不满意……您现在当务之急就是在您的岗位上要克制自己……我俩合计合计，您要掌握酒的味道得品尝多少？十五滴至二十滴，够吗？就规定为二十滴吧……如果魔鬼用二十滴就叫您中邪，那它就太狡猾了……此外，为了防止一切意外事故，我特许您今后不必上礼拜堂来了，您就在您的配酒室里做晚祷好了……现在，您安心回去吧，我尊敬的神甫，不过，要特别注意……要数准您的酒滴。"

唉！可怜的神甫去数准他的酒滴又有何用？魔鬼已经把他牢牢掌握在手，再也不放过他了。

从此，在这间配酒室里，就可以听见好些稀奇古怪的祈祷词！

白天，这里的一切都很正常。戈谢神甫平平静静，潜心敬业：他准备他的火炉与蒸馏器，仔细挑选他的药草，这些药草都是普罗旺斯的特产，有细长的，有灰白色的，有锯齿形的，都散发出香味与阳光的气息……但是，一到晚上，当这些原料经过炮制，而药酒在一大口一大口红铜盆里逐渐加热升温之时，这位可怜的酿制者就开始受苦受难了。

……十七滴……十八滴……十九滴……二十滴！……

酒，一滴滴从麦秆管滴到镀金的平底大口杯里。就这么二十滴，戈谢神甫一饮而尽，几乎像什么也没有喝一样。现在，他最希望的就是喝第二十一滴！啊！多么叫人心动的第二十一滴呀！……为了逃避它的诱惑，他跑到配酒室的尽头，跪了下来，拼命把天主经念个不停。但是，酿好的酒仍在热气腾腾，蒸汽夹带着芳香，飘荡在他的周围，不管他愿意也罢，不愿意也罢，硬是又把他拽回到那一盆盆酒的跟前……那酒光泽艳丽，呈金绿色……戈谢神甫俯下身来，鼻孔张得大大的，用麦秆管慢慢地搅动着它，在荡起的碧波上，滚动着鲜艳灿烂的细珠，从这里，戈谢神甫似乎看见了贝贡大婶的眼睛，充满笑意、炯炯有神地望着他……

——"放勇敢些！再喝一滴！"

于是，一滴又一滴，这倒霉蛋直到满满装了一大杯为止。如此一来，他便浑身瘫软，一头倒在大沙发上，懒洋洋地躺着，醉眼蒙眬，正在那里细细品尝已经下肚的一滴又一滴的罪恶，同时，带着一种酣畅甜美的内疚之情，低声喃喃自语：

——"唉！我在下地狱，我在下地狱……"

最可怕的是，在饮下这魔鬼似的药酒之后，我不知道他用什么歪门邪道又把贝贡大婶过去唱过的那些下流的歌搜索了出来，大唱特唱：什么"有三个长舌的小妇人，在商量举行一次大酒宴……"，什么"安德烈老板的牧羊姑娘，溜进了僻静的树林里……"，还有那首著名的白衣教士歌"巴达旦、巴达当"。

请想想看，第二天他是多么羞愧难当，无地自容，当他那间房子的邻居们这么嘲笑他的时候：

——"嘿！嘿！戈谢神甫，您昨夜睡在床上，一定有好些蝉在您头上使劲叫。"

于是乎，他泪如泉涌，痛悔万分，要戒酒，要改过自新，要接受鞭笞，但所有这一切都抵抗不了药酒这个魔鬼，每天一到晚上，在同样的时刻，他又开始着魔入邪了。

正当这个时期，订单像雨点一样落到修道院，这真是一件值得庆贺的事。订单来自尼姆，来自埃克斯，来自阿维尼翁，来自马赛……日复一日，这个修道院颇有点像是一家酿酒厂了。这里，有负责包装的修士，有专门贴标签的修士，另外一些人，有的登记账目，有的开车运货，因此，做祈祷时忘了敲钟这种事时有发生。但我敢说,这个地区的穷苦人那是不会忘记的……

终于有一个晴朗的星期天早晨,正当财务主管大声宣读满满一大篇年终结算表,而老老实实的教士们正听得眉开眼笑的时候,戈谢神甫冲进了会议室,大声嚷道:

——"算了吧……我不再酿酒了……还是让我去看牛吧。"

——"怎么回事?戈谢神甫。"院长问道,他料想其中必定有什么原因。

——"院长大人,要问原因吗?原因就是我正在给自己招来一场万劫不复的火刑,还有在地狱里上刀山之苦……因为我喝酒,像个浑蛋一样喝酒……"

——"可是我早就要你数着滴喝呀。"

——"唉,您确是这么吩咐的,数着滴喝,可我现在早就一杯一杯地喝了……是的,尊敬的先生们,我已经走到这一步了。每天晚上,我要喝整整三瓶……诸位知道,这样下去是不行的……因此,请你们另派一个合意的人去酿酒吧……如果我再干这份差事,上帝的天火就会把我烧掉!"

院务会上没有一个人笑得出来。

——"但是,真倒霉,您这么一来,就把我们全毁了!"财务主管一边嚷嚷,一边挥动着他的账本。

——"诸位真的愿意我下地狱?"

在此节骨眼上,院长大人站了起来发话:

——"我尊敬的同事们,"说着,他伸出白白净净的手,那上面戴着的主教戒指闪闪发亮,"倒是有一个妥善的办法可以解决这个难题……我亲爱的孩子,只有夜晚魔鬼才来引诱你,是吗?……"

——"是的,院长先生,每天晚上魔鬼必到无疑……所以,直到现在,请您不要见怪,我一见夜幕降临,就全身冒汗,就像卡比都的骡子见到鞍子来了一样。"

——"这好办!请放心好了……从今以后,每天傍晚,我们做晚课的时候,一定按照您的意愿,为您念一课圣·奥古斯丁都的祷词,这祷词一念,凡事都可以得到主的特赦……有了这种待遇,不论发生了什么,您都可以受到庇护……这就叫犯罪豁免权。"

——"哎呀,太好了,谢谢您,院长大人!"

话一落音,戈谢神甫一句也不再多问,转身就往他的配酒室跑去,轻捷欢快得像一只云雀。

说到做到,自从院长发话之后,每天晚上,晚课结束之际,主持仪式的神甫从来都不忘记加上这么一段:

——"让我们为可怜的戈谢神甫祈祷吧,他为了公共利益不惜牺牲自己的灵魂……愿上帝保佑……"

正当祷告声从俯伏在教堂阴影中的一片白色风帽之上飘过,就像一阵北风嗖嗖地吹过一片雪地时,在那边,修道院的尽头,制酒室的玻璃窗红光闪亮,可以听见戈谢神甫在里面声嘶力竭地在高唱:

在巴黎,有那么一个白衣教士郎,
巴达旦,巴达当,达拉班,达拉邦;
在巴黎,有那么一个白衣教士郎,
他找了些小修女来跳舞狂欢,
三位一体,三位一体,搂在花园里;
他找了些人来跳舞狂欢……

……唱到此处,这位老实本分的神甫极度惊恐,戛然打住:

——"我的天哪！但愿我这个教区的信友没有听见我唱这支小曲！"

在卡玛尔克

出发

城堡中一片嘈杂,好不热闹。刚从猎区看守人那里来的信使,送来了一个半是法文、半是普罗旺斯文的通知,说那里已经有了两三种像苍鹭与黑尾鹬之类的美丽候鸟,其他一些早春季节所特有的鸟类也不少。

"你是我们这一伙的!"我那些可爱的猎友们写信给我这么说:出发那天早晨,五点来钟,天蒙蒙发亮,他们驾着四轮大马车,满载枪支弹药、猎狗与食品干粮,来接我同行。我们随即奔驰在阿莱的大道上,路面稍显干燥,略有坑洼不平,由于十二月份寒春初暖,橄榄树刚绽出的嫩绿,方依稀可见,而胭脂虫栎树四季常青的枝叶,则仍过多存留着严冬时的色调而显得不自然。牲畜棚里已闹腾起来了,在一些农舍的玻璃窗里,不等天亮就起床的人纷纷点亮了灯火,在蒙特玛茹修道院遗址的乱石堆里,一些仍然睡眼蒙眬的白尾海雕在废墟上拍打着翅膀。我们沿着水渠前进时,正好迎面碰见一些年老的农妇,她们骑着小驴快步去赶集。她们来自横梁城堡附近,要走完足足六法里的路程,才能坐在圣·特洛菲姆教堂的台阶上休息个把小时,并趁此出售她们从山上采集到的一束束草药……

现在,我们抵达阿莱城的城墙下,城墙不高但上面建有雉堞,就像在古代木版画上所见到的那样,似乎是一个个手执长矛的士兵,挺立在比他们稍矮一点的斜坡上。我们快步穿过这个美好的城市,它在法国要算是最为风景如画的一个城市了。它那些圆形雕花阳台与阿拉伯式的遮窗格栅,一直伸展到狭窄街区的腹地,那些黑色的带摩尔式小门的旧式房屋,十分矮小,屋顶呈尖形,使人回想起短鼻子纪约姆与沙拉森的时代。我们穿过城区时,街上还没有行人。只有罗讷河的码头上闹哄哄一片。能提供卡玛尔克式早餐的汽船,正在生火,准备出发。几个穿着红色卡迪斯粗斜纹呢上衣的农庄主,几个前往农庄干零活的洛盖特地区的姑娘,与我们一道走上甲板,他们嘻嘻哈哈,谈笑风生。由于早晨有凉风吹拂,姑娘们把棕色的斗篷扣上,露出俊俏的、略带风骚的脸蛋,还有高高耸起的阿莱城式的发髻,那股子风韵,足以使她们的笑声远扬、魅力更胜……钟声敲响了,我们的船启程了。罗讷河的流速、螺旋桨的动力与密史脱拉风的推动,三力合一,使得河的两岸迅速向后退去。河岸的一边是克罗,是一大片干燥多石的平地;河岸的另一边则是卡玛尔克,它一片葱绿,地上浅草铺盖,沼泽里芦苇丛生,一直伸延到海边。

时不时,汽船要在左岸或右岸的码头上停靠,按照中世纪阿莱王国时代人们的说法以及如今罗讷河上那些老水手的说法,那就是在帝国停靠或者在王国停靠。每个码头,附近都有一个白色的农庄与一片树林。停靠的时候,工匠携带着工具走下船去,妇女们手挎着竹篮站立在跳板上。乘客有的在帝国下,有的在王国下,一次一次,汽船慢慢就空了,当船在我们要下的玛·德·吉罗码头靠岸时,船上几乎再没有乘客了。

玛·德·吉罗是巴尔邦达勒世家贵族的古老田庄,我们要在这里歇脚,等待猎区看守人来领我们。在高大宽敞的厨房里,田庄上的男子汉,耕种者、葡萄工、牧童与牧羊人都通通入座就餐,他们表情严肃,一声不响,慢吞吞地用饭,由那些后就餐的妇女们侍候。没有多久,猎区看守人推着一辆小车露面了。他真像库柏小说中的人物,既是个打猎捕鱼的老手,又是渔业警察、猎场看守人,这个地方的老乡们把他称为"鲁·罗德伊路",意为东游西荡的人,因为人们老看见他不是在黎明的薄雾中就是在落日的余晖下,隐藏在芦苇中进行窥伺,或者不动声色地躺在自己的小船上,死盯着他埋设在池塘或水渠的捕鱼篓。也许由于长期从事这种埋伏守候的工作,人变得特别沉默寡言,全神贯注。可是,当他推着装载了猎枪与竹篮子的小车,来到我们面前时,他就滔滔不绝向我们讲述狩猎的消息、各种候鸟的数量以及过路鸟群降落的地区。他这么说着说着,我们就进入了狩猎区的腹地了。

越过耕种地带,我们就到了卡玛尔克荒野的平地。放眼远眺,一望无际的牧场上,有一些沼泽与灌溉渠,在盐角草草地中闪闪发亮。一丛丛柽柳与芦苇兀立着,好像平静海面上的小岛。没有一株高大的树木。一望无际的草原尽管显得单调,但并不凌乱。牲畜棚的屋顶鳞次栉比,由近而远,愈来愈低,看上去最后像是与地面平齐。牲口三五成群,零零落落,有的躺在盐角草中,有的在披着红色短斗篷的牧人身边漫步,但都没有挣脱那根粗大的绳索,天苍苍,野茫茫,相映之下,它们何其小矣。草原如大海,海上虽然波浪起伏,但毕竟单调,给人以寂寥空旷之感,加以朔风也大,吹个不停,以其强劲的风力,似乎要把平原刮得更加坦荡，更见辽阔。一切都在它面前匍匐低头，即使是那些低矮的灌木，身上也有风君逞威的痕迹，它们弯腰臣服，像永恒的溃败者那样逃遁，向南倾倒……

草屋

用芦苇作屋顶，用枯干的苇秆作墙，这就是草屋。我们就这样称呼打猎时聚集的地方。这是典型的卡玛尔克房屋式样，只有一个单间，高大而宽敞，没有窗子，白天靠一扇玻璃门取光，夜晚则套上严整的门板。沿着高大的、糊了泥巴与白色石灰的四壁，摆着一些木架，供我们放置猎枪、猎袋与统靴。在房间尽头，有五六张小床排列在一根木桅的周围，这木桅竖立在地上，直撑屋顶，成为它的支柱。夜里，一刮北风，整个草屋就嘎嘎作响，随着远处的海涛声与近处的风声不断加强，草屋响得更变本加厉，使人以为是躺在海船的舱房里。

但是一到中午，这草屋就招人喜爱了。在此地中海冬季的晴和日子里，我喜欢一个人待在燃着柽柳木的火炉旁。在北风的吹打下，房门在扇动，芦苇在呼号，而所有这些东西的颤抖摇动，只不过是我周围大自然大震撼所引起的小反响而已。冬天的阳光，在劲风的冲击下，零碎洒落，时合时分，游移不定。湛蓝奇美的天空中，一大朵一大朵浮云飞驰而过。光影瞬息万变，万籁纷至沓来。不一会儿，突然响起了畜群的铃铛声，而后又迅速消失在风声之中，再过一会儿，铃铛声又在颤动着的房门外响起来了，响个不停，像悦耳的重奏……最美好的时刻是黄昏，此时，猎人即将回营，风也停息下来了。我走出屋外，溜达片刻。一轮红日冉冉下沉，像是一团燃烧的火焰，只是已没有热力。夜幕降临，用它潮湿的黑色翅膀，在你身旁一掠而过。在远处的地平面上，一道开枪的火光一闪，紧接着是红色流星般的光芒，在周围的夜空中格外耀眼。白天剩余的这点时光，万物都在分秒必争。一大群野鸭排列成三角形，从低空飞过，好像要找栖息的地方，但是，草棚里突然亮起了灯火，这群野鸭就被吓跑了：领头的那一只伸长了脖子，腾空而起，跟在它后面的那一大群，发出一阵惊叫，腾飞得更高。

不久，传来了一大阵踢踏声，声势浩大，如漫天骤雨，成千上万只绵羊，由牧人吆喝着，猎狗护卫着，惊恐而无序地朝羊圈拥去，纷乱的脚步声与紧促的喘气声闹成一片。这一股鬈毛与咩咩叫的潮流，淹没了我，在我旁边擦身而过，这真可谓是如潮如涌，如浪如涛。牧人与他们的身影，则凌波其上……紧跟在羊群之后，是我所熟悉的脚步声与欢笑声。顿时，草屋充满了欢声笑语，生机盎然，一片热闹。枝叶藤蔓燃起了熊熊大火。大家愈是劳累，愈是欢笑得起劲。这是辛苦之后感到惬意时的陶醉，猎枪搁在一边，长筒靴扔得七零八落，猎袋已倒得空空如也；而在另一边，被猎取的飞禽摊成一堆，赫红色的、金黄色的、绿色的、银白色的，全都血迹斑斑。餐桌已经摆好，味道鲜美的鳗鱼汤热气腾腾，鸦雀无声，这些食欲旺盛、吃得正香的人都一言不发，只有在门前舔着盘子的猎犬，不时发出恶狠狠的抱怨声，才打破屋里的寂静……

晚上闲聊的时间不长。在火苗闪烁的炉子旁，只剩下我与猎区看守人。我们俩还在闲谈，也就是说，时不时像乡下人那样彼此咕哝两句，近乎印第安人的语言，短促而飞快，就像燃尽了的柴火最后的火星，一闪而过。最后，看守人站起身，点燃他的提灯,他沉重的脚步声很快就消失在黑夜中……

指望(狩猎)

"指望"!一个多么妙不可言的字眼,用它来表示埋伏着的猎人那种伺捕与等候,也用它来形容猎人在白日与黑夜之间进行等待、抱有希望而又犹疑不决的那种心神不定的时刻。狩猎:早上,是选在太阳即将出来之前;午后,则是选在太阳落山的时候。我比较喜欢后一种时间的狩猎,特别是在那些沼泽地带。此时此地,明亮的水面能使白日的光线经久不暗……

有时,我们藏在小船里狩猎,这种船极为狭小,没有龙骨,轻轻一动就会摇晃起来。靠芦苇的掩护,猎人躲在船舱里窥伺着野鸭,只露出小帽子的帽舌,猎枪的枪管以及猎狗那嗅嗅空气、驱赶蚊虫的脑袋,要是那畜生的长腿乱伸乱动,小船就会向一边倾斜,灌进水来。对于我这样的缺少经验的人来说,这种狩猎方式实在是太难了。因此,我经常采用步行的方式来狩猎,也就是说,穿上用整块兽皮做成的长筒靴,在池沼地里蹚来蹚去。我小心翼翼,慢慢地走动,唯恐陷进泥沼,竭力避开那些气味难闻、又有青蛙跳来跳去的芦苇丛……

走了好一会儿,我终于来到一个长着柽柳的小岛,我在一块干燥的地上坐下。为了照顾我,看守殷勤地把他的猎狗让给我,这狗产自比利牛斯山区,身材高大,长着白色的长毛,狩猎捕鱼都很能干,但有它在跟前,我倒颇感拘束。当一只水鸭进入我的射程时,它带着嘲笑的神情看着我,身子往后一退,像艺术家一样冲动起来,两只软软的耳朵耷拉在眼前,摆出要捕捉什么东西的架势,还不断地摇着尾巴,一副不耐烦的样子,似乎在催促我:"开枪……赶快开枪!"

我开了一枪,没有打中。见此,它把全身舒展放松一下,打了个呵欠,带着一副疲倦、失望、瞧不起人的神气,躺下了……

嗨!是的,我承认,我的确是一个笨拙的猎人。我来狩猎的时候,正当太阳落山之际,渐渐微弱的阳光投射在水中,池塘闪闪发亮,映照在水里的暗淡天空,也从灰色变成了纯银色。我喜爱这种水的气息,喜爱芦苇丛中那些昆虫的神秘窸窣声,那些细长叶片摇曳时的簌簌声。有时,传来一声悲鸣,就像有人在空中吹响了海螺。这是大麻鹀把它捕鱼的长嘴伸进水里在吹气……由此发出呼噜呜呜的叫声!成群的白鹤在我头顶上空飞过。我听见它们羽翼的瑟瑟声,绒毛在劲风中的飒飒声,以至小翎骨过于劳累而发出的咯吱声。而后,万籁俱寂。黑夜来临,夜色浓郁,只有水面还残存一点点余光……

突然,我打了一阵寒战,就像我背后有什么东西引起了神经的不舒服。我转过身来,看见了月亮这静夜之侣,它浑圆盈满,正冉冉升起。开始时,上升的速度显而易见,随着它升离地平线愈远,速度就愈加放慢。

第一缕月光清晰地照射在我身旁,然后,一缕缕又渐次远照……此时,整个沼泽地带已如同白昼。细小的草束也身影绰约。狩猎结束,各种鸟类都瞧着我们,似乎在说:你们总该撤了吧。猎人们在一片如烟如纱的清辉中踏步而归,在泥沼与水沟中每走一步,就把落在水里的群星与深透水底的月光,搅得七零八落。

红党与白党

在我们住地的近旁，距草屋约一箭之遥，还有另一间与此相类似的房子，只不过更简陋而已。在那个草屋里，住着猎区看守与他的妻子以及两个年龄不小的儿女，女儿的职务是料理大家的膳食，修补渔网，儿子则是帮助父亲去回收捕鱼篓子，查看各个水潭的闸门。另外两个较小的孩子，住在阿莱城他们的祖母家，他们在那里一直要住到学会读书识字和初领圣体的年龄。因为营地这里离学校、离教堂都比较远，而且，卡玛尔克的气候对年幼的孩子很不利。实际上，每到夏天，沼泽就全都干涸，水沟中白色的淤泥在大热天被晒得裂痕累累，这时，岛上的确不能住人。

此种景象，我也曾见过一次，时间是在八月，我来这里打野鸭，我永远也忘不了当时所见到的炎炎赤地、寸草不生的悲惨景象。所到之处，池塘都在烈日之下冒烟，就像一个大炉子，塘底还有一些苟延残喘的生物在蠕动，成群的壁虎、蜘蛛与水蝇，都在找潮湿的角落。在那一带地方，充满了一种闹瘟疫的气味，飘浮着一种叫人窒息的瘴气，里面还飞舞着无数的蚊虫。在看守人家中，个个都在发高烧，打寒战，面色蜡黄，两眼深陷。眼看这种情景，着实令人难受，更为可怕的是，这些无法逃离的不幸者，整整三个月之内，都要在烈日的烤晒下备受煎熬，而得不到半点缓解……在卡玛尔克做一个猎场看守人，生活是多么艰苦、多么悲惨啊！而且，跟在他身边一同受苦受罪的，还有妻子儿女。但是，在离这里仅两古法里远的沼泽区，却住着另一个看马人，他一年到头都单独过日子，过着一种真正的鲁滨孙式的生活。他的草屋，是自己搭建起来的，屋内没有哪一样用具不是自己制作的，从柳条编成的吊床、三块黑石砌成的炉灶、柽柳树根锯成的凳子，一直到用来锁房门的白木锁与钥匙。

此人至少与他的住房一样古怪。他是那种遁世独立、淡泊恬适的哲人式的人物，在他两道乱蓬蓬的浓眉之下，深藏着乡下人那种怀疑一切的精神。当他不在牧场的时候，准能见他坐在自家门前，带着天真无邪、令人感动的专心致志，在慢慢细读某一本小册子，这种小册子不止一本，红色的、蓝色的、黄色的，都搁在他那些马药瓶子的旁边。这个可怜的家伙除了阅读，别无其他消遣，除了这些小册子，别无其他的书籍。

虽说这两家草屋相隔不远，但我们的猎区看守人与邻居互不来往。他们甚至避免撞面。有一天，我问看守人他们为什么彼此没有好感，他以一种严正的态度回答说：

——"因为我们的政治观点不同……他是红党，而我，我是白党。"

事情就是如此。在这个荒凉偏僻的地区，孤独艰苦的生活本应把他们连结在一起，但是，这两个化外之民，虽然同样愚昧无知，同样憨厚单纯，他们都像库柏笔下的牧人，一年难得进一次城，然而，阿莱城里的小咖啡店以及那里的糕点与冰淇淋，却像托勒密宫一样，使得他们晕头转向，竟然找出了法子，以政治观点不同为名而互相憎恶！

瓦卡雷斯湖

在卡玛尔克，有个风景最优美的地方，就是瓦卡雷斯湖。我经常放弃打猎，来到这个咸水湖边坐下，它是个小小的海，像大海的一部分被圈禁在陆地之中。这里不像一般山地那样干涸，那般荒凉，地势略高的湖滨，绿草如茵，有天鹅绒那般柔软，遍地还长着各种奇异可爱的花草，矢车菊、睡菜、龙胆草，以及特别美丽的莎娜黛草。这种草冬季是天蓝色，夏季是红色，它随着气候的变化而改变颜色，在四季不断的花期中，以不同的色彩标志着不同的季节。

傍晚，五点来钟，斜阳西下，十多里的湖面上，没有一只船、没有一片帆阻挡视野，极目远眺，一望无际，寥廓的景象，真是令人赞赏不已。这不像沼泽与沟渠的景色那样平易近人，沼泽与沟渠总是每隔一段距离出现在泥灰石地面的坑洼褶缝处，在这地面下，似乎到处都有水渗透而出，只要地面稍有坑洼，潴水也就形成了。但面对着瓦卡雷斯湖，却另是一番宽广寥廓的气象。

湖面波光粼粼，从远处招来了一群群海番鸭、鹭鸶、大麻鸭与红翅膀白肚子的红鹳，它们排列在湖边正在捕鱼，形成了一个长队显示各自不同的色彩；还有白鹮，真正埃及产的白鹮，它们在这里的灿烂阳光与宁静风光之中，犹如在自己的家乡一般惬意自在。从我伫立的地方，只听见湖水拍岸的声音以及牧人召唤散落在湖边各处的马匹的呼喊声，这些牲口各自都有一个响亮的名字：西菲、卢西菲、艾斯特洛、艾斯杜尔勒洛，等等。每匹牲口一听见叫唤自己的名字，就飞跑过来，鬣毛迎风飘荡，跑来吃牧人手里的燕麦……

稍远一点，同样是在湖边，还有一大群牛正在吃草，它们也像马匹那样自由自在。可以看见它们的背脊与交叉竖立的小角，在柽柳树丛里时隐时现。这些卡玛尔克的雄牛，大部分都是为了在火印节上竞技而豢养的，其中有几头已经在普罗旺斯和朗格多克那些乡村节日的竞技场上颇有名气。例如，邻近有一头名叫罗曼的雄牛，它在自己的同类中要算是一个可怕的杀手，曾经在阿莱、尼姆、达拉斯贡等地的竞技场上,不知道捅破了多少人的肚子。因此,它的同伴们都把它当作领袖。要知道,这些奇特的牛群,都是自己分群而治,它们都聚集在某一头老资格的公牛周围,尊它为头领。每当暴风雨席卷卡玛尔克时,整个这一大片平原上,没有任何东西可以遮拦它、阻挡它,唯有牛群紧紧地挤靠在头领的身后,它们都低着巨大的额头,把群体的力量凝聚在一起,朝暴风刮来的方向奋勇抵抗。普罗旺斯的牧人把这种行为称为Vira La bano au giscle,意即:硬着头皮顶狂风。不会采取这种办法的牛群可就惨了,它们的眼睛被暴雨迷住,身子被狂风推来推去,整个牛群七零八落,溃不成军,惊慌失措,四处逃窜,有些就掉进罗讷河,有些就落入瓦卡雷斯湖,甚至被冲进了大海。

思念

  这天一清早，晨曦初露之时，一阵吓人的擂鼓声猛然把我从梦中惊醒……朗—普朗普朗！朗—普朗普朗！……
  此时此刻在我的松林中竟会有敲鼓声！……咄咄怪事，真乃咄咄怪事。
  快，快，快，我赶忙跳下床，跑去把大门打开。
  门外没有人！鼓声也停了……只有两三只杓鹬拍着翅膀，从沾满了露水的野生葡萄丛中飞了出来……微风在树林里吟唱……朝东望去，在阿尔比尔山的峰脊上，堆聚着一团金色的尘烟，太阳正从那里冉冉升起……一缕初阳已经掠上磨坊的屋顶。这时，那面看不见的鼓又在田野里的树荫下响了起来……朗—普朗普朗……朗—普朗普朗！
  用驴皮做的鼓，这鬼玩意儿！我早已经把它忘得一干二净了。但是，是哪个不讲规矩的家伙，一清早就带着鼓来到林子里，迎着晨曦大敲特敲呢？我东张西望进行搜索，一无所获，什么也没有发现……除了几丝薰衣草与一直延伸到大路边的松树林子外，什么也没有……也许就在那边树丛里，正藏着一个调皮鬼在窃窃取笑我呢……一定是阿里埃尔这小子，要不然就是皮克师傅，这家伙从我磨坊前经过的时候，可能这么想："这个巴黎佬在里面太清静了，咱们奏个小曲给他听听。"于是，他就搬来一面大鼓，敲将起来：朗—普朗普朗！……朗—普朗普朗！……

"别敲了！别敲了！皮克你这个无赖，你会把我的蝉子都吵醒！"

但不是皮克师傅。

是古盖·法朗斯瓦，人称比斯多莱，是第三十一联队的鼓手，正好值勤期满回乡休假。在乡下他颇感无聊，思念起他的驻地，当有人愿意把市镇所的乐器借给他消遣，于是他便弄来一面鼓，跑到树林里，伤感地敲打起来，寄托他对欧仁亲王营地的怀念。

今天，他来到我这个葱绿的小山冈上来抒发怀念之情……且看他在那里，背靠着一棵松树，把鼓夹在两腿之间，在尽情地敲个痛快……被惊吓的山鹑纷纷从他脚旁飞过，他竟毫不察觉，菲丽姑花在他周围吐露清香，他也没有闻到。

在阳光照射下，树枝间细密的蜘蛛网在轻轻颤抖，松树针叶的影子在鼓面上跳动，这些他都视而不见。他完全沉浸在自己的梦想中，陶醉在自己的鼓声里，他满怀激情地看着那鼓槌上下挥舞，每敲响一声，他那张憨直而傻乎乎的大脸盘上，就笑逐颜开。

朗—普朗普朗！朗—普朗普朗！……

"多么美啊，那个大兵营，它铺着大石板的院落，它一排排整整齐齐的窗子，人人都戴着橄榄帽，在低矮的拱廊下，到处都有军用饭盒的响声！……"

朗—普朗普朗！朗—普朗普朗！……

"啊，发出响声的楼梯，刷上了白灰的过道，发散出体味的同室伙伴，擦得锃亮的腰皮带，切面包的垫板，存鞋油的罐子，铺着灰色被单的小铁床,在架子上闪闪发亮的枪支!"

朗—普朗普朗!朗—普朗普朗!

"啊,在哨所里那些快活的日子,黏手的纸牌,头戴羽毛装饰、面目可憎的黑桃皇后,乱扔在军营床上破旧的皮哥、勒布朗作品集!……"

朗—普朗普朗!朗—普朗普朗!

"啊,在那些部长官邸门外站岗的漫漫长夜,岗亭破旧,风雨淅进,两脚冻僵……赴宴的马车驶过时溅你一身泥浆!……啊!额外追加的值勤任务,被关禁闭的日子,发臭的便桶,硬木板的枕头,雨季早上冷酷无情的起床号,掌灯时分浓雾之中的回营号,夜里有人气喘吁吁赶来发布的集合令!"

朗—普朗普朗!朗—普朗普朗!

"啊,万森的树林,白色的大棉布手套,在巴黎旧城墙遗址上的溜达……啊!军事学校的栅栏,为大兵们服务的姑娘,春季美术展览会上的吹奏,低级咖啡馆里的苦艾酒,一边打嗝,一边倾吐心里话,怒火中烧,就拔刀相对,唱感伤歌的时候,还把手放在心口上!……"

思念吧,思念吧,可怜的人啊!我绝不会来打扰你,你尽情地敲你的鼓吧,你使劲地敲吧,我没有任何权利来说你可怜可笑。

你思念你的军营,那么,我呢,难道我就不思念我的旧营吗?

我的巴黎,一直到这里还缠绕着我,就像你的军营一样。你在松树下敲鼓,而我则在磨坊里抄写文稿……我们两个都是多愁善感的普罗旺斯人!那边,在巴黎的营房中,我们都思念蓝色的阿尔比尔斯山与薰衣草浓烈的香气；而现在，在这里，在普罗旺斯平原上，见不着旧营房了，但旧营房的回忆却使我们倍感亲切！……

村子里钟声响了八下。比斯多莱一面继续敲着鼓，一面走回家去……我听见他穿过树林的深处，鼓声仍然响个不停……至于我，这时躺在草地上，也染上了相思病，随着鼓声渐渐远去，我似乎看见我的整个巴黎正在松树林子中若隐若现……

唉！巴黎！……巴黎！……永远忘不了巴黎！……

跋
——我译《磨坊文札》

在本学界，我要算是弄翻译相对较少的一个，原因很简单，能量守恒，在这方面花的精力与时间较多，在那方面能投入的也就较少。对于天才也许例外，至少对我这样智力平平的人完全如此。

不仅在这方面投入的时间与精力少，而且译题也比较分散，这就像在浩瀚的译海里，这儿捞一片海藻，那儿拾一只贝壳，到头来零零星星，不成体系，不成派头，令自己也深感寒碜。到如今能够勉强构成三四个"点"的，主要只有雨果、梅里美、都德与莫泊桑，雨果我只译过一本文艺评论集，都德也只是一两部小说集。

我译雨果作品基本上是从功利出发，大学毕业的那年，在闻家驷教授的指导下写以雨果为题的毕业论文，为了把论文写出点"学问"以利于毕业分配，便尽可能多看了一点雨果的文艺理论，毕业后我被分配到《古典文艺理论译丛》编辑部当翻译与编辑，在这样一个学术单位里供职，总得在业务上有一个"安身立命"的支撑点，于是便比较系统地译起了雨果的文艺理论，总算在毕业后的两三年里把雨果主要的文艺评论译成了一本。

我译都德则基本上与功利目的无关,而更带有一些性灵的色彩。

北京大学西语系很重视文学作品原文的阅读,我们从二年级就开始在课本里读到文学作品的原文片断、章节,到三年级,自己就可以抱一部名著的原文去啃了,我最初选啃的作品就是都德的名著《磨坊文札》。

之所以从都德开始,是因为他的语言很纯净,适合当时规范化语言教育的要求,而且原文难度也不大,除了偶尔有一点普罗旺斯语外,很少有生僻的词汇,正适于大学生阅读。更重要的是,他那平和自然的风格很叫人喜爱,他那种富有感情与情趣而又蕴藉柔和、不事张扬的调调特别叫人神往,在听多了高亢、强买强卖的噪声之后,这不啻是一块使人精神得到些许宁静的绿洲。

对于学外文的人来说,最大的欣喜莫过于从目不识丁到能够阅读原文,特别是文学作品原文,那就像刚学会走路的幼儿有一种本能的欢快,又像是一个人面前有了一片广阔的天空,或者有了一条开阔的道路,顿觉精神意境凭空扩展了一倍两倍⋯⋯

一旦在阅读中入了港,就很容易产生翻译的冲动。这不仅有对创作领域的好奇与想尝试的愿望,而且也有未来职业朦胧的吸引,于是,在三年级的课余,我就开始译了一点都德的作品。

课余时间很有限,当然译得并不多,只不过两三个短篇小说而已:《繁星》《赛甘先生的山羊》与《高尼勒师傅的秘密》。

尽管数量很少,却都是我喜爱的作品,译起来也就特别投入,它不仅应和、启迪了我内心深处的一些思绪,而且还叫我搭进去不少自己的感情:

如《繁星》,少年牧人在山顶上得以与自己意中人相处了一夜的那种纯净柔情与柳下惠式的自制操守，实在太迎合一个大学生将要进入感情领域有所作为的情愫状态了，而且还相当清晰地引发出对牧人式的"绅士风度"的向往，"绅士"一词虽从来都不属于社会主义、无产阶级品味的范畴，但今天看来，这种向往，实在是和当时准禁欲主义的道德教育太合拍了。

又如《赛甘先生的山羊》，它比任何一课思想教育、人生辅导似乎对人更有影响与启迪。小山羊向往自由，这是天经地义的，它跑出了羊圈来到山里的经历与感受，的确也很新鲜、浪漫、欢快、开心，但入夜它就被狼吃掉了。都德这则寓言故事确实功德无量，他本来想对巴黎文人与自由生活作点讽刺，却"无心插柳柳成荫"，造就了我这样的人一种山羊式的思想思维方式，一种世俗、务实、顾及后果，因而也就不断将就羊圈的生活态度，在20世纪50年代学成的一代人中，很多很多人大抵如此。

再如译《高尼勒师傅的秘密》更是给了我深切的感悟，普罗旺斯乡村里一风力磨坊的营生被城里机器面粉厂压垮了，乡人见磨坊主人痛苦不堪，全都主动把小麦送到磨坊里来维持它的运转。这是对工业化冲击下、小作坊必然的衰落命运的一曲温情的挽歌，说实话，与生产力历史发展的方向颇不相合，但其中那种宗法式的、乡土气息的共济会精神，却使我非常心动神往。这与我当时曾经有过一段背时的经历有关：

有一个学期我害了严重的神经衰弱，不是整夜失眠，就是只能入睡一两个小时，至多两三个小时，几乎每天做噩梦，很多梦都是这样可怕的：炸弹从上落下，落进自己的脑壳里，在里面爆裂开花。噩梦机制如此缺德，它让你不能动弹地躺在那里慢慢地细腻地体验炸弹在脑壳里爆炸的过程、巨响与能量……夜里如此受熬煎，而白天却要背着大书包，从这栋楼的教室赶到那栋楼的课堂，上十来个小时的课。晚饭后，又要在图书馆里苦读三四个小时……当时学校里"向科学进军"的冲锋号吹得震天响，眼见周围的同学个个紧张有序，昂扬自若，不断在"攀登科学高峰"的战斗中，节节胜利，步步攻克，而自己却在掉队，很快就要有休学一年甚至两年的危险，心里的那份焦急、恐慌、忧虑真是难以形容……于是，我不得不每隔一天请假一次，骑车到西苑中医研究院去扎针灸。每天课后，还要到烧开水的锅炉房去，在一炉熊熊大火的旁边拨出一堆"文火"来熬中药……在这个时期，我特别感到周围的人每一声问候、每一份理解与同情、每一次帮助的宝贵。事实上，我也得到了一些友情的关心与帮助。负责学生工作的同班同学刘君强为减轻我的学习负担，给我争取到一个不小的特权：政治课与历史课我不用去听讲，只需期末通过考试就成，丁世中每隔一天就把他崭新的自行车借给我，让我骑着去西苑扎针灸，还有同宿舍的学友常向我说道他们应付病痛、健体强身之道……正因为自己经历过这样的坎坷，所以，《高尼勒师傅的秘密》中乡下人那种纯朴诚挚的互助精神，使我特别感动，我译小说最后那一节时，就未能像好样的铁男儿那样"有泪不轻弹"。

不久后，西语系学生会办了一个油印刊物，发表三四年级同学的学习心得、读书笔记以及翻译作品之类的东西，我的都德译文在那上面发表了，这是我在自己学科领域里第一次学步走的正式记录。

出了大学校门，我与都德一别就是近三十年，这期间，我一直忙于很多别的事情，几乎没有再回到都德那里去，只是在写《法国文学史》时，又读了一些都德，完成了文学史中的都德一章，至于又译起都德来，则是前几年，起于一次偶然的触动：

在一次会议期间，我听一位与会的朋友介绍了他的乡居安排：在京郊一个山川秀美的所在向当地老乡购下了一个四合院，加以装修，形成一个乡野其表、现代化生活条件其中的别墅，每个周末就驱车去那里避开尘嚣，享受乡居生活的乐趣，或者疲惫心烦时，就去那里住上一个时期。他这种"绿色生活"使我羡慕不已，如此如此，置房费加上装修费并不多，与演艺圈中人士到乡下去圈购一片土地在上面建造起自己的宅子那样的大举动、大投入相比，远为经济、省力，同样都可以享用田园生活。我不禁怦然心动了，心想这倒也在自己经济承受能力的范围之内，未尝不可一试，于是，就下了决心去实施这个计划。然而新的问题、新的情况纷至杳来，不断磨损着这个决心：杂务纷繁没有时间去进行，没有车，也不会驾驶，往返城乡不无麻烦与困难，等等。于是俗务考虑逐渐把田园冲动淹没掉了，我仍蜗居在钢筋水泥的筒子楼中，像奥勃洛摩夫躺在床上耽于空想一样，不断地做自己的绿色梦……很自然，我想起了都德。

都德成名后，在普罗旺斯乡间的一个山坡上，购买了一座旧的风力磨坊，经常从喧闹的巴黎脱身来到这里过隐居生活，进行写作，《磨坊文札》一书的灵感与题材就是在这里获得的，它基本上也是在这里写成的。这大概是要算田园生活中最潇洒、最开花结果、最令人神往的一例了。

一边是令人神往的绿色田园，是"磨坊"向往，一边是城市的噪音，二环路边的废气污染，特别是在这种环境下要从一个项目忙到另一个项目，不说伏案中殚精竭虑的绞脑汁以及电话铃带来的急务、琐事，而且还有人情世故鸡零狗碎所带来的令人血压升高的难题、麻烦以及不痛快……这些东西在我们的现实生活中是太常见了，也最为要命，碰上了，你就很难平静下来，甚至很难入眠，必须找一个逃遁所、避风港、绿色宁静的栖身之地。

然而，我没有绿色宅子，没有远离尘嚣俗务的"磨坊"，我只能望梅止渴，自我麻醉。

于是，每当我平静不下来，实在陷于烦躁、焦急、匆忙、眩晕的状态中摆脱不出时，我就拿起《磨坊文札》，开始是看看，后来觉得如果真要压下或消除焦急、烦躁、烦恼、火暴的情绪，最有效的办法是潜下心来，将这本恬静、平和的书译个两三段，情绪很快就会平静下来。就这样，都德的作品成为了我近几年来的镇静剂，一需要时，就拿来用上一两小时，不需要时，就放在一边，往往两三个月，甚至半年、一两年也不去碰它。

如此断断续续，偶尔译上两段，几年下来，没想到把一本《磨坊文札》全都译出来了，由于译得不紧不急，自己觉得倒也译出了一点原汁原味。

扫一扫二维码

试读更多柳鸣九经典译作

最后一课

产品经理 | 马伯贤　　装帧设计 | 唐梦婷
技术编辑 | 白咏明　　责任印制 | 路军飞
出 品 人 | 吴　畏

图书在版编目（CIP）数据

最后一课：都德短篇小说精选/（法）阿尔丰斯·都德著；柳鸣九译. -- 南昌：江西人民出版社，2018.1

ISBN 978-7-210-10018-8

Ⅰ.①最… Ⅱ.①阿… ②柳… Ⅲ.①短篇小说—小说集—法国—近代 Ⅳ.①I565.44

中国版本图书馆CIP数据核字(2017)第325665号

最后一课：都德短篇小说精选
（法）都德/著 柳鸣九/译
责任编辑/冯雪松 胡小丽
出版发行/江西人民出版社
印刷/北京盛通印刷股份有限公司
版次/2018年1月第1版
2018年1月第1次印刷
开本/880毫米×1230毫米 1/32 印张/8
印数/1-8,000 字数/180千字
书号/978-7-210-10018-8
定价/36.00元
赣版权登字—01—2017—1085
版权所有 侵权必究

如发现印装质量问题，影响阅读，请联系021-64386496调换。